ullstein

Das Buch

Psychologin Ina Grieg erhält die Einladung zu einem Klassentreffen. Seit über zwanzig Jahren war sie nicht mehr in ihrer Heimat in den tiefen Wäldern Norwegens. Widerwillig kehrt sie auf Wunsch ihrer besten Freundin jetzt zum ersten Mal zurück. Ihr Besuch weckt Erinnerungen an ein düsteres Geheimnis aus ihrer Jugend: Ihre Mitschülerin Sonja ist damals spurlos verschwunden. Eine Leiche wurde nie gefunden, doch alle gehen bis heute davon aus, dass Sonja tot ist. Niemand spricht darüber, denn alle fühlen sich mitschuldig – schon vor ihrem Verschwinden hatte Sonja kein leichtes Leben.

Jetzt tauchen auf einmal Nachrichten auf, die angeblich von Sonja stammen. Ist sie noch am Leben? Will sie sich für damals rächen? Ina versucht herauszubekommen, was damals wirklich geschehen ist. Aber in der Einsamkeit der norwegischen Wälder lauern nicht nur die Dämonen der Vergangenheit. Als Ina endlich die Zusammenhänge durchschaut, ist es fast schon zu spät …

Der Autor

Lars Mæhle wurde 1971 geboren und arbeitete mehrere Jahre als Lektor. Seit 2002 ist er freier Autor. Seine Kinder- und Jugendbücher wurden mit zahlreichen Preisen ausgezeichnet, einige auch verfilmt. *Ganz still und stumm* ist der zweite Teil der Krimiserie um die Psychologin Ina Grieg.

Von Lars Mæhle sind in unserem Hause erschienen:

Herz aus Eis
Ganz still und stumm

Lars Mæhle

Ganz still und stumm

Ein Fall für
Ina Grieg

Aus dem Norwegischen
von Günther Frauenlob

Ullstein

Besuchen Sie uns im Internet:
www.ullstein-taschenbuch.de

MIX
Papier aus verantwortungsvollen Quellen
FSC® C083411

Deutsche Erstausgabe im Ullstein Taschenbuch
1. Auflage September 2016

Norwegian edition published by Det Norske Samlaget AS, Oslo
Titel der norwegischen Originalausgabe: *Linnés dystre lærdom* (Samlaget)
Umschlaggestaltung: Cornelia Niere, München
Titelabbildung: © Nilufer Barin/Arcangel Images
Satz: Pinkuin Satz und Datentechnik, Berlin
Gesetzt aus der Sabon
Druck und Bindearbeiten: CPI books GmbH, Leck
Printed in Germany
ISBN 978-3-548-28740-9

»Gott, gib meinem Sohn Glück,
Wissen braucht es nicht.«
Carl von Linné

Teil I

Ordnung

Der Brunnen, der am Abend raunt

Skårnes 1984

Besenheide, Rosmarinheide, Schneeheide.

Die Namen tanzten Ringelreihen in ihrem Kopf, exakt so, wie sie sie gelernt hatte. In diesen Dingen war sie wirklich gut. Heidekräuter, Bäume, Blumen. Artnamen wie ein Mantra aufsagen, wie einen Panzer gegen das Böse, das Unerträgliche.

Pappel, Ulme, Ahorn, Linde.

Die Linde, natürlich war die Wahl auf diesen Baum gefallen. Natürlich hatten sie sie hier gefesselt. Das war so typisch für die beiden. Sie machten immer alles kaputt, was schön war. Die große, stolze Linde am Gjeldshammar, dem alten Opferplatz, der eigentlich *ihr* Platz war. Jetzt konnte sie nie wieder hierhin zurück, ohne dass das Grauen dieser Stunden sie erneut überkäme.

Eine Ameise krabbelte über ihre Lippen. Sie spuckte aus. Überall kribbelte und juckte es. Ameisen am ganzen Körper, unter dem Kragen ihres T-Shirts, am Rücken, an den Beinen, auf dem Gesicht und in den Ohren. Überall. Auch die Kälte war inzwischen in sie hineingekrochen. Ihre Schultern zitterten und bebten, so viele Stunden stand sie schon hier. Die beiden, die sie gefesselt hatten, mussten sie vergessen haben. Oder sie hatten beschlossen, sich nicht mehr um sie zu kümmern. Sie hatten sie einfach an *ihre* Linde gebunden, dicht neben dem riesigen Ameisenhaufen, als wäre das ein Spaß.

Jetzt blieb Tom und ihr nur noch ein heiliger Ort, an dem sie sein konnten und der ihnen allein gehörte. Die Ruinen des alten Siedlungsplatzes. Bei dem Brunnen, der am Abend raunte …

Bis jetzt hatte sie noch keine Träne vergossen. Den Gefallen wollte sie ihren Peinigern nicht tun. Aber sie hatte die Augen geschlossen, wollte die Ameisen nicht sehen, die überall herumwimmelten. Sie zu sehen, hätte ihr den Verstand geraubt. Ihr Herz zum Rasen gebracht, ihre Verzweiflung und ihre Angst geschürt, die Tag und Nacht in ihrem Körper schwelten. Und genau das wollten sie ja.

Sie richtete ihre Gedanken wieder auf die Pflanzennamen und konzentrierte sich gleichzeitig auf den Strick, mit dem sie gefesselt war. Seit Stunden rieb sie ihn über die raue Rinde des dicken Stamms. Aber auch ihr Unterarm kratzte dabei über die Borke, und die Schmerzen wurden immer schlimmer.

Lavendel, Ziest, Thymian, Katzenminze.

Sie stand mit geschlossenen Augen da und scheuerte sich die Unterarme blutig. Hatte das Gefühl für die Zeit und die Schmerzen längst verloren.

Mit einem Mal kam ihr ein schrecklicher Gedanke. Bald war *zu viel* Zeit verstrichen. Mit jeder Sekunde, die verging, wurde das, was die beiden getan hatten, schlimmer. Und damit wurde es für sie selbst immer gefährlicher.

Was, wenn sie in Panik gerieten? Auf welche Ideen würden sie kommen, wenn sie sich bedroht fühlten?

Wald-Storchschnabel, Stinkender Storchschnabel, Blut-Storchschnabel.

Die Verzweiflung lähmte Sonja, wie sehr sie auch

versuchte, Toms Rat zu befolgen und sich auf die Pflanzen zu konzentrieren. Er wusste, wie die beiden tickten, wie sie dachten. Er war früher auch einmal ihr Opfer gewesen. Der Weg zum Sieg führt über die Gedanken, sagte er immer. Und dass man mental stärker sein musste als sie. Seine Stimme hallte klar und deutlich durch ihren Kopf:

Kümmer dich nicht um die, die sich nicht kümmern. Nie!

Sie verstand nicht immer, was er meinte. Er wusste so viel, hatte so viel gelesen, besonders über die Flora. Carl von Linné. Über Pflanzen wusste er wirklich alles, über Blumen und Wildkräuter. Aber sie verstand genug, um genau hinzuhören, wenn er erzählte. Wenn er über die beiden sprach. Dass auch sie ein Teil des Ganzen seien, ein Puzzlesteinchen in dem großen Plan Gottes, der alles erschaffen hatte – die Natur, die Pflanzen, die Landschaft.

Auch diese beiden gehörten dazu, obwohl sie bösartige Abarten waren, Resultat eines Irrwegs der Natur.

Erst jetzt …

Plötzlich erinnerte sie sich an die Schlägerei damals vor dem Jugendclub.

Den Gerüchten zufolge waren die beiden von mindestens zehn Schlägern umringt worden. Die beiden hatten lange genug ihr Unwesen getrieben, darüber waren sich alle einig, und schließlich hatte sich eine ganze Horde zusammengetan, um sie endlich einmal in die Schranken zu weisen.

Doch es war anders gekommen.

Denn als sie sich dem Älteren der beiden näherten, packte der plötzlich ein Stahlrohr und schlug es dem

Erstbesten ins Gesicht. Das war es dann auch schon gewesen. Alle hatten sich zurückgezogen. Völlig darüber im Klaren, dass diese beiden immer einen Schritt weiter gehen würden, dass sie immer brutaler und gefährlicher sein würden als sie alle zusammen.

Diese beiden würden immer gewinnen.

Hundsveilchen, Hainveilchen, Ackerveilchen.

Sie war erst vierzehn Jahre alt und wollte weg von alldem, weg aus diesem Kaff – möglichst weit weg, vielleicht in ein anderes Land. Aber sie schaffte es nicht, traute sich nicht, weil die beiden immer etwas gegen sie in der Hand haben würden. Sie wussten, was sie nicht wissen durften. Sie wussten von *ihm*. Von dem Verbotenen. Hier. Unter der Linde.

Er war der Einzige, den sie noch hatte. Er und der Brunnen, der am Abend raunte …

Widertonmoos, Torfmoos, Gemeines Weißmoos.

Sie ruckte hin und her und rieb sich die Unterarme blutig. Sie sah nichts. Aber sie nahm die Gerüche wahr, obwohl sie versuchte, auch die auszusperren. Den erdigen, feuchten Duft von Waldboden. In der ersten Stunde ihrer Qual hatten die Sonnenstrahlen sie noch erreicht. Deshalb war hier an dieser Stelle, dicht bei der Linde, auch der riesige Ameisenhaufen. Sie hatte die Lider gegen die Sonne geschlossen. Nach Sonnenuntergang hatte sie sie geschlossen gehalten, um sich auf die Worte konzentrieren zu können und nicht an die Ameisen denken zu müssen.

Straußenfarn, Dornfarn, Wiesenschachtelhalm, Teichschachtelhalm.

Aber wie sehr sie sich auch auf das Aufsagen der Artnamen konzentrierte, es meldeten sich doch immer auch andere Gedanken. Bruchstücke der Geschehnisse vom Nachmittag kamen zu ihr zurück.

Sie hatte sich so gut gefühlt, zum ersten Mal seit langem – seit einer Woche, um genau zu sein –, und wollte Tom gleich nach der Schule am raunenden Brunnen treffen. Ihre Mutter glaubte, sie wollte zu einer Freundin. Aber heute wartete er auf sie, tief im Inneren des Waldes, wie er es montags gegen drei immer tat. Sie hatte den schmalen Pfad genommen, der an der Schule begann und von der beleuchteten Loipe abzweigte, die nach unten zum Fußballplatz führte. Sie hatte wirklich geglaubt, dort vor den beiden sicher zu sein. Sie interessierten sich weder für Fußball noch für irgendeinen anderen Sport. Auf jeden Fall hatte sie sie nie auf dem Sportplatz gesehen.

Aber sie mussten sie ausspioniert haben.

Denn wer wartete unten auf dem Fußballplatz? Völlig perplex hatte sie dann auch die dritte Person bemerkt. Was um Himmels willen …?

Sie hatte gleich erkannt, dass sie in ihr Unglück lief, und auf der Stelle kehrtgemacht, aber der Jüngere der beiden hatte ihr nachgesetzt und sie eingeholt. Dann waren seine Arme überall gewesen.

Und alles war stehengeblieben.

Es hatte ihr den Atem verschlagen, als sie auf den Boden geklatscht war. Er hatte sich auf sie gesetzt, ihr die Arme auf dem Rücken festgehalten und ihr Gesicht in den Boden gepresst. Gras und Erde an den Lippen. Irgendwann gelang es ihr, den Kopf zur Seite zu drehen, nur um direkt in das höhnisch grinsende Gesicht des Jüngeren zu blicken. Verzweifelt suchten ihre Augen nach anderen Menschen, aber außer den dreien war niemand zu sehen.

Niemand, der ihr aus der Patsche hätte helfen können. Der Jüngere packte ihren rechten Unterarm, zerrte sie brutal hoch und führte sie zu den anderen. Anfangs hatte sie noch gehofft, irgendwie davonzukommen. Es war ja nicht gesagt, dass die beiden wirklich etwas Schlimmes mit ihr vorhatten, schließlich waren sie nicht allein. Vielleicht hielten sie sich ja zurück. Dann war ihr aber sehr schnell klargeworden, dass sie sich schon vorher gegenseitig angestachelt haben mussten.

Der Ältere erzählte eine Geschichte von einem jungen Mädchen aus den USA. Eine wahre Geschichte. Sie hatte in der Nähe einer Schule gewohnt, und was sie getan hatte, war auch an einem Montag passiert. Sie hatte am Fenster gesessen und zugesehen, wie die Kinder zur Schule gingen. Und dann hatte sie aus heiterem Himmel das Gewehr ihres Vaters genommen und wahllos auf die Leute geschossen.

Zwei Erwachsene waren gestorben und acht Kinder verletzt worden.

Das Mädchen hieß Brenda Ann Spencer und war zu dem Zeitpunkt erst sechzehn Jahre alt. Diese Informationen hatten sich in Sonjas Gedächtnis eingebrannt.

Brenda Ann Spencer. Sechzehn Jahre. Zwei Tote. Acht Verletzte.

Nach den Schüssen hatte sie sich sieben Stunden lang in ihrem Zimmer eingeschlossen, erzählte der Ältere. Sie wollte nicht mit der Polizei reden. Schließlich war es einem Journalisten gelungen, zu ihr vorzudringen. Auf die Frage, warum sie diesen Wahnsinn gemacht hatte, warum sie wahllos auf Passanten und Kinder geschossen hatte, antwortete sie: »I don’t like Mondays. This livens up the day.«

Der Ältere lachte an diesem Punkt der Geschichte schallend, als hätte er nie etwas Witzigeres gehört. Der Jüngere lachte natürlich mit. Zu ihrer Überraschung lachte auch die dritte Person.

In diesem Moment hatte sie wirklich Angst bekommen.

Dann hatten sie sie in den Wald gezerrt. Zu ihrem Entsetzen war auch die dritte Person mitgekommen, ohne zu protestieren. Sie konnte nicht glauben, dass das wirklich geschah.

Sie zerrten sie tief in den Wald, und bald wusste sie, wohin sie mit ihr wollten.

Irgendwann waren sie hier, bei der Linde am Gjeldshammar, genau dort, wo die beiden Tom und sie auf frischer Tat ertappt hatten. Der Ältere holte einen langen Strick hervor, als hätte er alles von langer Hand geplant. Und dann fesselten sie sie lachend an den dicken Stamm. Als sie fertig waren, pisste der Ältere noch in den Ameisenhaufen, um die Insekten ein bisschen aufzuscheuchen, wie er sagte.

Irgendwann verloren sie das Interesse an ihr und gingen.

Die Kälte kroch immer tiefer in sie hinein. Und die Ameisen krabbelten und krabbelten. Die Unterarme rieben über die raue Borke.

Aber …

Es wurde lockerer.

Etwas gab nach.

Der Strick.

Er zerfaserte.

1

Nittedal, Mai 2014

Ein lauter Knall. Die Windschutzscheibe zersplittert. Überall Glas.

Der Elch im Straßengraben, die Hinterbeine seltsam verdreht. Der tödliche Stein. Die Unterführung. Die unmenschlichen Schreie. Sonja …

Ina Grieg richtete sich im Bett auf, plötzlich hellwach. Ihr Herz raste. Streiflichter des Traums zogen noch immer über ihre Netzhaut. Was war das denn gewesen? Erinnerungen aus einer vergessenen Zeit. Warum tauchten die jetzt, so viele Jahre später, in ihrem Traum auf?

Ina warf rasch einen Blick auf die andere Seite des Doppelbetts, aber ihr Ehemann war nicht da. Ihre Augen huschten zum Wecker: Sonntag, 11.30 Uhr.

Sie ließ sich nach hinten fallen, noch immer ganz durcheinander. Dann erinnerte sie sich. Amund und die Zwillinge waren unterwegs zum Forellenfischen. Amund wollte die neuen Fliegen ausprobieren. Und die Mädchen hatten ihre eigenen Prinzessinnenangeln mit. Sie selbst durfte ausschlafen, den verzweifelten Versuch unternehmen, die vielen durchwachten Nächte der letzten Zeit zu kompensieren.

Sie wünschte sich nichts mehr, als wieder einschlafen zu können, wusste aber, dass das niemals klappen würde.

Die Bilder aus dem Traum würden sie wachhalten. Das Auge des Elchs. Die Schreie in der Unterführung. Sonjas Gesicht. Schnappschüsse aus der Wirklichkeit.

Aber warum jetzt?

Langsam und mit zunehmendem Widerwillen tauchte Ina in ihre Erinnerung ab.

Als sie den Unfall mit dem Elch gehabt hatte, war sie erst achtzehn gewesen und hatte noch bei ihren Eltern in Skårnes gewohnt. Die Familie war fünf Jahre zuvor dorthin gezogen, weil ihr Vater, Major Gunnar Grieg, zur Luftwaffe nach Kjeller versetzt worden war. Er hatte sofort begonnen, ein Haus zu suchen, das seinen Ansprüchen und seinem Ego genügte, und war dabei weit aus dem ursprünglich geplanten Suchradius hinausgeraten. Schließlich landete er – und damit auch seine Familie – in einem mit dreihundert Quadratmetern viel zu großen Haus am Stadtrand von Skårnes. Und Ina durfte ihre Jugend dann in diesem Satellitenstädtchen am Rande des Großraums Oslo verbringen.

Ina hatte allein im Auto gesessen, als sie mit dem Elch kollidiert war. Wohin sie damals unterwegs gewesen war, wusste sie nicht mehr. Vermutlich war sie einfach nur so herumgefahren, um das Leben, ihre Jugend, ihre Freiheit zu genießen. The Cure schallte in voller Lautstärke durch den Wagen, bis von einem auf den anderen Augenblick alles anders gewesen war.

Der Knall.

Der Schock.

Plötzlich war alles still gewesen, nur das splitternde Glas hatte geknistert.

Der Zusammenstoß war ebenso brutal wie kurz gewesen. In ihrer Erinnerung dauerte er trotzdem Stunden. Jahre.

Ina selbst war auf wundersame Weise nichts passiert, außer einem kleinen Schnitt an der Wange. Das Blut rann ihr über Kinn und Hals, aber sie verstand nichts. Was um alles in der Welt war passiert? Der Wagen sah aus wie eine Ziehharmonika, besonders die Frontpartie und die rechte Seite. Die Windschutzscheibe war weg und der Beifahrersitz vollkommen plattgedrückt. Eine Todesfalle.

Auf einmal war ihr klargeworden, dass sie einen Schutzengel gehabt haben musste.

Dann war sie unter Schock wild um das Auto herumgerannt. Überall nur Bäume. Der asphaltierte Streifen verschwand in einer grünen Wand. Sie war eine Gefangene des Waldes, um sie herum nur dunkle, schmerzende Stille. Sie konnte nicht mehr tun als darauf zu warten, dass irgendwann ein Auto vorbeikam.

Vielleicht jetzt gleich, vielleicht morgen.

Während sie verwirrt und apathisch dastand, drangen plötzlich die merkwürdigen Schreie an ihr Ohr. Sie kamen vom Waldrand und schnitten sich direkt in ihre Seele: tierisches, halb ersticktes Stöhnen.

Sie war langsam in Richtung der Laute gegangen, über die Leitplanke geklettert und die Böschung nach unten getaumelt.

Der große Elch lag auf der Seite im Gras. Ein gewaltiger Bulle mit majestätischem Geweih. Die Hinterbeine waren vollkommen verdreht. Ein Auge starrte leer in die Luft. Das Tier lebte noch, bekam aber nichts mehr mit. Es wusste nicht, dass zwei Meter vor ihm ein Mensch stand.

Noch jetzt, fünfundzwanzig Jahre später, sah Ina den Kopf des Elches vor sich. Sie spürte förmlich wieder das weiche, verschwitzte Fell unter den Fingerkuppen. Auch an die Worte, die sie dem Tier zugeflüstert hatte, als sie neben ihm in die Hocke gegangen war, erinnerte sie sich noch: »Ruhig, ganz ruhig, alles wird gut.«

Eine Lüge. Der Elch würde nicht mehr lange leben.

Ina war machtlos. Es kam kein Auto, auch kein Förster, der das Tier mit einer Kugel hätte erlösen können. Sie hockte sich neben den Elch und streichelte sein Fell. Etwas anderes konnte sie nicht tun. Dann bemerkte sie, dass das Auge des Elchs nicht mehr leer in die Luft starrte, es sah *sie* an.

Noch heute lief ihr bei der Erinnerung daran ein Schauer über den Rücken.

Sie wusste noch ganz genau, wie sie aufgestanden und in den Wald getaumelt war. Auf der Suche nach etwas, womit sie das Tier von seinen Schmerzen erlösen konnte.

Nach kurzer Zeit fand sie einen großen Granitbrocken – als hätte er seit Ewigkeiten nur auf diesen Augenblick gewartet. Sie konnte ihn gerade eben hochheben. Trotzdem gelang es ihr, ihn bis zu dem Tier zu bugsieren.

Der Elch stöhnte jetzt nicht mehr. Er atmete stoßweise, keuchend. Das Auge starrte sie an.

Bitte.

Sie nahm all ihre Kraft zusammen, hob den bleischweren Stein an und hielt ihn einen Moment schwankend über den Elchkopf. Dann ließ sie ihn fallen …

Ein normaler Alptraum hätte an diesem Punkt geendet. Sie hätte sich verschwitzt und mit klopfendem Herzen im Bett aufgerichtet.

Doch als im Traum der Stein auf den Elchkopf zuraste, wurde sie wie von Geisterhand in eine andere Jugenderinnerung katapultiert.

Plötzlich joggte sie über den Fahrradweg in Skårnes. Es war mitten im Winter. Sternenklar. Eiskalt. Der Schnee knirschte unter ihren Sohlen. Die Fräskanten reichten ihr bis zur Hüfte. Sie rannte den abschüssigen Weg entlang, bis sie sich der Unterführung näherte.

Die dunkle Öffnung war nur noch wenige Schritte entfernt.

Die geraden Betonwände führten in einem rechten Winkel auf den Fahrradweg. Sie wusste nicht, was sich in der Unterführung verbarg, konnte nicht um die Ecke blicken, aber im Traum ahnte sie bereits die Schreie. Ihr graute davor, und sie versuchte, sich zusammenzureißen.

Trotzdem versetzten die Schreie sie in Schockstarre, als sie sie dann hörte. Die ängstliche, schrille Stimme des Mädchens ging ihr durch Mark und Bein. Wie auch das Schnauben des Mannes. Ina blieb wie angewurzelt auf dem Fahrradweg stehen. Wenige Meter vor dem Eingang.

Und die Zeit blieb stehen. Ihr Herz stockte.

Sie stand einfach da und lauschte den Geräuschen. Dem unmenschlichen, schmerzerfüllten Stöhnen. Wieder und wieder. In der Unterführung wurde jemand vergewaltigt, und sie wagte nicht, bis an die Ecke zu gehen und zu schauen, wer sich darin verbarg.

Stattdessen erklomm sie die Fräskante, wühlte sich ein paar Sekunden lang durch den losen Schnee und kletterte auf die Bundesstraße, wo sie wie wild zu rennen begann – weg von den Schreien, weg von der Unterführung.

Sie hielt es nicht aus. Wollte nur, dass die Schreie aufhörten.

Sie spurtete über die breite Straße, kam im Traum aber nicht vom Fleck. Stattdessen wurden die Schreie immer lauter und stürmten von allen Seiten auf sie ein. Verzweifelt sah sie in den sternenklaren Himmel, und ihre Augen suchten den Vollmond, der doch irgendwo dort oben sein musste.

Noch einmal durchzuckte es sie.

Denn statt des weißen, wehmütigen Mondes hing dort oben Sonjas Gesicht.

Sie starrte sie mit traurigen, vorwurfsvollen Augen an, und eine eisige Kälte breitete sich in Inas Körper aus.

An diesem Punkt war sie aus ihrem Traum aufgewacht.

Es war Sonntagvormittag, und sie blieb im Bett liegen. Woher kam dieser Traum? Und warum kam er jetzt?

Gleich darauf fiel es ihr wie Schuppen von den Augen. Der Brief. Die verdammte Einladung. Deshalb war ihr Unterbewusstsein derart in Aufruhr geraten, dass alles wieder an die Oberfläche gespült wurde.

Sie schob die Beine aus dem Bett, schlüpfte in ihre Pantoffeln und ging über den Flur in ihr Arbeitszimmer. Ihre Finger zitterten, als sie sich dem Umschlag näherten, der ganz oben auf dem Papierstapel lag.

2

Ein paar Minuten später stand Ina fröstelnd auf dem Balkon. Sie trug ihren Parka über dem Pyjama und zog nervös an ihrer Zigarette. Ihre Gedanken kreisten. Natürlich hatte dieser Alptraum gerade jetzt kommen müssen, da sie endlich einmal etwas Zeit für sich allein hatte.

Auf dem Umschlag in ihrer Hand stand in blauer Tinte ihr Name. Die adrette, schwungvolle Schrift hatte sie sofort erkannt. Absender: Benedikte Moene. War ja klar. Wer sonst konnte so boshaft sein, sie alle noch einmal zusammenzutrommeln? Die Leitfigur der Klasse. Zu der alle aufgeschaut hatten, oder besser gesagt, mit der es sich niemand hatte verscherzen wollen.

Als der Brief am Freitag in ihrem Briefkasten lag, hätte Ina ihn am liebsten in tausend Stücke gerissen, die Schnipsel verbrannt und die Asche in den Dreck getreten. Aber es war ihr gelungen, sich wieder zu beruhigen, nur um sich gleich darauf zu fühlen wie damals, als Jugendliche. Ein Reflex, der sich immer dann meldete, wenn sie verunsichert und erregt war – und jemanden zum Reden brauchte.

Sie wollte Katrine anrufen.

Katrine war damals ihre beste Freundin gewesen, die einzige, der sie wirklich vertraut hatte.

Aber dann hatte sie das Gespräch doch aufgeschoben. Vorerst.

Jetzt stand sie auf dem Balkon und spürte erneut das Verlangen, mit Katrine zu reden. Sie versuchte sich zu erinnern, wann sie die Freundin zuletzt gesehen hatte. Es war viele Jahre her, vielleicht damals, als sie …

Sie erstarrte. Eine weitere düstere Erinnerung: Katrines grün und blau geschlagenes Gesicht auf dem Krankenhauskissen, während sie selbst kleinlaut mit einem Blumenstrauß in der Tür stand.

Sie wusste noch genau, wie bedrückt sie in diesem Augenblick gewesen war. Schließlich war sie für den gebrochenen Wangenknochen und die schwere Gehirnerschütterung verantwortlich gewesen.

Die beiden Freundinnen waren 1989 in der Vorrunde der norwegischen Kickboxing-Meisterschaft aufeinandergetroffen. Der Kampf hatte nur eine halbe Minute gedauert. Dann hatte Ina Katrine mit voller Wucht oberhalb des Wangenknochens erwischt. Viel zu hart. Noch Wochen danach hatte ihre Hand geschmerzt.

Augenblicklich war das Funkeln in Katrines Augen erloschen und ihr Körper zu Boden gesackt, begleitet vom kollektiven Aufstöhnen des Publikums.

Eine schreckliche Erinnerung.

Katrine war mehrere Minuten bewusstlos gewesen und musste aus der Halle getragen werden. Ina wusste noch genau, wie ruhelos sie anschließend gewesen war. Sie war zu Katrine geeilt, um sich zu vergewissern, dass mit ihr alles okay war. Die Freundin war aber nicht ansprechbar gewesen. In ihrer Panik hatte Ina daraufhin alle weiteren Kämpfe abgesagt.

Ina inhalierte tief und zog den Parka enger um ihren Körper. Ihr Blick fand die dünne, kaum sichtbare Mondsichel über den Hügeln von Romerike. Sonja. Ihr Gewissen nagte an ihr. Sie *musste* Katrine anrufen. Jetzt.

Sie rief den Namen in der Kontaktliste ihres Handys auf und wählte die Nummer. Nach dem dritten Klingeln hörte sie Katrines Stimme »Hallo« sagen und wurde fünfundzwanzig Jahre zurückgeworfen.

»Hallo, Katrine.«

»Hey ... Ina? Das ist ja Ewigkeiten her.«

Es entstand eine lange Pause. Ina wusste nicht, wie sie die Stille deuten sollte.

»Du kannst dir vielleicht denken, warum ich anrufe?«, sagte sie schließlich.

»Äh ... nein.«

Ina bereute bereits, zum Hörer gegriffen zu haben. Es war so ungewohnt, bei Katrine, die früher immer so redselig und entgegenkommend gewesen war, auf Schweigen zu stoßen.

Im nächsten Augenblick änderte sich jedoch alles.

»Ach ja, klar! Das Klassentreffen!« Katrine ließ ihr vertrautes dunkles Lachen hören, und Ina entspannte sich. »Und, was meinst du, Ina. Sollen wir zwei Freigeister uns mit den Strebern versöhnen?«

»Ich habe wirklich darüber nachgedacht.«

Erneute Stille am anderen Ende, aber noch bevor Ina wieder unruhig werden konnte, sagte Katrine: »Echt, damit hatte ich nicht gerechnet.«

»Nicht?«

»Ich dachte, du wärst für Skårnes ein für alle Mal verloren.«

»Weil ich mich für was Besseres halte? Wegen meines guten Uniabschlusses?«

Kaum waren die Sätze über ihre Lippen, bereute Ina sie auch schon. Sie hatten so verdammt hochnäsig geklungen, am liebsten hätte sie sich die Zunge abgebissen.

Katrine war sichtlich betroffen und suchte nach Worten. Ina kam ihr zuvor.

»Lass stecken. Ich wohne in *Nittedal*. Das ist nicht gerade der Nabel der Welt. Aber du … bist du noch immer in Skårnes?«

Da war wieder Katrines Lachen, auch wenn es dieses Mal etwas gezwungen klang. »Dann weißt du wohl auch nicht, mit wem ich verheiratet bin?«

»Nein. Wer ist denn der Glückliche? Oddvar?«

Ein resigniertes Raunen kam durch den Hörer. »Nee, halt dich fest, Ina. Ich bin verheiratet und habe zwei Töchter mit … Jan Stormark.«

Ina blieb die Spucke weg. »Mit Jan Stormark? Du machst Witze.«

»Na ja, bei unserer letzten Begegnung habe ich ja auch einen ziemlichen Schlag auf den Kopf bekommen«, meinte Katrine lachend.

Ina zuckte zusammen, und der Moment, in dem ihre rechte Hand Katrines Gesicht getroffen hatte, blitzte vor ihrem inneren Auge auf. Der Ruck, mit dem ihr Kopf nach hinten geschleudert worden war. Der leblose Blick.

Ina wusste nicht, was sie sagen sollte, aber Katrine half ihr aus der Klemme.

»Alles gut, Ina. Das war ein Witz. Du weißt doch, dass ich dir deshalb keine Vorwürfe mache. Das war ein Unfall. Wo waren wir?«

»Du und Jan. Verheiratet, Kinder.«

Katrine ließ wieder ihr trockenes Lachen hören. »So kann's gehen. Vielleicht bin ich alt geworden und brauche einen festen, sicheren Rahmen. Nicht mehr die Wildheit und Rastlosigkeit der Jugend.«

Ina versuchte, die Information zu verdauen. Das war

wirklich eine Überraschung. Mein Gott. Jan Stormark. Der Kerl hatte doch immer nur an seinem Pult gesessen und gelernt. Er war bei keiner Party dabei gewesen, bei keinem Spaß. Schon als Sechzehnjähriger wollte er unbedingt Arzt werden und hatte für die notwendigen guten Noten seine ganze Jugend geopfert. Während Katrine das widerborstigste Partygirl von allen gewesen war. Für Ina passte das einfach nicht zusammen.

Ganz plötzlich verspürte sie den Drang, Jan Stormark und all die anderen wiederzusehen. Während sie das Handy zwischen Ohr und Schulter balancierte und Katrines Worten zu folgen versuchte, zog sie langsam die Einladung aus dem Umschlag.

Ihr Blick glitt über die siebenundzwanzig Gesichter auf dem Abifoto. So bekannt und doch so fremd. Die 3B-Abschlussklasse des gesellschaftswissenschaftlichen Zweigs der weiterführenden Schule von Skårnes im Jahr 1989. Als Erstes suchte Ina das Gesicht ihrer Freundin. Katrine hatte klare, hübsche Züge, etwas wilde Haare, trug schwarze Klamotten und grinste verwegen. Auch mit ihrer Figur hatte sie den Jungs den Kopf verdreht, so dass die meisten Mädchen eifersüchtig auf sie gewesen waren. Eigentlich war sie wirklich hübscher gewesen als die meisten anderen in der Klasse – Ina eingeschlossen. Und da Katrine zudem über einen rohen, entwaffnenden Humor verfügte, hatte sie einen unheimlichen Schlag bei einer gewissen Art von Jungs. Sie hatte sicher vier oder fünf Freunde gehabt, bevor Ina ihren ersten hatte. Und beide hatten sich um Oddvar bemüht, den Metalfreak, mit dem sie in den letzten Schuljahren rumgehangen hatten.

Katrine hatte gewonnen. Sie und Oddvar waren das gesamte letzte Schuljahr zusammen gewesen.

Und dann entdeckte Ina Jan Stormark, ganz unten in der rechten Ecke, die Hände seltsam gefaltet, wie zum Gebet, und den Blick irgendwie nach innen gerichtet.

Das sollte verstehen, wer wollte.

Zu guter Letzt richtete sie ihren Blick auf das größte Mysterium von allen, sich selbst, die fünfundzwanzig Jahre jüngere Ausgabe von Ina Grieg.

Freches Grinsen und toupierte, schwarz gefärbte Mähne. Klar. All ihre Sachen waren damals schwarz gewesen: die Levis, der Nietengürtel, die Doc Martens – die sie sogar noch im Mai trug. Nicht zu vergessen die gebeugte Haltung, als schrie ihr Körper mit jeder Pore: »Ist mir doch egal, ich bin jung!«

Mein Gott.

Ina wurde sich plötzlich bewusst, dass Katrine sie etwas gefragt hatte. Sie schnippte die Asche von ihrer Zigarette und fragte: »Äh, was hast du gesagt?«

»Und du willst also wirklich zum Klassentreffen kommen?«

Ina überlegte. Normalerweise hätte sie so ein Treffen gescheut wie der Teufel das Weihwasser. Aber die Einladung hatte den Alptraum geweckt, und was damals passiert war, lastete schwer auf ihrem Gewissen. Sie räusperte sich.

»Ja, ich glaube schon. Ich würde mich dann gern auch gleich um ein paar andere Sachen kümmern.«

Sie spürte das Zögern am anderen Ende.

»Ich ahne, was jetzt kommt, Ina.«

»Aha. Was denn?«

»Sonja ... du willst herausfinden, was geschehen ist ... noch einmal.«

Ina war wie vor den Kopf geschlagen. »Wie ... wie konntest du das wissen?«

»Ach, komm schon«, unterbrach Katrine sie. »Du bist so einfach zu durchschauen. Du bist doch nie über die Sache mit Sonja hinweggekommen. Wir alle nicht, wenigstens einige in der Klasse. Aber deine Reaktion hat echt alles übertroffen.«

»Findest du das denn nicht wichtig? Willst du nicht herausfinden, was mit ihr passiert ist?«

Katrine seufzte schwer. »Natürlich will ich das. Aber ich mache mich deshalb nicht so kaputt wie du, Ina. Kein Wunder, dass du Psychologin geworden bist. Alle Psychologen versuchen ja eigentlich nur, sich selbst zusammenzuflicken – mit ihrem eigenen schlechten Gewissen klarzukommen.«

Ina kämpfte einen Moment lang gegen den Drang an zurückzuschlagen. Katrine hatte da wirklich einen wunden Punkt getroffen.

»Tja, das ist der Standardwitz über uns Psychologen«, sagte sie schließlich etwas ruhiger. »Aber es ist nicht unbedingt die Wahrheit.«

»Vielleicht nicht. Aber es stimmt schon, dass du in diesen Dingen immer total aufgegangen bist, Ina. Du warst immer wie besessen. Manchmal hatte ich richtig Angst vor dir.«

»Aber schulden wir Sonja das denn nicht? Du weißt doch ganz genau, wie fies die anderen sie behandelt haben. Und wir haben auch nichts unternommen, um ihr zu helfen.«

Es dauerte eine Weile, bis Katrine antwortete, aber

ihre Stimme wirkte ruhig und fest. »Es war nicht dein Fehler, dass Sonja verschwunden ist, Ina. Du musst aufhören, dir Vorwürfe zu machen.«

»Vielleicht, aber wir haben ja keine Ahnung, was damals mit ihr passiert ist. Wir wissen ja nicht einmal, ob sie noch am Leben ist.«

Wieder blieb es eine Weile still am anderen Ende. Als Katrines Stimme erneut zu hören war, klang sie spürbar beklommen. »Tja, also, es gibt wirklich einen Grund, sich die Sache noch einmal anzuschauen … Ich weiß, das ist nur Wasser auf deine Mühlen, aber …«

»Was?«

»Es ist etwas passiert, das mit Sonja in Verbindung stehen könnte. Jetzt, diesen Frühling.«

»Wirklich? Was denn?«

»*Er* ist wieder da.«

»*Er?*«

»Tom Kaser. Er ist wieder hier. In Skårnes.«

Ina lief ein Schauer über den Rücken. Die Asche fiel von ihrer Zigarette auf die Holzdielen.

»Es ist gut, wenn du zum Klassentreffen kommst«, sagte Katrine, ohne auf eine Reaktion zu warten. »Unsere Klasse kann bestimmt eine Psychologin gebrauchen, jetzt, wo ein Mörder in der Nachbarschaft haust.«

Die Neuigkeit machte Ina zu schaffen. Schließlich riss sie sich zusammen. »Tom Kaser?«, wiederholte sie mit unsicherer Stimme.

»Ja. Das Ganze ist echt creepy. Sein Vater ist vor kurzem gestorben, und er ist auf den kleinen Hof gezogen.«

Ina begann automatisch zurückzurechnen bis zum Jahr 1984.

Dreißig.

Es war genau dreißig Jahre her, dass man Tom Kaser verdächtigt hatte, etwas mit Sonjas Verschwinden zu tun zu haben. Er war damals neunzehn Jahre alt gewesen, Sonja vierzehn. Jetzt musste er an die Fünfzig sein.

Katrines Stimme holte sie zurück in die Wirklichkeit. »Wir trauen uns nicht mehr, unsere Kinder aus dem Haus zu lassen ... Kannst du dir vorstellen, wie sich das anfühlt? Zu wissen, dass irgendwo da draußen im Wald ein labiler Mörder rumläuft?«

»Tut er das noch immer?«

»Die Leute behaupten jedenfalls, dass er rund um die Uhr im Wald ist. Um Ostern herum ist aber noch was anderes Merkwürdiges passiert. Plötzlich ist bei ihm auf dem Hof ein ganzer Haufen osteuropäischer Handwerker aufgetaucht. Niemand in Skårnes kannte die, und keiner weiß, was die gemacht haben. Von außen ist an den Gebäuden nichts zu sehen.«

»Vielleicht hat er einfach drinnen renoviert?«, schlug Ina vor. »Die Generation seines Vaters hatte sicher einen etwas anderen Geschmack.«

»Tom Kasers Vater war schon ein komischer Kauz. Er ist ja kaum unter die Leute gegangen.«

»Kein Wunder, bei all dem Tratsch in Skårnes.«

Katrine schnaubte. »Vielleicht kannst du ja mal zu Tom Kaser gehen, Ina? Er hatte damals doch ein Auge auf dich geworfen.«

»Auf *mich*?«

Sie hörte ein Seufzen am anderen Ende. »Entschuldige, Ina, aber das Ganze geht mir ziemlich nah. Nein, er hätte wirklich nicht zurückkommen dürfen.«

Ina versuchte, die Information zu verarbeiten.

Dann kam ihr plötzlich der Gedanke, dass Katrine sich irren musste. Tom Kaser durchstreifte nicht die Wälder rund um Skårnes. Das ist nur in ihren Köpfen, dachte sie. Und jetzt auch in meinem.

3

Ina drückte ihre Zigarette in dem überquellenden Aschenbecher aus und blies eine letzte Rauchwolke in den Vormittag. Katrines Stimme hallte noch immer durch ihren Kopf, obwohl sie das Telefonat mit der Verabredung beendet hatten, sich schon vor dem Klassentreffen zu sehen. Entschlossen trat sie vom Balkon in den Flur und zog die Treppe zum Dachboden herunter. Ihre Gedanken ratterten. Tom Kaser war zurück. Das hatte noch gefehlt.

Sie versuchte, sich zu erinnern, wie Sonjas merkwürdiger Freund aussah, hatte aber nur noch ein sehr vages Bild vor Augen. Vor Sonjas Verschwinden hatte sie ihn ein paarmal beim Einkaufen oder im Wald getroffen. Flüchtige Begegnungen, bei denen ihre Blicke sich immer nur kurz gestreift hatten. Trotzdem hatte sie etwas Vertrautes in seinen Augen ausgemacht – weil er wie sie nicht richtig dazugehörte?

Er war nicht sonderlich attraktiv gewesen. Klein. Schmächtig. Kurze, dunkle Haare. Ruhige, humorlose Augen.

Stille Wasser.

Woran Ina sich genau erinnerte, war die Angst, die

nach Sonjas Verschwinden allein die Erwähnung des Namens Tom Kaser in ihr ausgelöst hatte.

Gegen ihn war ermittelt worden, es war aber nicht zur Anklage gekommen, da der Leichnam der vierzehnjährigen Sonja Lerdahl nie gefunden worden war. Tom Kaser beharrte darauf, Sonja weder entführt noch getötet zu haben. Die Indizien gegen ihn wogen schwer, trotzdem hatten sie dem Staatsanwalt für eine Anklageerhebung nicht gereicht.

Aber auch wenn Kaser von keinem Gericht der Welt verurteilt worden war, galt er in der kleinen Gemeinde als Mörder.

Ina kletterte über die Ziehleiter nach oben und nahm die Taschenlampe, die neben der obersten Stufe auf einem kleinen Absatz lag. Der Lichtstrahl erhellte den Kriechboden. Kartons, mit Kinderkleidern gefüllte Müllsäcke, kaputte Spielsachen, Bananenkisten mit aussortierten Büchern und andere Sachen, die sie einfach nicht wegwerfen konnten. Ganz hinten standen Kisten, die seit dem Umzug niemand mehr geöffnet hatte.

Was sie suchte, war ein schwarzer Schuhkarton mit weißem Adidas-Logo, randvoll mit Zeitungsartikeln. Aber wo war der?

Ina ließ den Lichtstrahl über das Chaos schweifen. Sie hatte keine Ahnung, wo sie mit ihrer Suche beginnen sollte, und kroch aufs Geratewohl weiter. Staub wirbelte auf und tanzte durch den Strahl der Taschenlampe. Sie schob einige Säcke und Kartons beiseite, hob Deckel an und stieß auf alte Lehrbücher und Ordner aus ihrem Studium.

Wenig später fand sie die Kisten mit den Sachen aus

ihrer Jugendzeit in der hintersten Ecke des Dachbodens, darunter alte Schulbücher. Mit den Titeln kamen die Erinnerungen, die Bilder und Gerüche, die Menschen, die sie damals umgeben hatten: Vokuhila-Frisuren, überweite Pullover, Pastellfarben. Am stärksten aber war das Gefühl, jung zu sein, und das war untrennbar verbunden mit Skårnes.

Alles war plötzlich wieder da.

Schließlich fand sie auch den kleinen, schwarzen Schuhkarton mit dem Adidaslogo. Er lag zuunterst in einer Kiste mit Sachen, die sie als Kind gesammelt hatte: Jojos, Aufkleber, Poesiealben. Ihr Puls beschleunigte sich, und sie umklammerte die Taschenlampe mit der rechten Hand, als sie mit der linken den Deckel abnahm.

Schlagzeilen sprangen ihr ins Auge: »19-Jähriger unter Mordverdacht.«

Sie blätterte die Artikel durch. So gut wie alles, was seinerzeit geschrieben worden war, hatte sie aufbewahrt. Alle verfügbaren Zeitungen in der Bibliothek hatte sie durchstöbert und die Artikel heimlich ausgeschnitten.

Sie setzte sich hin und begann zu lesen.

*

Sonja Lerdahl war an einem Frühlingstag im Jahr 1984 verschwunden. Skårnes war danach nie mehr so gewesen wie vorher. Die Mutter hatte ihre Tochter irgendwann am Abend vermisst gemeldet, weil sie nicht zur vereinbarten Zeit nach Hause gekommen war. Sonja war nach der Schule mit einer Freundin verabredet gewesen, hatte aber versprochen, abends um sechs zum Essen wieder zu Hause zu sein.

Der Punkt war nur: Sonja hatte keine Freundin.

In den Pausen blieb sie allein am Rand stehen. Sobald sie sich der Mitte des Schulhofs näherte, stürzten sich die anderen Mädchen auf sie. Sie war Freiwild. Besonders arg trieb es die Mädchenclique aus ihrer Klasse – angeführt von Benedikte und Ingrid. Später wurde bekannt, dass Sonja nach der Schule auch von den berüchtigten Vange-Brüdern gepeinigt worden war.

Ein Schauer lief Ina über den Rücken. Die Vange-Brüder waren zwei durch und durch gewalttätige Sadisten, die von allen nur »die beiden« genannt wurden. Ina wusste noch, welch große Angst auch sie vor ihnen gehabt hatte. Sie waren tickende Zeitbomben, mit denen man es sich um keinen Preis verscherzen durfte.

Die kleine Schwester der beiden, Oda Vange, war in Inas Klasse gegangen. Seltsamerweise war ausgerechnet sie eine der wenigen gewesen, die sich an dem Mobbing nicht beteiligt hatten. Im Gegenteil, Ina erinnerte sich an ein paar Gelegenheiten, bei denen Oda Sonja sogar in Schutz genommen hatte.

Inas Gedanken kamen ins Stocken.

Und sie selbst? Hatte sie das ebenfalls getan? Hatte sie Sonja auch nur ein einziges Mal den Rücken gestärkt? Ein freundliches Wort zu ihr gesagt?

Nein. Sie hatte nie auch nur einen Finger gerührt, um Sonja zu helfen. Dafür hatte sie viel zu große Angst gehabt, selbst zum Opfer zu werden. Es war paradox. Die Einzige, die Sonja hin und wieder geholfen hatte, war tatsächlich Oda Vange.

Wohl wissend, dass niemand es wagen würde, die Schwester der Vange-Brüder anzurühren.

Als Sonja verschwand, dauerte es eine ganze Weile, bis wirklich die Alarmglocken läuteten. Die örtliche Polizei war wie die meisten anderen in Skårnes davon ausgegangen, dass Sonja einfach weggelaufen war. Aber als sie nach ein paar Tagen immer noch nicht wieder aufgetaucht war, trommelten Freiwillige einen Suchtrupp zusammen. Tags darauf wurde alles systematisch durchkämmt – die Wohngebiete, der Wald, das Seeufer. Aber ohne Ergebnis. Die Polizei fand keine einzige Spur.

Bis irgendwann das Telefon in der Wache klingelte.

Sonja war am Abend ihres Verschwindens gesehen worden. Eine anonyme Anruferin hatte sie in Richtung der Unterführung laufen sehen. Der Unterführung unweit des Hofs der Familie Kaser.

Das Gerücht verbreitete sich in Windeseile. Die meisten nahmen an, Sonja sei an diesem Abend auf dem Weg zu Tom Kaser gewesen. Die beiden sollten ja etwas miteinander gehabt haben, obwohl er viel älter war als sie.

Als die Polizei Kaser zu Sonjas Verschwinden befragte, leugnete er zuerst, sie überhaupt zu kennen. Vermutlich der größte Fehler, den er hatte machen können; folgerichtig wurde diese Aussage später auch gegen ihn verwendet. Denn gleichzeitig suchten die Polizeikräfte das Areal rund um die Unterführung ab. Am Hang daneben wurde ein Stein mit Blutspritzern gefunden. Und bei der anschließenden Durchsuchung des Hofs von Kasers Eltern entdeckte man im Mülleimer vor dem Haus ein blutiges T-Shirt. Die Analyse war eindeutig: Sowohl das Blut auf dem Stein als auch das auf dem T-Shirt stammte von Sonja Lerdahl.

Die Suche nach dem Mädchen wurde daraufhin unter Einsatz von Freiwilligen und Hundepatrouillen ausgeweitet. Auch die umliegenden Seen wurden einbezogen.

Trotzdem blieb Sonjas Leiche unauffindbar.

Als Tom Kaser in Untersuchungshaft genommen wurde, begannen seltsame Geschichten über ihn zu kursieren. Eine davon drehte sich um den Anblick, der sich den Kriminaltechnikern in seiner Wohnung geboten hatte. Alle Wände waren mit Regalen zugestellt, in denen unzählige Ordner mit Herbarien standen. Tausende von laminierten und für die Nachwelt konservierten Pflanzen, sorgsam katalogisiert nach Linnés Systematik in Ordnung, Familie, Gattung, Art.

Danach hatte Tom Kaser den Beinamen »Botaniker« bekommen.

Schon vor Sonjas Verschwinden hatte der junge Mann als Sonderling gegolten. Ein schüchterner Typ mit ziemlich finsterer Aura. Aber er blieb für sich und störte niemanden. Den meisten hatte er wohl eher leidgetan. Jetzt wurden seine Wortkargheit und die Tatsache, dass er immer irgendwo im Wald herumrannte, mit etwas Krankhaftem, Gefährlichem in Verbindung gebracht.

Was er da draußen trieb, wusste niemand genau, aber alle gingen davon aus, dass er Pflanzen sammelte und sich heimlich mit Minderjährigen traf. Kaser gab schließlich zu, eine Beziehung mit Sonja gehabt zu haben, und dass sie beide sich an diesem Nachmittag im Wald hatten treffen wollen.

Aber laut seiner Aussage war Sonja nie aufgetaucht.

Der Fall schien vollkommen klar zu sein. Kaser war der einzige Verdächtige. Er hatte gelogen, was seine Beziehung zu Sonja anging, und alles sprach für ihn als Täter. Aber selbst mit dem blutigen T-Shirt war dem Staatsanwalt die Indizienlage zu dünn. Solange es keine Leiche gab, reichten die Beweise nicht für eine Anklageerhebung aus.

Es gab nämlich durchaus Zweifel.

Konnte das T-Shirt, wie Kaser immer wieder behauptete, von jemand anderem in die Mülltonne gesteckt worden sein? Vielleicht von der Anruferin, die den anonymen Tipp gegeben hatte? Oder hatte Kaser womöglich gemeinsam mit Sonja deren Verschwinden geplant, damit sie ein Leben weitab der Plagegeister aus ihrer Schule führen konnte?

Ob Sonja – trotz all der widersprechenden Indizien – noch am Leben war?

In Skårnes glaubte das niemand. In den Augen der Dorfbewohner war Tom Kaser ein Mörder.

Nachdem man ihn auf freien Fuß gesetzt hatte, bekam er offenbar große psychische Probleme. In den Jahren danach sollte er, Gerüchten zufolge, von einer Anstalt in die nächste gewandert sein.

Jetzt, dreißig Jahre später, war er zurück am Ort des Geschehens.

Ina kam diese Rückkehr irgendwie seltsam vor. Eine Möglichkeit war natürlich, dass Kaser aus ökonomischen Gründen wieder in sein Elternhaus gezogen war. Dass man ihn in den Anstalten nicht mehr haben wollte und der kleine Hof der einzige Ort war, den er sich leisten konnte. Realistischer erschien ihr aber, dass er einen anderen Grund für seine Rückkehr hatte. Etwas trieb ihn an. Etwas Existenzielles, das alles andere in den Hintergrund schob.

Er war noch nicht fertig. Er hatte noch etwas vor.

Ina spürte einen kalten Luftzug auf dem Dachboden. Ein Schauer lief ihr über den Rücken.

Wo bist du, Sonja? Was ist an diesem Nachmittag passiert? Wen hast du getroffen?

Mit einem Mal war ihr merkwürdig klar, dass sie zurück nach Skårnes musste. Dass sie noch einmal jeden Stein umdrehen, sich mit der lokalen Polizei in Verbindung setzen und die Schlüsselfiguren des Falls besuchen musste: Sonjas Mutter, die Vange-Brüder und, wenn nötig, Tom Kaser.

Das war sie Sonja schuldig. Schließlich hatte sie dem Mädchen nie gegeben, was es am nötigsten gebraucht hätte. Und sie wusste auch schon, wo sie während ihres Aufenthalts in Skårnes wohnen konnte.

Es gab ja noch immer die Hütte im Wald.

Das alte Häuschen, das ihr Vater in den Achtzigern gekauft hatte und das er nach besten Kräften hatte renovieren wollen.

Dann war die Familie langsam, aber sicher auseinandergebrochen, einer nach dem anderen hatte Skårnes verlassen, und die Hütte war – genau wie Ina und ihre Mutter vorhergesehen hatten – allmählich verfallen. Gunnar Grieg hatte sich nicht einmal die Mühe gemacht, sie zu verkaufen.

Ina musste noch einmal zurück an diesen Ort, um den Versuch zu unternehmen, etwas zu reparieren.

Vermutlich in erster Linie sich selbst.

Systema Naturae
Skårnes, Frühjahr 2014

Ordnung, Familie, Gattung, Art.

Tom Kaser öffnete die Augen. Endlich war er zurück in den Tiefen des Waldes. Stille Morgen im Mai. Sonnenlicht zwischen den Nadelbäumen. Blühende Buschwindröschen. Farne und Büsche. Tau auf den Blaubeersträuchern. Unsichtbarer Dampf, der vom Boden aufstieg und in der Sonne verdunstete, in der scharfen Frühlingsluft – und sich mit dem Duft von Erde und Rinde mischte. Er konnte nicht genug davon bekommen, hatte sich so danach gesehnt.

Das hier war sein Zuhause.

Er schloss noch einmal die Augen, gab sich ganz dem Geruchs- und Gehörsinn hin und versuchte, den Kopf zu leeren, zu einem Schwamm zu werden, der alles aufsaugen kann.

Das Hämmern eines Spechts drang irgendwoher aus dem Wald zu ihm. Die Antwort kam gleich darauf, noch weiter entfernt. Im Frühling drehten die Spechte immer richtig auf, und bei der Paarung war es ihnen egal, wenn andere Vögel in der Nähe waren. Sogar die Menschen waren ihnen dann gleichgültig. Die Triebe schlugen die Vögel ganz in ihren Bann.

Und da!

Eins-zwei-drei-vier-fünf-sechs-siiiiiieben!

Auch die Goldammer war wieder da. Zurückgekehrt

aus dem Süden, um den Frühling und die Sonne auszuzählen.

Ein vorsichtiges Lächeln zupfte an seinen Mundwinkeln. Aber nur kurz, dann flammte der Schmerz erneut auf. Es nützte nichts, ihn zu verdrängen, er kam immer wieder.

Trotzdem, der Frühling war die beste Zeit. Schon früher war er da immer Stunde um Stunde durch die Wälder gelaufen. Hier drinnen erreichte ihn niemand. Hier drinnen fürchteten sie *ihn*. Hier war er es, der jeden Baum und jeden Strauch kannte, jede Besonderheit des Geländes. Noch heute waren ihm alle Wege vertraut, markierte wie nicht markierte. Er wusste, wie er sich unbemerkt den Häusern nähern, wo er sich verstecken und spionieren konnte, ohne gesehen zu werden.

Alles war noch da. Die Erinnerungen steckten in seinem Körper.

Und auch das Mantra kam wieder – Carl von Linnés vier Kategorien, um die Arten einzuteilen:

Ordnung, Familie, Gattung, Art.

Der Versuch des schwedischen Forschers, das System der Natur zu erfassen und wiederzugeben – mit vier kleinen Worten. Welch ein Wahnsinn! Aber für Linné hatte alles in der Natur einen Sinn, jedes noch so kleine Puzzlesteinchen hatte einen eigenen Platz in der Systematik. So gesehen war alles – jede Art und jedes Individuum – mit einer bestimmten Absicht erschaffen worden. Alles hatte eine Aufgabe, einen Sinn.

In Linnés Weltbild gab es nichts Sinnloses.

Wie sehr er sich doch geirrt hatte.

In den letzten Jahren hatte Tom sich von Linné und seinem rigiden System abgewandt. Nur das Mantra des Schweden nutzte er noch. Seine Lehre aber hatte er verworfen.

Er begann zu gehen. Immer tiefer in den Wald hinein. Und das Gesicht, das er so geliebt hatte, kam zu ihm zurück, wie es so oft zu ihm zurückgekehrt war, wo auch immer er sich aufgehalten hatte. Aber dies war der Ort, an den es wirklich *gehörte*. Er spürte eine Wärme durch seinen Körper strömen, die gleich darauf von bohrender Verzweiflung abgelöst wurde. Dieses Gesicht hatte hier jeden Ort geprägt, hatte den Wald zur Karte seiner Seele gemacht.

Sonja.

Gib mir Kraft!

Sein Herz stolperte.

Er schluckte, wollte eigentlich nicht dorthin zurück. Aber er musste. Musste weitergehen, zwischen all den Pfaden den richtigen finden, wie schmerzhaft es auch war. Sonst würde er sich nicht mehr im Spiegel anschauen können. Sonst würde er niemals schaffen, was er sich vorgenommen hatte.

Noch vor einem halben Jahr wäre sein neues Projekt vollkommen unmöglich gewesen. Wie kraftlos er gewesen war, als sein Vater starb. Eine Marionette des täglichen Medikamentencocktails. Aber auf seltsame Weise hatte der Tod ihn aus all dem herausgeholt. Es war beinahe wie ein Zeichen gewesen. Er war erwacht. Steh endlich auf und stell dich der Verantwortung, Tom. Das bist du Sonja schuldig. Ihr ist Unrecht widerfahren. Du musst aufräumen. Mutig sein. Mutig und klug.

Und ohne Gnade.

Bisher war alles nach Plan gelaufen. Die endlosen Stunden unter der Erde, gemeinsam mit den stillen, misstrauischen Polen. Die knochenharte und alles andere als ungefährliche Tunnelarbeit im Vorratskeller hatte ihn beinahe umgebracht. Aber immer wenn er kurz davor gewesen war, den Mut zu verlieren, war Sonja aufgetaucht und hatte so hell und klar geschienen, dass er wieder den Kopf heben und nach vorn schauen konnte.

Bald hatte das Warten ein Ende.

Ordnung, Familie, Gattung, Art.

Vier Kategorien in einer einfachen, auf Verwandtschaftsgrad basierenden Hierarchie. Noch heute – dreihundert Jahre später – gab es kein besseres System, um die Vielfalt der Botanik zu ordnen. Die Arbeitsameise Linné hatte sich damit unsterblich gemacht, genau wie beabsichtigt.

In seiner Jugend war Tom wie besessen von Linné gewesen. Er war an diesem überwältigenden System einfach nicht vorbeigekommen.

Jetzt wusste er es besser.

Eigentlich war Linné nur ein selbstverliebtes Arschloch. Er hatte seine Schüler auf lebensgefährliche Reisen in die hintersten Winkel dieser Erde geschickt. Sie sollten alles beobachten und Proben von sämtlichen neuen Arten nehmen. Viele seiner Schüler waren niemals nach Hause zurückgekehrt, während Linné selbst in Schweden hockte und den Rahm von den unermüdlichen Expeditionen seiner Schüler schöpfte. Er katalogisierte die Funde und notierte sie in dem Buch, das sein großes Vermächtnis werden sollte:

Systema Naturae.

Die komplette Übersicht aller Arten in der Natur. Sie umfasste nicht nur Pflanzen, sondern auch einzelne Tiergruppen, ja sogar den Menschen hatte Linné einzuordnen versucht.

Wahnsinn, eingepfercht in ein System.

Tom versuchte, diese Gedanken zu verdrängen und sich stattdessen auf die Natur zu konzentrieren, darauf, wie sie war. Der Wald. Wie er sich vor ihm öffnete. Dunkel und mystisch. Schön. Die rauen Stämme. Blätter. Lichtstrahlen. Verdunstender Tau.

Sonja.

Wie schön du bist. Wie schön und gut.

Wo bist du nur?

Kannst du mir nicht ein Zeichen geben von deinem Platz in der Zeit? Ein Lied singen, damit ich den Weg finde?

Er spürte, wohin seine Schritte ihn führten und wie weit er bereits gekommen war. Die Angst drängte zurück in seinen Körper. Die altbekannte, vernichtende Angst zerrte wieder an seinem Herzen. Genau wie in seiner Kindheit. Er erinnerte sich an alles: Worte, die wie Hammerschläge trafen. Die blanke Bosheit.

Aber hier drinnen war er sicher. Hier drinnen war er immer sicher gewesen.

Lichtstrahlen fielen kreuz und quer durch die Baumkronen.

Er sah es dem Gelände an.

Er war da.

Vor ihm erhoben sich die dunklen Felswände des Gjeldshammar. Verwundert starrte er auf die Lichtung, die vor ihm lag. Wie verändert alles war. Der schmale Streifen vor der Felswand war mit kleinen Birken und Büschen fast zugewachsen.

Auch das Licht war anders als vor dreißig Jahren. Dunkler. Trotzdem dominierte die Linde noch immer alle anderen Pflanzen, die hier wuchsen. Überragte sie deutlich. Doch der Wald rückte auch hier vor. Wie überall. Der uralte Baum sah ehrwürdig, aber irgendwie gequält aus. Die herzförmigen Lindenblätter zeigten stumm Richtung Boden.

Linden hatten früher als heilige Bäume gegolten. Sie waren häufig in der Nähe von rituellen Opferplätzen gepflanzt worden. Bis ins Mittelalter. Später war es üblich, Gerichtsverhandlungen in der Nähe von Linden abzuhalten.

Der Gjeldshammar war ein solcher Platz. Und die Linde vor dem Fels hatte ihn vom ersten Tag an andächtig werden lassen. Der Baum musste mehrere hundert Jahre alt sein. Wenn nicht tausend.

An diesem Ort sollten nur schöne Dinge passieren. Und doch war alles ins Gegenteil verkehrt worden, als sie hier auf frischer Tat ertappt wurden. Es war nicht beabsichtigt gewesen, dass …

Nein! Er durfte jetzt nicht weinen. Sie durften nie wieder Macht über ihn bekommen. Schließlich war er hier, um abzurechnen, Gericht zu halten, wie es die Menschen früher im Schatten der Linde am Gjeldshammar getan hatten. Auf dieser Lichtung hatten Kriminelle ihre gerechte Strafe bekommen.

Jetzt waren die beiden an der Reihe. Jetzt mussten sie bezahlen. Auf jeden Fall der eine von ihnen, der noch am Leben war. Der Schlimmere, der Ältere, Halvor Vange.

Seine Füße gingen weiter. Es war nicht weit bis zum Vange-Hof, Luftlinie nur ein knapper Kilometer, vorausgesetzt man folgte nicht dem Wirrwarr der Wege. Der Wald war hier dicht und sumpfig, aber das konnte ihm nur recht sein. So würde ihn niemand zu Gesicht bekommen.

Er ging weiter. War bald da. Spürte die Nähe, die Lichtstrahlen, den Tau, der vom Boden aufstieg. Den Teppich aus Buschwindröschen.

Schließlich sah er etwas Weißes durch die Bäume schimmern. Der Hof. Der rote Stall und die dahinter liegende Scheune. Er schlich vorsichtig weiter. Schob sich hinter den Stamm einer Birke.

Ordnung. Familie. Gattung. Art.

Er hockte sich hin und spähte in den Garten. Am Waldrand standen zwei Autowracks, aber das war nicht der einzige Müll. Mein Gott, wie sich alles verändert hatte. Damals war der Garten wenigstens noch einigermaßen gepflegt gewesen, jetzt sah er aus wie eine Müllkippe. Tom kroch weiter vor und versteckte sich hinter einem der Autowracks – ein blauer, rostiger Ford ohne Reifen. Ein perfektes Versteck, von dem aus er den Überblick hatte, selber aber nicht gesehen werden konnte.

Im selben Moment knarrte eine Tür. Der Ältere trat auf die Veranda!

Halvor konnte ihn doch nicht entdeckt haben?

Tom war sich nicht ganz sicher. Erneut hallten die Stimmen durch sein Unterbewusstsein. Sie mahnten ihn, endlich aktiv zu werden. Du bist zu nett. Viel zu nett.

Aber es war helllichter Tag. Würde er jetzt zuschlagen, wäre er eine leichte Beute. Er wusste, wie stark der Ältere war, der mittlerweile als Taxifahrer arbeiten sollte. Im Augenblick stand er vollkommen ruhig in einem Morgenrock auf der Terrasse und trank Kaffee.

Der Angriff musste kommen, wenn sein Gegner am Verwundbarsten war. Im Dunkeln.

Er sah noch einmal zu der Gestalt auf der Veranda hinüber. Halvors Haare waren dünn und grau geworden. Er wirkte aber noch immer sehr kräftig. Ein Schauer lief Tom über den Rücken, und plötzlich spürte er wieder all die Schläge, die auf seinen Körper eingehagelt waren, ohne dass er sich hatte wehren können.

Er durchbohrte Halvor mit seinem Blick. Eine Frage stellte sich ihm immer wieder: Warum hatte der Ältere der Vange-Brüder ihn ausgesucht? Aus all den möglichen Opfern in der Klasse. Warum ausgerechnet ihn? Hatte er einen Makel, einen sichtbaren Fehler?

Er ballte die Hand zur Faust. Wie schwach und naiv er gewesen war. Ein einfaches Opfer. Damals hatte er noch nicht verstanden, wie jemand einen anderen psychisch derart terrorisieren konnte.

Inzwischen hatte er das gelernt.

Er sah ruhig zu Halvor hinüber und fragte sich, ob er noch immer so brutal war wie als Jugendlicher. So gerissen und hinterhältig. Oder hatte auch er sich mit den Jahren verändert? War er freundlicher geworden? Ruhiger?

Sicher nicht.

Halvor Vange zündete sich eine Zigarette an und blies den Rauch in den Maimorgen.

Sonja, flüsterte Tom Kaser. Ich bin wieder da. Deinetwegen.

Jetzt reißen wir das Übel mit der Wurzel aus.

4

Skårnes, Sagsjøen
Freitagnachmittag, 6. Juni 2014

Abgestandene, muffige Luft schlug Ina entgegen, als sie die Hütte im Wald am kleinen See Sagsjøen aufschloss. Sie waren seit zwanzig Jahren nicht mehr hier gewesen. Die Hütte war ein verdrängtes Kapitel im Universum der Familie Grieg. Ihr Vater und Ina hatten sie wohlweislich nicht mehr erwähnt, geschweige denn etwas mit ihr unternommen. Für Gunnar Grieg war das Häuschen eines von zahlreichen begonnenen, aber nie zu Ende geführten Projekten.

Genau wie seine Familie.

Doch jetzt stand Ina da und ließ die eingesperrte Luft in den Nachmittag entweichen.

Sie trat ein paar Meter zurück und musterte die Hütte. Aus der Entfernung sah sie richtig gemütlich aus. Ein kleines, rot gestrichenes Häuschen mit weißen Fensterrahmen. Geschützt am Waldrand unter wuchtigen Nadelbäumen. Auf dem Platz vor der Hütte wucherte Gras. Erste grüne Halme schoben sich durch die grauen Büschel des Vorjahres. Sie wusste, dass im Schuppen eine Sense stand. Sie musste sie schleifen und sich morgen ans

Werk machen. Vielleicht schaffte sie das noch vor dem Klassentreffen. Danach konnte sie sich dann im See waschen, wie sie es früher immer getan hatten.

Aber zuerst musste sie es drinnen wohnlich machen.

Sie entdeckte Mäuseköttel auf der Veranda, holte fluchend den alten Besen aus dem Klohäuschen und machte sich daran, sie ins Gras zu fegen. Staub und Dreck wirbelten auf. Ina hielt sich hustend die Hand vor den Mund.

Verdammt, was für eine Bruchbude.

Dabei hätte die Veranda der Ort sein sollen, an dem die Familie sich versammelte, um in der Sonne zu sitzen und Kaffee zu trinken.

Bei den guten Absichten war es geblieben. Das Interesse ihres Vaters an der Hütte hatte schon im ersten Sommer rapide abgenommen. Er war einfach nicht in der Lage, mit einem Kaffee auf der Terrasse zu sitzen und die Sonne zu genießen. Ina und ihre Mutter hatten die Ruhe dort draußen tatsächlich als wohltuend empfunden. Nicht so Gunnar Grieg, er war an diesem Ort ebenso rastlos geblieben wie überall sonst.

Ina studierte seufzend die gesplitterten Bohlen der Wand hinter der Veranda. Sie musste neu verkleidet werden. Die anderen Wände hatten sich erstaunlich gut gehalten, mussten aber gestrichen werden. Vielleicht konnte sie im Sommer einmal Amund, Guro und Eline mitnehmen und die nötigsten Arbeiten ausführen – bevor die Hütte in sich zusammenfiel. Vielleicht würde sie das auch wieder ein bisschen vereinen?

Ina warf einen Blick in Richtung See. Die Hütte lag wirklich schön. Nur fünfzig Meter bis zum Wasser. Perfekt für die Kinder und sicher auch für Amund, denn hier könnte er fischen. Wenn das Eis in der Nordmarka zu schmelzen begann, überkam ihn immer eine seltsame Unruhe. Dann verbrachte er die meisten Abende im Keller mit dem Bindestock für seine künstlichen Fliegen.

Ina schlenderte zum Wasser und betrat vorsichtig den Steg. Er knirschte bedrohlich und schwankte unter ihren Füßen.

Trotzdem ging sie weiter.

Sie stand am äußersten Ende des Stegs, genoss den warmen Juninachmittag und ließ ihren Blick über den See schweifen. Es war beinahe windstill, die Wasseroberfläche war nur ganz leicht gekräuselt. Hinter ihr am Waldrand sangen Vögel. Ina schloss die Augen. Buchfink. Goldammer. Das andere Gezwitscher kannte sie nicht. Gleichzeitig poppte ein Bild auf ihrer Netzhaut auf. Guro und Eline unten am Ufer. Sie warfen Steine. Sie sah sogar Amund. Er saß mit ihr auf der Veranda, sie tranken Kaffee und winkten den Kindern. Aber Ina wusste, dass das ein Trugbild war, bloßes Wunschdenken.

Sie war keinen Deut besser als ihr Vater.

Wie er war sie unruhig, unberechenbar – und damit ebenso schwierig für *ihre* Familie.

Ina hörte ein Hupen von der Straße. Sie drehte sich um und sah weit oben eine Hand aus einem heruntergelassenen Fenster winken. Das Gesicht war fremd und doch auch bekannt.

Katrine.

Ina spürte, dass ihre Laune besser wurde, als sie mit raschen Schritten zurück zum Weg ging. Die Holzplanken des Stegs knirschten. Irgendwie kam ihr das Ganze unwirklich vor, wie eine Szene in einem Film. Sie sah Katrine aus dem Auto steigen und auf sich zukommen. Nach den Geburten hatte sie etwas zugelegt, registrierte Ina, war aber weit davon entfernt, dick zu sein, eher etwas gedrungen und muskulös. Sie schien regelmäßig zu trainieren. Ihre Haare waren noch lang und dunkel, auch wenn sie jetzt – fünfundzwanzig Jahre später – vermutlich gefärbt waren. In ihrem braungebrannten Gesicht zeichneten sich erste Fältchen ab.

Die beiden ehemals besten Freundinnen umarmten sich herzlich.

»Hätte nicht gedacht, dass ich das noch erlebe«, sagte Katrine. »Ina fucking Grieg zurück in Skårnes!«

»Ich auch nicht, Katrine fucking Nymoen.«

So hatten sie sich damals in den Achtzigern immer angeredet.

»Ich darf doch bitten: Katrine fucking Stormark.«

»Oh, das hatte ich ganz vergessen. Wo hast du Jan versteckt?«

»Bei der Arbeit.«

»Ist er denn tatsächlich Arzt geworden? Er hatte damals ja nichts anderes im Sinn.«

»Yes. Er versorgt die Familie, jedenfalls ökonomisch. Handwerklich ist er ein Trottel. Aber was ist mit dir, Ina? Psychologin? Wer hätte das gedacht?«

Katrine ließ ihr dunkles Lachen hören. Ina spürte, dass der Kommentar sie ein bisschen verletzte, obwohl sie wusste, dass er ironisch gemeint war. Katrine war nicht die Erste, die Ina als ungeeignet für diesen Job ansah. Das stimmte aber nicht, denn die klassische Therapiesituation war eine der wenigen sozialen Herausforderungen, die Ina wirklich meisterte. Was ihr schwerfiel, war das Leben *außerhalb* der Praxis.

Sie versuchte, ihren Ärger abzuschütteln. »Und was ist mit dir, Katrine? Was machst du?«

Katrine schnaubte. »Pädagogische Leiterin im Kindergarten.«

»Und schaffen die Kinder dich?«

»Nein, es ist viel einfacher, mit Kindern zu arbeiten, als tagtäglich von ihnen umgeben zu sein. Die beiden Racker zu Hause sind das größere Problem.«

»Verstehe. Der Umgang mit den Patienten ist manchmal auch einfacher als das Familienleben.«

Ina bemerkte, dass Katrine sie musterte, als suchte sie nach etwas, vielleicht nach einer Antwort auf die Frage, wie sie hier gelandet waren, in zwei so unterschiedlichen Leben, so weit von ihrer gemeinsamen Jugend entfernt.

Dann wich das Unergründliche in ihrem Blick einem Lächeln. »Tja, wir sind uns ähnlicher, als du denkst.«

Katrine erwartete wohl, dass Ina ihr zustimmte, aber den Gefallen tat sie ihr nicht. Eine lange, unangenehme Stille breitete sich aus. Ina spürte die Panik kommen. Sollte das ganze Wochenende so werden? Eine endlose Reihe zwanghafter Gespräche – gefolgt von peinlichen Augenblicken des Schweigens?

Sie suchte nach einem unverfänglicheren Gesprächsthema. »Wie geht es Oddvar?«

»Dem Metalfreak? Tja, frag doch mal, wer hier in Skårnes die Polizeiwache leitet?«

»Du machst Witze?«

Katrine schüttelte den Kopf. »Es war nie gefährlicher, sich hier in der Gemeinde aufzuhalten.«

Ina konnte es kaum glauben. Oddvar Polizist? War

es wirklich möglich, dass aus dem so aufmüpfigen Kleeblatt der Schulzeit eine Kindergartentante, ein Polizist und eine Psychologin geworden war? Hätte damals jemand auf diesen Ausgang gewettet, er hätte sicher eine traumhafte Gewinnquote erzielt.

»Macht er noch Musik?«

Katrine nickte. »Immer noch mit denselben Metal-Leuten. Sie treten jedes Jahr einmal im Pub auf. Aber mit der Zeit sind sie etwas milder geworden.«

»Hast du Kontakt zu ihm?«

Katrine sah sie von der Seite an. »Du, seit wir Schluss gemacht haben, sind fünfundzwanzig Jahre vergangen. Ich habe zwar nichts gegen ihn, aber Kontakt haben wir trotzdem keinen. Auch er hat geheiratet – Ingrid –, die beiden haben vier Kinder.«

Ina blieb der Mund offen stehen. »Reden wir gerade wirklich von Oddvar Borge? Und *Ingrid*?«

Katrine nickte wieder. »Die waren doch schon früher auf der Schule zusammen. Bevor Oddvar auf diesen mystischen, finsteren Trip gekommen ist. Ingrid ist da natürlich ein bisschen anders.«

»Mein Gott. Es hat sich echt einiges verändert.«

Katrine sah amüsiert zur Hütte. »Erinnerst du dich an all die Male, die wir hier waren?«

Oh ja, Ina erinnerte sich nur allzu gut daran. Ihr Vater hatte davon natürlich keine Ahnung gehabt, aber die drei – Katrine, Oddvar und sie – hatten in der Abizeit mehr als eine Party am See gefeiert. Während sich die anderen Mitschüler im Zentrum trafen, kamen sie hier zusammen und hörten mit einem Ghettoblaster Nick Cave oder Black Metal. Sie hatten sich unter die Bäume gehockt, weit weg von allen anderen, und gemeinsam gesoffen, gekifft und sich weggeträumt. Den Stoff hatte Oddvar besorgt, der jetzt Polizeichef war.

Ina wurde aus ihren Gedanken gerissen, als Katrine sie am Oberarm berührte. »Sollen wir uns morgen vor dem Fest nicht wieder hier treffen?«

»Äh, die Hütte ist nicht gerade präsentabel …«

»Egal. Das wird wie früher. Wär' doch nett, ein paar Bier zu trinken, bevor wir dem Rest begegnen, oder?«

»Dann sagst du aber auch unserem Polizeichef Bescheid, okay?«

Katrine lachte, wurde jedoch schnell wieder ernst. »Echt blöd, dass du hier schlafen willst.« Sie machte eine Geste in Richtung Hütte. »Du könntest doch bei uns wohnen. Wir haben ein großes Haus mit Gästezimmer und allem.«

»Nein, ich will niemandem zur Last fallen«, antwortete Ina. »Außerdem kann ich mich so ein bisschen um die Hütte kümmern. Du siehst ja, sie hat es schwer nötig.«

»Ja, da magst du recht haben. Aber wer hat das nicht? Trainierst du eigentlich noch?«

Ina sah zum See hinüber. »Ja, ich versuche, am Kickboxen dranzubleiben.«

»In Nittedal?«

»Wir sind ein paar Leute und trainieren in einer alten Scheune.«

Katrine grinste. »Tja, ich trainiere übrigens auch noch. Also, hin und wieder. Es gibt echt nichts Besseres, um mal richtig abzuschalten und den Alltag zu vergessen – tut gut, all seine Frustrationen in den Boxsack zu hauen.«

Ina musterte Katrine. Sie wirkte wirklich außerordentlich gut in Schuss. »Tom Kaser würdest du problemlos auf die Bretter schicken.«

Katrine erschauderte. »Dabei hatte ich gerade so gute Laune.«

»Ist er noch hier?«

»Und wie. Aber natürlich nur selten zu sehen.«

Katrine legte ihre Hand noch einmal auf Inas Oberarm. Die Finger bohrten sich überraschend fest in ihre Haut.

»Kaser ist wirklich so ... der ist echt unangenehm. Treibt sich die ganze Zeit im Wald rum. Genau wie damals. Die Leute trauen sich schon nicht mehr, dort spazieren zu gehen.«

Ina schluckte und zog ihren Arm vorsichtig aus der Umklammerung. »Aber du brauchst doch keine Angst zu haben, Katrine.«

Die Freundin sah sie resigniert an. »Ich habe nicht um mich Angst. Aber wir sind vorsichtig geworden. Meine älteste Tochter ist bald so alt wie ... wie Sonja damals. Sie darf nicht allein zu ihren Freundinnen fahren – jedenfalls nicht zu denen, die ein bisschen weiter weg wohnen. Ihr stinkt das gewaltig, aber das lässt sich nicht ändern. Ich will nicht, dass sie auch nur eine Sekunde allein ist, jetzt, wo Tom Kaser hier herumschleicht.« Katrine atmete schwer. »Natürlich«, fuhr sie fort, »ist das eine Art Sieg für ihn. Er hat uns allen Angst eingejagt, besonders denen, die die Sache mit Sonja aus erster Hand mitbekommen haben. Du kannst dir nicht vorstellen, was das mit uns macht.«

Oh doch. Ina konnte sich das sehr gut vorstellen. Sie brauchte nur die Augen zu schließen, und schon wusste sie wieder, welche Ängste sie ausgestanden hatte, als

Guro und Eline vor zweieinhalb Jahren aus dem Kindergarten entführt worden waren.

»Aber *warum* ist er zurückgekommen?«

Katrine wandte sich ihr zu. »Du bist die Psychologin. Ich hatte gehofft, dass du mir eine Antwort darauf geben könntest. Warum zum Teufel kommt der Typ an den Ort zurück, an dem er vor vielen Jahren ein Mädchen umgebracht hat?«

Ina überlegte einen Moment, ob sie den Satz, den sie auf der Zunge hatte, wirklich aussprechen sollte. Schließlich tat sie es. »Man konnte Kaser nie etwas beweisen.«

Die Reaktion ließ nicht auf sich warten. »Ein blutiges T-Shirt im Mülleimer vor dem Haus? Blut auf einem Stein bei der Unterführung? Für mich sind das mehr als genug Beweise.«

»Und was ist mit den Vange-Brüdern?«

»Was soll mit denen sein?«

»Könnten nicht auch die etwas damit zu tun haben? Die haben Sonja doch ganz furchtbar gequält. Die könnten das T-Shirt ganz einfach bei Kaser deponiert haben.«

Katrine schüttelte den Kopf. »Klar, die Vange-Brüder haben gemobbt und waren gewalttätig. Aber sie waren in ihrer Brutalität ziemlich einfach gestrickt. Die hätten sich so etwas nicht ausdenken können.«

Der Kommentar verwunderte Ina. Ein blutiges T-Shirt bei jemandem in die Mülltonne zu werfen, war so raffiniert nun auch nicht. »Was machen die heute eigentlich?«

»Der Jüngere der beiden lebt nicht mehr. Das solltest du eigentlich wissen. Der ist doch bei diesem schrecklichen Unfall ums Leben gekommen.«

Ina nickte ernst. »Was ist damals eigentlich passiert?«

»Die Details kenne ich auch nicht. Aber es gab irgendeinen Unfall auf dem Schrottplatz. Der Vater und der jüngere der beiden Brüder, Geir, sind dabei umgekommen. Erschlagen von irgendetwas, das sich losgerissen hatte. Apropos Autos: Halvor, der Ältere, fährt jetzt Taxi. Ein ewiger Junggeselle, der gern mal zu tief in die Flasche guckt.«

»Der fährt Taxi? Ich dachte, der würde sich um den Hof kümmern?«

Katrine schüttelte den Kopf. »Den Hof kannst du vergessen. Seit die Frauen ausgezogen sind, ist das da oben die reinste Müllkippe. White Trash der schlimmsten Sorte.«

»Dann wohnt Oda nicht mehr dort?«

»Nein, es ist Jahre her, dass sie zuletzt in Skårnes war. Ich glaube, sie ist nach der Schule nach Schweden gezogen. Ihre Mutter ist wohl im Altersheim.«

»Weißt du, ob Oda morgen auch kommt?«

»Keine Ahnung.«

Ina versuchte, die letzten Informationen zu verarbeiten. Die ganze Familie der beiden Tyrannen schien sich aufgelöst zu haben. Jetzt war nur noch einer übrig, und der schaffte es kaum, sein Leben zu meistern.

»Bestimmt gute Stimmung, wenn die Mobbingopfer von damals mit Halvor Vange im Taxi unterwegs sind«, sagte sie schließlich.

Katrine gab ein trockenes Lachen von sich. »Das kannst du laut sagen. Gott, was für ein Idiot.«

»Und trotzdem glaubst du nicht, dass er etwas mit Sonjas Verschwinden zu tun hat?«

Die Antwort kam sofort: »Nein, das war der Botaniker.«

»Und wenn das T-Shirt bei Kaser doch deponiert wurde?«

Katrine schnaubte resigniert. »Du hast zu viele Krimis gelesen. Aber sag mal, wie kann Kaser es wagen, nach Skårnes zurückzukehren, wenn ihn doch die ganze Gemeinde wie die Pest hasst?«

Ina überlegte. »Vielleicht will er reinen Tisch machen?«

Katrine schnaubte erneut. »Es gibt auf jeden Fall eine ganze Menge Leute, die mit ihm reinen Tisch machen wollen.«

»Wie meinst du das denn?«

Katrine sah Ina in die Augen. »Ich habe Angst um meine Kinder, Ina. Ich würde alles tun, um sie zu beschützen. Würdest du das nicht auch tun?«

Ina schluckte und nickte schließlich. Gleichzeitig kam ihr aber ein Gedanke. »Apropos, ich würde gerne mal mit Sonjas Mutter reden. Hatte sie nicht irgendetwas Merkwürdiges?«

Katrine musterte Ina überrascht. »Was denn Merkwürdiges?«

»Ach ... die Art, wie sie auf Sonjas Verschwinden reagiert hat. Da war doch was.«

»Hä, wie meinst du das ...?«

»Lebt sie noch?«

»Klar. Sie wohnt noch immer in dem Haus an der Unterführung.«

»Wie alt ist sie jetzt eigentlich?«

»Sicher über siebzig. Ich glaube, die war schon ziemlich alt, als sie Sonja bekommen hat.«

»Dement ist sie aber nicht, oder?«

Katrine runzelte die Stirn. »Was ist das denn für eine

Frage! Nein, sicher schade für Ragnhild Lerdahl, aber sie ist noch vollkommen klar im Kopf.«

»Schade?«

»Ja, was glaubst du denn, wie sie sich jetzt fühlt, wo Kaser wieder da ist? Die alten Wunden müssen doch aufreißen! Glaubst du nicht, dass sie sich jeden Tag aufs Neue fragt, was mit Sonja passiert ist?«

5

Katrines Toyota rollte langsam vom Platz vor der Hütte. Oben drehten die Räder kurz durch, dann fanden sie Halt, und der Wagen fuhr weiter.

Zurück blieb nur eine Staubwolke.

Ina ging langsam zur Hütte. Sie musste da jetzt rein, auch wenn sie das Wiedersehen mit der Vergangenheit noch scheute. Vorsichtig trat sie ein.

Der Gestank war unerträglich. Sie presste sich die Hand auf Nase und Mund, um sich nicht übergeben zu müssen, und ging der Reihe nach durch die Räume. Wohnbereich, Küchenecke, das kleine Bad und die beiden winzigen Schlafzimmer mit Doppelstockbetten. Sie zog die Gardinen auf und öffnete die Fenster, damit die milde Juniluft hereinkam und den Gestank vertrieb.

Erst auf den zweiten Blick nahm sie das Chaos wahr. In der Küchenecke waren alle Schubladen geöffnet und der Inhalt herausgezerrt worden. Mehl- und Zuckertüten lagen am Boden und mischten sich mit anderen Lebensmitteln und Mäusekötteln. Neben der Klappe zum

Kriechkeller bemerkte sie ein kleines Loch. Irgendwelche Viecher hatten sich regelrecht durch den Boden genagt, um in die Hütte zu gelangen. Vermutlich Marder oder Wiesel. Mäuse schafften so etwas nicht.

Es war schlimmer, als Ina erwartet hatte. Viel schlimmer. Sie wusste kaum, wo sie anfangen sollte. Sie atmete tief durch. Jetzt brauchte sie erst einmal eine Zigarette. Danach würde sie loslegen. Ein paar Stunden hatte sie ja noch. Aber sie musste fertig werden, bevor es dunkel wurde, denn die Angst vor der Dunkelheit hatte sie nie ablegen können. Spätestens dann musste sie hinter geschlossenen Türen und Fenstern sitzen.

*

Als Ina endlich Eimer und Schrubber wegstellte, dämmerte es bereits. Sie wischte sich den Schweiß von der Stirn und lächelte zufrieden. Hätte Amund sie doch nur sehen können! Vielleicht wäre er dann mal zufrieden mit seiner Frau gewesen. Zu Hause in Nittedal war er derjenige, der den Haushalt und die Küche im Griff hatte.

Die Hütte war wie verwandelt. Der Boden roch nach Ajax und Neutralseife, und von Staub und Kot war nichts mehr zu sehen. Irgendwie hatte ihr die Putzaktion Energie verliehen. Vielleicht sollte sie sich öfter mal für ein paar Tage hierher zurückziehen und körperlich arbeiten, sich erden und all den Mist rauslassen, der sich über die Jahre angesammelt hatte.

Das Putzen und Aufräumen hatte wirklich Wunder bewirkt. Sie fühlte sich wie neugeboren. Stark. Sogar ihre Gedanken waren mit einem Mal frei. Das zermürbende Grübeln war durch etwas Konkretes ersetzt worden.

Ina sah auf die Uhr. Kurz nach neun. Es dauerte noch eine ganze Weile, bis es dunkel wurde.

Sie nahm den Schlüssel für das Vorhängeschloss aus dem Kästchen an der Wand und ging zu dem kleinen Schuppen hinter der Hütte. Draußen schien es irgendwie wärmer geworden zu sein.

Das Schloss war verrostet. Erst nach mehreren Versuchen ließ sich der Schlüssel hineinstecken und das Vorhängeschloss öffnen. Die Tür des Schuppens knirschte laut, als sie sie aufzog und ins Dunkel starrte. War hier nicht irgendwo eine alte Taschenlampe?

Sie tastete vorsichtig nach dem Brettchen neben der Tür und wurde tatsächlich fündig.

Sie schaltete die Lampe ein. Die kleine Birne spendete wie durch ein Wunder noch etwas Licht. Seltsam, dass die Batterien nicht vollständig leer waren. Das Licht fiel auf ein Wirrwarr alter Gartengeräte: Rechen, Spaten und Harken, Rasenmäher, Werkzeugkiste, Hammer, Säge und Nägel. Und, ganz hinten, die Sense. Ina beugte sich vor, legte die Finger um den Schaft und zog sie zwischen den anderen Geräten hervor. Vorsichtig fuhr sie über die rostige Klinge. Sie musste dringend geschliffen werden. Die Arbeit am Schleifstein war eins der wenigen Dinge, die Ina gerne gemeinsam mit ihrem Vater gemacht hatte. Sie hatte neben ihm gestanden und zugesehen, wie er die Klinge über den Stein zog. In diesen Momenten war er immer so wunderbar ruhig gewesen.

Ina lehnte die Sense an die Schuppenwand, ging hinunter zum See, holte einen Eimer Wasser und benetzte den Schleifstein. Der Verfall hatte nicht einmal vor ihm Halt gemacht. Ganze Moospolster wucherten darauf, und die Achse war aus der Halterung gerutscht. Mit etwas Mühe gelang es ihr aber, den Stein wieder korrekt auszurichten. Sie goss noch einmal etwas Wasser darüber und begann dann ganz langsam, ihn zu drehen. Die lauten Schleifgeräusche verursachten ihr eine Gänsehaut. Es war alles andere als leicht, den Stein zu drehen und gleichzeitig die Klinge dagegen zu drücken. Schließlich gelang es ihr in einer seltsamen Haltung: Mit der linken Hand drehte sie den Stein, mit rechts drückte sie die Klinge darauf, während sie den Schaft der Sense gleichzeitig mit dem Knie nach unten drückte.

Es war wahnsinnig anstrengend.

Ina verfluchte sich selbst. Warum musste sie das unbedingt noch am Abend machen? Aber sie hatte es sich nun einmal in den Kopf gesetzt und gab nicht eher auf, bis ihr die Klinge scharf genug erschien.

Inzwischen war es fast vollständig dunkel. Ina schwitzte und hätte längst in die Hütte gehen sollen. Die Angst meldete sich, und sie sah sich rasch um. Nur Dunkelheit, Bäume und das Rascheln von Blättern.

Sie nahm die Taschenlampe und lehnte sie an die Hüttenwand. Der kleine, müde Lichtstrahl bohrte sich tapfer durch die Dunkelheit.

Das Herz schlug Ina bis zum Hals, aber sie wollte nicht klein beigeben. Angst vor der Dunkelheit! Eine erwachsene Frau. Im Umkreis von zehn Kilometern gab es außer den dicken Hechten im Schilfgürtel sicher nichts, wovor sie Angst haben musste. Die konnten einem allerdings wirklich in die Hand beißen, wenn man dumm genug war, die Finger an der falschen Stelle ins Wasser zu stecken. Als Psychologin wusste Ina überdies, dass sie sich ihren Ängsten stellen musste.

Langsam hob sie die Sense an, machte eine seitliche Drehung und ließ den glänzenden Stahl durch das wild wuchernde Gras fahren. Die Sense hakte ein bisschen, sie war offenbar noch nicht richtig scharf. Trotzdem lag ein Büschel Gras wie Stroh am Boden. Jetzt galt es, den richtigen Rhythmus zu finden. Ina hob die Sense erneut an, holte aus, schnitt das Gras.

Wieder und wieder.

Die Dunkelheit umfing sie, aber sie machte weiter. Herrliche, rotierende Bewegungen. Die Sense tauchte in das hohe Gras und schnitt es in einem Halbkreis ab. Dann einen Schritt vor, weiter und weiter.

Als Ina sich zur Hütte umdrehte, bemerkte sie, dass die Taschenlampe fast vollständig verloschen war. Die Birne gab nur noch einen orangefarbenen Schimmer von sich. Und war dann plötzlich ganz aus.

Inas Herz hämmerte wie wild.

Das einzige Licht, das sie jetzt noch sah, kam von der Paraffinlampe im Innern der Hütte – ein wohliger Schimmer im Fenster.

Ansonsten war es stockfinster.

Sie drehte sich um und zog die Sense noch ein paarmal durch das hohe Gras. Aber von einem Moment auf den anderen ging es nicht mehr. Sie blieb reglos stehen und ließ den Blick schweifen. Über ihr glitzerten Sterne. Die Spitzen der Nadelbäume hinter der Hütte zeichneten sich schwarz vor dem Himmel ab.

Ina spitzte die Ohren. Hörte jetzt, da sie fast nichts mehr sah, alles viel deutlicher. Das Zirpen einer Grille. Das Zwitschern einer Schwalbe. Sommergeräusche.

Nachtgeräusche. Der Duft der wuchernden Fliederbüsche an der Einfahrt. Ein brechender Zweig.

Sie zuckte zusammen.

Ihr Blick bohrte sich ins Dunkel, aber sie konnte nichts erkennen. Das Geräusch war irgendwo vom Waldrand hinter der Hütte gekommen. Ina umklammerte den Schaft der Sense noch fester und ging langsam in die Richtung. Da war etwas. Sie spürte es mit dem ganzen Körper, und ihr Herz pumpte wie wild. Lähmende Angst breitete sich in ihr aus. Sie hob die Sense etwas höher, während sie über das geschnittene Gras schlich. Ihre Finger verkrampften sich.

Dann blieb sie abrupt stehen. Sie glaubte jetzt wirklich, die Kontur eines Schattens auszumachen. Oben am Waldrand, gleich neben dem Schuppen, stand jemand. Der Schatten wurde immer deutlicher. Er bewegte sich langsam auf sie zu.

Sie hob die Sense noch weiter an. Der Schatten kam immer näher.

»Stopp!«

Der Schatten blieb nur wenige Meter vor ihr stehen. Ihre Hände zitterten.

»Wer ist da?«

Ihre Stimme zerschnitt die Stille. Dünn und schrill.

Aber der Schatten antwortete nicht, sondern trat noch einen Schritt auf sie zu. Seine Silhouette hob sich vor dem Licht ab, das durch das Hüttenfenster fiel. Und plötzlich sah sie alles ganz deutlich: die schmächtige Gestalt, der kahle Schädel, das vorsichtige Lächeln, das ihr einen Schauer über den Rücken jagte, so dass sie am ganzen Körper Gänsehaut bekam. Mit einem Mal wusste Ina, wer das war. Vor ihr stand Tom Kaser.

Teil II

Familie

Der Brunnen, der am Abend raunt

Skårnes 1984

Sonjas Handgelenke scheuerten über den Stamm. Die Borke riss ihre Unterarme auf. Blut floss. Aber die Hoffnung gab ihr Kraft. Der Strick begann endlich nachzugeben. Sie musste die Zähne zusammenbeißen, um nicht laut aufzuschreien, so weh tat es! Aber jetzt war es bald geschafft. Nur noch ein bisschen, nur noch …

Ein Ruck, und der Strick riss.

Sie war frei!

Langsam hob sie den Blick. Im Wald war es stockfinster. Feucht. Tau im Gras. Kalte Luft. Es war Abend geworden. Nacht. Sie musste länger hier gestanden haben, als sie gedacht hatte. Ihr Körper schmerzte. War durchgefroren.

Acker-Glockenblume, Wiesen-Glockenblume, Nesselblättrige Glockenblume.

Mit zitternden Händen befreite sie sich von dem Strick und setzte sich schwankend in Bewegung. Ihr Körper war vollkommen gefühllos. Alles war steif und unterkühlt. Ihre Füße bewegten sich, kamen ihr aber wie Fremdkörper vor. Sie war eine Statue aus Eis. Trotzdem fand sie eine Art Rhythmus, und bald wurde aus dem Stolpern ein Laufen, bis sie schließlich rannte.

Die Wärme kam in ihren Körper zurück.

Und sie war frei.

Ihre Füße hatten längst einen ganz bestimmten Weg

durch den Wald eingeschlagen. Sie wusste, wohin sie lief, denn nach Hause konnte sie jetzt nicht. Das war unmöglich. Ihre Mutter würde Himmel und Hölle in Bewegung setzen und so alles herausfinden – und kaputtmachen.

Für sie gab es jetzt nur einen Weg.

Und der führte zu *ihm*.

Tom würde verstehen. Er würde sie trösten. Er würde ihr sagen, was sie tun sollte.

Sie musste zu dem Brunnen, der am Abend raunte, auch wenn sie wusste, dass er dort nicht mehr warten würde. Trotzdem wollte sie sich vergewissern, ob er nicht doch noch da war. Bis jetzt hatte sie alle Verabredungen mit Tom eingehalten, und sie konnte sich vorstellen, wie enttäuscht er in dem Moment gewesen sein musste, als ihm klarwurde, dass sie nicht kommen würde, dass nun auch sie ihn verraten hatte – wie alle anderen.

Aber das stimmte nicht!

Tom, du musst am alten Siedlungsplatz warten! Du musst einfach. Du musst. Und dann sei für mich da, wie du immer für mich da bist. Lass uns durch die Ruinen streifen, lass uns Mann und Frau sein und zum Brunnen schleichen, der am Abend raunt. Lass uns am Brunnenrand horchen wie der tapfere Mio bei Astrid Lindgren. Lass uns einfach da liegen, mucksmäuschenstill, und auf die Geschichten warten, die aus der Tiefe zu uns nach oben dringen – uns in eine Welt entführen, in der alles besser ist als hier.

Ein Abenteuer, wunderbarer als alle anderen, nur für uns. Lass uns dort liegen, die Ohren am Rand des Brunnens, und uns von der Geschichte forttreiben lassen in fremde Welten, fremde Landschaften, dorthin, wo die Menschen anders sind, wo alles anders ist, schöner.

Sie spürte, wie Wärme sich in ihrem Körper ausbreitete. Sie rannte weiter durch den nächtlichen Wald, diesen Weg würde sie mit geschlossenen Augen finden. Und sie rief sich die Geschichten in Erinnerung, die ihnen der Brunnen bereits erzählt hatte. Natürlich wusste sie, dass es Tom gewesen war, der das alles flüsternd erzählt hatte, dass all diese farbenprächtigen Abenteuer von ihm stammten. Aber das spielte keine Rolle. Für sie waren die Geschichten real und voller Hoffnung. Sie mussten es sein, sollte sie ihr Leben mit den Mädchen in der Schule und mit den »beiden« aushalten. Sie brauchte diese kleinen Fluchten, wenn sie hier wirklich weiterleben wollte.

So einfach war das. So kompliziert.

Die Wärme gab ihren Muskeln Kraft, und sie rannte immer schneller durch den Wald. Sie spürte, wie leicht sie wurde. Sie würde leben, trotz allem.

Schnittlauch, Weinberglauch, Bärlauch.

Kurz danach erreichte sie die Ruinen des alten Siedlungsplatzes. Sie konnte die dunklen, mit Moos bewachsenen Steine kaum erkennen, erahnte sie aber im Dunkeln. Schwarze Schatten am Boden zwischen den Bäumen. Reste einer Grundmauer. Alte Steine in rechteckigen Formationen. Früher waren das einmal Häuser gewesen. Noch vor hundert Jahren hatten hier Menschen gelebt, doch jetzt war alles überwuchert.

Der Platz lag abseits aller Wege. Nur wer sich wie *er* in der lokalen Geschichte auskannte, wusste, dass es diesen Ort gab.

Tom, lieber, lieber Tom.

Selbst am Tag war es hier, mitten im Wald, dunkel. Aber nachts war die Finsternis undurchdringlich. Ihre

Augen suchten die Umgebung ab, und der Kloß in ihrem Hals wuchs. Natürlich war er nicht da. Wieder stellte sie sich vor, wie enttäuscht er gewesen sein musste, als sie nicht kam. Aber er konnte ja nicht wissen, was geschehen war.

Noch einmal stieg die Verzweiflung in ihr hoch. Was sollte sie jetzt tun? Zu Tom nach Hause konnte sie auch nicht gehen. Obwohl er im Keller des kleines Hofs wohnte, würde sein Vater, der immer am Fenster spionierte, sie sicher entdecken. Zu ihrer Mutter konnte sie erst recht nicht gehen. Die würde sofort zur Polizei laufen, und dann würde herauskommen, was sie da bei der Linde gemacht hatten. Sie würden nie mehr zusammen sein dürfen, und die Tage wären noch grauer und unerträglicher als jetzt.

Nicht auszuhalten.

Langsam schob sie sich durch die Zweige und lief aus alter Gewohnheit an den Mauerresten entlang, die einmal zu einem Heim gehört hatten. Einem Ort, an dem die Ärmsten der Gemeinde hausten. Sie wusste, wohin ihre Füße sie trugen.

Der Brunnen.

Er lag lockend hinter den Ruinen. Der Brunnen, der vor gut hundert Jahren den Menschen das lebensspendende Wasser geschenkt hatte – und den sie jetzt zu ihrem geheimen Ort gemacht hatten. Ein kleiner, aber tiefer Brunnen, voller geheimer Geschichten und Träume. Fluchten. Ein Brunnen, der Abenteuer erzählte, fesselnder als alle anderen.

Sie wollte ihr Ohr an den Rand des Brunnens legen und auf ein Wunder hoffen. Vielleicht erzählte der Brunnen ihr ja eine seiner magischen Geschichten, auch wenn Tom nicht da war. Vielleicht bekam sie Worte zugeraunt, die ihr Hoffnung gaben und ihr zeigten, was sie nun tun sollte.

Der kleine Brunnen befand sich etwas unterhalb der Ruine, fernab aller Blicke. Tommy hatte Äste und Zweige darüber gelegt, um ihn zu verstecken. Sie räumte die kleine Öffnung frei. Das beinahe kreisrunde Loch kam zum Vorschein. Ein dunkler Kreis, umgeben vom Schwarz des Bodens. Ein Schauer lief ihr über den Rücken. Wie anders alles war. Wie kalt. Trotzdem legte sie sich ins Gras und spürte die Feuchtigkeit in ihre Kleider dringen. Dann schob sie den Kopf über die Brunnenöffnung und zuckte zusammen.

Ein Rauschen stieg von unten zu ihr hoch.

Ein Hauch aus den Tiefen der Erde.

Aber keine Worte. Keine Geschichten. Alles war schwarz und leer und still. Nur dieses undeutliche Rauschen. Ihr kleines Herz hämmerte wie wild.

Dann hörte sie plötzlich ein Rascheln und schnellte hoch, Gänsehaut auf beiden Armen.

Da war jemand im Wald. Jemand beobachtete sie.

6

Skårnes, Sagsjøen
Freitag, 6. Juni 2014

»Soso, Ina Grieg. Du bist also auch zurückgekommen?«

Beim Klang der Stimme musste sie schlucken, und ihre Hände umklammerten die Sense noch fester.

Tom Kaser war kleiner, als sie ihn in Erinnerung hatte. Höchstens einen Meter siebzig. Glattrasierter Schädel. Dunkle Freizeitkleidung. Er trat noch einen Schritt näher. Das Licht der Paraffinlampe in der Hütte erhellte den rechten Teil seines Gesichts. Die vorstehende Ader auf seiner Stirn, das etwas abstehende Ohr und die markante, schmale, leicht schiefe Nase. Er hatte den Blick auf Ina gerichtet. Wieder überkam sie das ebenso merkwürdige wie erschreckende Gefühl, etwas mit diesem Menschen gemeinsam zu haben.

Kasers Stimme hallte erneut durch die Nacht: »Ich habe Licht in der Hütte gesehen. Das erste Mal, seit ich wieder zu Hause bin.«

Der Satz bohrte sich in Inas Gehörgänge, und ihr Herz hämmerte.

»Zum ersten Mal seit zwanzig Jahren«, sagte sie.

Tom Kaser drehte den Kopf zur Hütte, so dass das Licht nun auf die andere Seite seines Gesichts fiel.

»Gute Arbeit mit dem Schleifstein«, sagte er.

Ina lief es eiskalt den Rücken herunter. Er musste sie den ganzen Abend beobachtet haben. Trotzdem versuchte sie, kühl und logisch zu denken. Kaser durfte nicht die Oberhand gewinnen. Sonst manövrierte er sie dorthin, wo er sie haben wollte. In die Angst. Sie musste die Initiative übernehmen, das Gespräch in eine Richtung lenken, die ihr passte, so wie sie es jeden Tag in den Therapiesitzungen tat. Frage um Frage. Immer weiter weg von sich selbst.

»Was willst du?«

Kaser drehte ihr wieder das Gesicht zu. »Ich bin nicht der, für den du mich hältst.«

»Nicht? Und wer bist du dann?«

Ein leises Lachen, dann erstarrte sein Gesicht wieder. »Für dich bin ich ein Mörder. Aber das bin ich nicht.«

»Bist du gekommen, um mir das zu sagen?«

»Unter anderem.«

Ina spürte ihr Herz pochen. Harte, rhythmische Schläge. Trotzdem bekam sie es nicht unter Kontrolle.

»Die Menschen halten mich für einen Jünger von Carl von Linné«, sagte er.

»Tun sie das?«

»Du kennst doch meinen Spitznamen. Aber sie irren sich. In meiner Jugend gab es eine Phase, in der ich diesen Schweden wirklich verehrt habe. Ich war überwältigt von seinem System, davon, dass er versucht hat, alles in Familien und Arten einzuteilen, um die Natur zu verstehen, um sie in den Griff zu bekommen.«

Kaser klang fast, als spräche er einen einstudierten Monolog. Carl von Linné? Arten und Familien? War der vollkommen verrückt geworden? Ina achtete auf Anzeichen von Labilität in seinem Gesicht – Ticks, Wut, irgendetwas. Aber Kaser wirkte ruhig und ausgeglichen.

Sie räusperte sich: »Gut, nun hast du vorgebracht, was du sagen wolltest. Vielleicht gehen wir dann jetzt nach Hause?«

Kaser hob die Hand. »Warte, ich bin noch nicht fertig.«

Inas Fingernägel krallten sich in den Schaft der Sense.

»Ich erinnere mich an dich aus der Schulzeit. Du bist hierher gezogen und mitten in diesem Rattennest namens Skårnes gelandet. Ich habe mit dir gefühlt, ich kannte das Gefühl, außen vor zu sein, nicht dazuzugehören. Und dann bin ich vor ein paar Jahren – ich war damals in einer Klinik – in einer Psychologiezeitschrift ganz zufällig auf deinen Namen gestoßen. Da wusste ich, dass ich recht hatte. Deine Jugend hier ist nicht schadlos an dir vorübergegangen. Nur dass du beschlossen hast, anderen zu helfen, andere zu reparieren, anstatt dich selbst zusammenzuflicken.«

Ina spürte das Murren in ihrem Körper. Jetzt fing der auch noch damit an. Aber es stimmte natürlich. Trotzdem würde sie niemals darauf eingehen oder auch nur den Gedanken verfolgen.

»Ich habe gehört, dass du eingeliefert worden bist«, sagte sie stattdessen. »Aber dies ist wirklich nicht der richtige Zeitpunkt für eine Therapiesitzung.«

Ein Lächeln zuckte über Kasers rechte Wange. »Tut mir leid, wenn es dir nicht gelegen kommt. Aber als ich das Licht sah und dich dann vor der Hütte, dachte ich, dass es vielleicht eine einmalige Gelegenheit für uns beide ist.«

Inas Puls beschleunigte sich wieder. »Wofür?«

»Einander zu helfen. Ich weiß ein bisschen. Du weißt vielleicht andere Dinge. Schließlich war Sonja in deiner Klasse, nicht wahr?«

Sie erschrak, als er den Namen aussprach, und dachte unwillkürlich, dass er sie irgendwie durchschaute.

»Ja, das stimmt.«

»Wer in der Klasse hat sie am meisten gemobbt?«

»Das war …« Ina kniff die Lippen zusammen. Durfte sie die anderen so einfach ausliefern? An einen möglicherweise psychisch labilen Mörder?

»Du traust dich nicht, diese Sadisten beim Namen zu nennen?«

»Das waren doch noch … Kinder, und … die haben doch nichts damit …«

»Ich kenne die Namen all ihrer Mitschüler auswendig«, tönte Kasers Stimme durch die Nacht. »Ina Grieg, Benedikte Moene, Jan Stormark, Ingrid Jakobsen, Rune Hallstad, Oddvar Borge … Soll ich weitermachen?«

»Nein, ich glaube dir.«

»Einer von denen war der Anführer bei diesem Mobbing. Für Sonja war es die reinste Hölle. Und niemand hat etwas dagegen unternommen. Du auch nicht, Ina Grieg!«

Der Vorwurf traf sie wie ein Schlag auf den Solarplexus. Sonjas abgewandtes Gesicht tauchte vor ihrem inneren Auge auf, wie auch die Gesichter der anderen Mädchen, die sich auf dem Schulhof um Sonja scharten und den Ring immer enger zogen, während sie selbst wegging und dem allen den Rücken zukehrte …

Sie straffte sich, musste sich konzentrieren, durfte nicht den Fokus verlieren. Sonst hatte er sie. Was wollte Kaser eigentlich, was hatte er vor? War er zurückgekommen, um sich an denen zu rächen, die Sonja gemobbt hatten? Oder war er hier, um Zweifel an seiner Täterschaft zu säen? Wollte er die Seelen verwirren, um dann erneut zuzuschlagen?

»Du weißt, was man über Mobbing sagt?«, unterbrach Tom Kaser ihren Gedankengang. »Man kann es nicht beenden, indem man sich gegen den schlimmsten Aggressor wendet, man muss sich an die wenden, die ihn anfeuern.«

»Ja?«

»Wenn der Mobber seine Unterstützer verliert, bricht früher oder später sein ganzes Fundament weg. Und dann braucht er neue Strategien.«

Ina nickte nur. Kaser hörte sich an, als zitierte er aus

einem Buch. Seine Sprache hatte etwas Abgehacktes, Unrhythmisches. Doch dann wechselte er das Thema und begann wieder die Namen ihrer Klassenkameraden aufzusagen.

Als er zu Oda Vange kam, hielt er inne und fixierte Ina. »Die Schwester der Vange-Brüder? Die war doch auch in eurer Klasse, oder?«

Odas Gesicht zeichnete sich glasklar auf Inas Netzhaut ab. Die langen, schwarzen Haare, die all die Jahre ihr Markenzeichen gewesen waren. Sie hatten ihr bis zum Po gereicht. Oda war groß und schlank, dabei aber nicht auffallend hübsch gewesen. Dafür war ihr Gesicht zu grob. Außerdem hatte sie fast nie gelächelt. Und wenn doch, wanderte ihre Hand immer automatisch zu ihrem Mund, um die Zähne zu verbergen. Aber ihre Haare hatten einen wirklich einzigartigen Glanz gehabt. Deshalb war es für alle in der Klasse ein Schock gewesen, als sie sie im letzten Monat vor dem Schulabschluss einfach abgeschnitten hatte. Vermutlich als Reaktion auf den Unfall ihres Vaters und Bruders. Auch auf dem Abifoto hatte sie diese kurzen Haare.

Ina wusste, dass Oda sich nie an dem Mobbing beteiligt hatte. Eher im Gegenteil. Sie war zwar launisch gewesen, die meiste Zeit aber eher mürrisch und verschlossen. Im Gegensatz zu ihren Brüdern brachte sie Mitgefühl für Verlierer auf.

Ina erinnerte sich, wie Oda Sonja einmal geholfen hatte, wenn auch indirekt. Es war keine ausgestreckte Hand, keine Geste der Freundschaft oder gar mehr gewesen. Aber nur Oda hatte gewagt, Benedikte und Ingrid zu widersprechen. Sie hatte die Dinge beim Namen genannt: »Ihr seid so verflucht primitiv!«, und: »Jetzt reißt euch mal zusammen, ihr Loser!« Und auch wenn Ingrid vor Wut gekocht hatte – sie konnte ihr Temperament einfach nicht zügeln –, wagten es weder Benedikte noch sie, zurückzuschlagen. Natürlich nicht. Die anderen Mädchen hatten ungeheuren Respekt vor Oda, deren Brüder bekannt dafür waren, dass sie nicht einmal davor zurückschreckten, anderen eine Eisenstange über den Schädel zu ziehen.

Es waren Benedikte und Ingrid und die Mädchen in ihrem Dunstkreis gewesen, die Sonja am schlimmsten gemobbt hatten. Sie grenzten sie konsequent aus, behaupteten, Oda würde sich nicht waschen, und quälten sie mit ihrem ewigen Getuschel darüber, wie hässlich sie sei und wie seltsam sie sich kleide.

Tom Kasers Stimme schnitt sich erneut in Inas Gedanken.

»Glaubst du, dass es Oda Vange war, die angerufen hat?«

»Angerufen?«

»Ja, die mich beschuldigt hat ... die der Polizei den Tipp gegeben und den Stein da platziert und das T-Shirt in unsere Mülltonne geworfen hat ...«

»Du meinst, weil die Anruferin eine Frau war?«

Kaser nickte langsam.

»Aber Oda war nett zu Sonja«, sagte Ina. »Sie war das sicher nicht.«

Kaser schüttelte langsam den Kopf. »Schon, aber ihre Brüder. Das waren die reinsten Teufel.«

»Glaubst du, dass die beiden etwas mit Sonjas Verschwinden zu tun haben?«

»Ich glaube es nicht. Ich *weiß* es. Mit Glauben kommt man nicht weit. Das *Wissen* ist der Schlüssel zu allem.«

»Aber Geir und Halvor Vange hatten doch ein Alibi. Sie waren den ganzen Abend im Club und haben Billard gespielt.«

Kaser schüttelte wieder den Kopf. »Hast du die Lügen noch immer nicht durchschaut? Man geht einfach von falschen Voraussetzungen aus. Das tun alle, dabei sind sie getäuscht worden.«

»Und was ist falsch?«

»Dass Sonja am *Abend* entführt wurde.«

»Aber Sonja wurde doch an der Unterführung gesehen, kurz vor Mitternacht?«

»Das hat diese anonyme Anruferin gesagt. Aber verstehst du denn nicht? Der ganze Anruf war ein Täuschungsmanöver! Sonja ist am *Abend* von niemandem lebendig gesehen worden.«

»Nicht? Und was ist deiner Meinung nach passiert?«

»Sie wurde direkt nach der Schule entführt. Eigentlich wollte sie da mich treffen. Wir hatten eine Verabredung. Im Wald. Aber sie ist nicht gekommen. Und zwar, weil sie zu diesem Zeitpunkt schon in den Händen dieser Teufel war. Sonja hat ihre Versprechen immer gehalten, sie hätte mich niemals im Stich gelassen.«

»Und du meinst wirklich, dass die beiden dahinterstecken?«

Kaser nickte. »Wenn sie nicht noch Hilfe hatten.«

»Hilfe?«

»Von der Person, die angerufen hat. Vielleicht waren das aber auch die Vange-Brüder selbst, oder Oda oder irgendjemand anders.«

»Wie meinst du das?«

»Ist dir der Gedanke wirklich noch nie gekommen, Grieg?«

Ina schüttelte still den Kopf.

»Ich glaube«, erklärte Kaser, »dass die Person, die angerufen und mich angeschwärzt hat, dass das entweder einer der beiden Vange-Brüder war oder eine von denen, die Sonja in der Schule gequält haben. Wer soll es sonst gewesen sein? Außerdem, warum sollten Geir und Halvor Vange überhaupt angefangen haben, Sonja zu quälen? Ich tippe, dass eins der Mädchen aus deiner Klasse die beiden erst auf sie aufmerksam gemacht hat.«

Ina schnappte nach Luft. So weit hatte sie noch nie gedacht.

»Es muss da eine Verbindung geben«, fuhr Kaser fort. »Zwischen denen, die sie in der Schule gemobbt haben, und den beiden Vange-Brüdern. Ist dir wirklich noch nie in den Sinn gekommen, dass eine der Mobberinnen auch schuld an ihrem Verschwinden sein könnte?«

Erneut lief Ina ein Schauer über den Rücken. »Oda war das nicht. Das kann nicht sein.«

Tom Kaser starrte sie an. »Wenn du meinst. Ich persönlich bin mir da nicht so sicher. Aber ich weiß auch noch etwas anderes: Wir sind uns gar nicht so unähnlich, Ina Grieg. Wir sind beide einsame Satelliten hier in Skårnes. Das sehe ich deinem Blick an. Und da du ja auch in Sonjas Klasse warst, bist du naturlich eine mögliche Quelle für mich.«

Ina fuhr sich mit der Zunge über die Lippen. »Und was soll ich für dich rauskriegen?«

Tom Kaser versuchte, ihren Blick einzufangen. Für den Bruchteil einer Sekunde glaubte Ina, ein Lächeln in seinen Augen zu sehen. Im nächsten Moment war er wieder todernst.

»Ich will, dass du denjenigen, der mir Sonja geraubt

hat, aufscheuchst. Deshalb bin ich heute Abend zu dir gekommen. Es ist unsere gemeinsame Pflicht, diese Sache zu klären. Wir müssen das tun, Sonja zuliebe.«

»Aber wie?«

Tom Kaser sah ihr direkt in die Augen. »Du musst nur eine Sache herausfinden, Ina Grieg: War Oda oder sonst jemand aus deiner Klasse dabei, als Geir und Halvor Vange Sonja getötet haben?«

Der Weg ans Ende der Welt
Skårnes, Frühjahr 1989

Sie wachte von einem Schrei auf. Musste eingeschlafen sein und geträumt haben. Aber alles hatte so echt gewirkt! Sie war in einem Freizeitpark gewesen, war Karussell gefahren, aufgeregt und glücklich und umgeben von Freunden, die sie so mochten, wie sie war – und nicht, weil sie Angst vor ihr hatten. Ihre Augen huschten suchend durch den Raum, und endlich erkannte Oda, dass sie sich in ihrem Zimmer befand. Leider.

Das Letzte, woran sie sich erinnern konnte, war, dass sie am Schreibtisch gesessen und für die Prüfungen gelernt hatte. Jetzt hockte sie auf dem Schlafsofa, alle Sinne gespannt. Sie nahm die Bürste, die neben den Büchern auf dem Tisch lag, und kämmte sich. Lange, gleichmäßige Bewegungen. Der Schrei, der sie aus dem Schlaf gerissen hatte, war so real gewesen, so unmenschlich. Da hatte jemand seine Todesangst herausgeschrien. Irgendwo draußen auf dem Hof. Sie wusste es ganz genau, wollte es aber nicht wissen. Sie wollte nur hier sitzen, sich wieder und wieder mit der Bürste durch die Haare fahren und nichts wissen, nichts.

Je weniger man wusste, desto länger lebte man.

Die Haare. Sie waren das Einzige, worauf sie stolz war. Glatt und schwarz und so lang, dass sie ihr bis zum Po reichten. Ansonsten hasste sie ihr Äußeres. Ihre Nase und ihr Mund waren zu groß und ihre Zähne gelb. Außerdem standen ihre Eckzähne vor und ließen sie wie einen Vampir aussehen. Ihre Figur hätte schlechter sein können, sie war groß und schlank und hatte einen schönen Hintern, wie ihr mal ein Junge im Suff anvertraut hatte. Aber ihre Brüste waren ein bisschen klein. Und sie hatte Schuhgröße zweiundvierzig, viel zu groß für ein Mädchen. Auch ihre Hände hätten die eines Handwerkers sein können. Sie versteckte sie, wann immer es ging.

Aber sie hatte ja ihre Haare. In die würden sich die Jungs vielleicht einmal verlieben – wenn sie sich denn überhaupt trauten, sich ihr zu nähern. Viele wagten das nicht, und die Streber der Klasse konnte sie gleich vergessen. Sie hatten Angst vor ihr, obwohl sie ihnen wirklich nichts getan hatte. Oddvar war der Einzige, der einen Vorstoß gewagt hatte. Mehrmals. Er war irgendwie über alles erhaben, musste auf Teufel komm raus Grenzen überschreiten. Aber wenn ihre Brüder wüssten, was Oddvar und sie gemacht hatten, dann ... Sie wagte nicht einmal, daran zu denken.

Da! Wieder dieser Schrei!

Ihr Blick zuckte zum Fenster, die hellblauen Gardinen bauschten sich. Sechs rechteckige Sonnenfelder zeichneten sich auf dem Stoff ab, der sich in der Junibrise langsam hin und her bewegte. Hin und her. Sie spitzte die Ohren. Dann waren draußen auf dem Hofplatz Stimmen zu hören. Kurzes Lachen.

Was zum Teufel machten sie denn jetzt wieder?

Sie erhob sich, noch immer benommen vom Schlaf, und wollte das gute Gefühl des Traums so lange wie möglich bewahren. Andererseits wusste sie, dass sie sich innerlich auf das vorbereiten musste, was sie draußen auf dem Hof sehen würde. Vorsichtig schob sie eine der Gardinen zur Seite und schaute nach unten.

Sie war wie vom Schlag getroffen.

Die beiden standen unten auf dem Hof, zwischen sich ein Schaf, das sie gestohlen haben mussten.

Sie machten sich einen Spaß daraus, das Tier zwischen sich hin und her zu stoßen. Geir hielt sein Lieblingsspielzeug in der Hand, einen Elektroschocker, auf den er unheimlich stolz war. Das Ding war von einem Verwandten, der es angeblich von einem Mafiatypen aus Taiwan bekommen hatte, illegal aus den USA ins Land geschmuggelt worden. Es sollte so selten sein, dass die Polizei kaum wusste, um was es sich dabei handelte. Auf jeden Fall erzählte Geir diese Geschichte dauernd. Als würde das irgendwen interessieren. Das Einzige, was auf Oda Eindruck machte, war der schreckliche Effekt, den diese Waffe bei den Opfern erzeugte. Das Schaf lag jetzt am Boden und zuckte vor Schmerzen. Oda wurde übel. Reichte es nicht, Menschen zu quälen, mussten sie jetzt auch noch wehrlose Tiere foltern? Ein Schaf mit elektrischen Schlägen quälen?

Verdammt, wie sie das alles hasste!

Irgendwo unten im Erdgeschoss ging eine Flasche klirrend zu Bruch, gefolgt von lautem Fluchen. Dann knallte eine Tür. Oh Gott, jetzt kam auch noch ihr Vater nach draußen. Sein Gang signalisierte ihr, dass die beiden ihn wütend gemacht hatten. Nein, nein, das *durfte* nicht geschehen! Aber es geschah. Ihr Vater schwankte auf die Brüder zu, die sonst immer Angst und Schrecken verbreiteten, jetzt jedoch kleinlaut dastanden. Er packte sie jeweils mit einer Hand am Arm und schüttelte sie wie Stoffpuppen. Dann schlug er ihnen ins Gesicht und brüllte sie an, bis sie unter seinen Riesenhänden förmlich zu schrumpfen schienen.

Halvor und Geir hätten es inzwischen sicher mit ihm aufnehmen können, wenn sie gemeinsame Sache gemacht hätten. Halvor war fast so groß und kräftig wie sein Vater, aber gleichzeitig so unglaublich dumm, dass ihm dieser Umstand selbst noch gar nicht bewusst geworden war. Nur deshalb hatte ihr Vater sie noch im Griff. Außerdem war er noch brutaler und unberechenbarer als die beiden. Man wusste nie, woran man bei ihm war. Sicher war nur, dass man einen Riesenbogen um ihn machen musste, wenn er Migräne hatte und schon tagsüber zu saufen anfing.

Oda schickte einen mitfühlenden Gedanken zu ihrer armen Mutter, die immer wieder Prügel einsteckte und jetzt schon mehr als zwanzig Jahre in dieser Angsthölle lebte. Wegen der Unberechenbarkeit ihres Mannes schlich sie so leise durchs Haus, als liefe sie über Nadeln. Manchmal stand sie plötzlich hinter ihr, ohne dass Oda auch nur einen Mucks gehört hatte. Aber das musste wohl so sein, wenn ihre Mutter überleben wollte.

Warum ist sie nicht längst ausgezogen?, fragte Oda sich immer wieder. Warum hat sie nicht ihre Koffer vom Dachboden geholt und gemeinsam mit ihr die Flucht ergriffen? Weg aus dieser Hölle aus Gewalt und Psychoterror!

Dabei kannte sie die Antwort ganz genau. Sie war ebenso simpel wie wahr: aus Angst.

Die nie nachlassende, bohrende Angst hielt ihre Mutter als Geisel in dieser sogenannten Ehe fest. Aber das war doch kein Zusammenleben. Das war nur falsch, brutal und klaustrophobisch.

Jeden Tag aufs Neue. Jede Minute, jede Sekunde.

Ticktack. Ticktack.

Wieder ertönte ein Schrei. Oda schob die Gardine etwas weiter zur Seite. Und traute ihren Augen nicht. Ihr Vater hatte das Schaf gepackt, als wöge es nichts, und schleuderte es Halvor an die Brust. Das Tier klatschte nach unten, rappelte sich auf und versuchte wegzulaufen. Aber Geir war zur Stelle. Er warf sich auf das frisch geschorene Schaf und drückte es zu Boden.

Erst jetzt bemerkte Oda den Lieferwagen, der gleich dahinter parkte. Der hatte hier auf dem Hof nichts zu suchen. Ob sie den auch gestohlen hatten?

Der Vater war krebsrot im Gesicht und brüllte seine Söhne an. Wortfetzen drangen zu ihr hoch. »Seht zu, dass ihr dieses Viech loswerdet!«, hörte sie deutlich, bevor er zurück zum Haus ging.

Sein Blick flackerte wild, und sie wusste, dass ihre Mutter jetzt Zuflucht im Bad gesucht und die Tür verschlossen hatte, als würde sie duschen. Aber selbst dieser Trick half nicht immer. Manchmal schlug ihr Vater sogar Türen ein. Die beiden Frauen konnten immer nur hoffen, dass seine Gier nach Alkohol größer war und er direkt zur Flasche griff und vor dem Fernseher weitersoff, bis er einschlief.

Oda hatte eine andere Strategie als ihre Mutter. Wenn sich die Dinge so entwickelten wie jetzt, huschte sie nach unten, verließ das Haus durch die Hintertür und lief direkt in den Wald. Sie kannte die Gegend rings um den Hof wie ihre Westentasche, auch Verstecke, wo sie sie nicht finden würden.

Sie spürte, wie ihre Füße sich in Bewegung setzten und über den Holzboden zur Hintertreppe schlichen.

Dann war sie draußen. Stand am Waldrand und lauschte. Im Haus war es gefährlich still. Sie wusste, dass ihre Mutter jetzt das Ohr von innen gegen die Badezimmertür presste, während hinter ihr die Dusche lief. Sie sah ihren angsterfüllten Blick vor sich. Aber dann wurde Odas Aufmerksamkeit wieder auf die Brüder und das Schaf gelenkt. Sie trugen das kopfüber zwischen ihnen hängende Tier auf den Wald zu. Das ängstliche Meckern ging Oda durch Mark und Bein.

Sie folgte ihnen, hielt sich aber im Hintergrund, denn Halvor und Geir durften sie auf keinen Fall entdecken. Auch wenn sie ihre Schwester war, war sie vor den infamen Einfällen der beiden nicht unbedingt sicher. Schon gar nicht, wenn sie sie beim Spionieren erwischten, weshalb sie so wenig Geräusche wie nur möglich machte.

Als sie erkannte, in welche Richtung sie gingen, lief ihr ein Schauer über den Rücken.

Die kleine Bucht am See, wo ihr morsches Boot lag. Plötzlich ahnte sie, was ihre Brüder vorhatten. Es gab keine andere Erklärung. Nicht mit einem geklauten Schaf. Odas Herz schlug schneller. Sie konnten doch nicht ernsthaft …

Das konnten sie doch nicht tun!

Die Geschichte mit der Ziege hatten sie aus einem Buch. »Der Weg ans Ende der Welt« von Sigurd Hoel. Halvor las so ungern, er musste sie irgendwo anders aufgeschnappt haben. Vielleicht war in der Schule aus dem Buch vorgelesen worden. Jedenfalls redete er ständig davon und kam von den richtig brutalen Stellen nie mehr los. Seine Lieblingsgeschichte handelte von einer Gruppe Jungen, die auf die dumme Idee kamen, eine Ziege mit auf eine Bootstour zu nehmen. Einer der Jungs hatte den anderen eine verrückte Geschichte erzählt, die er irgendwo gehört haben wollte. Nämlich dass Ziegen, wenn man sie zu ersäufen versucht, rückwärtslaufen, bis sie wieder an Land sind.

Die Jungs wollten das dann unbedingt ausprobieren.

Sie stahlen eine Ziege, ruderten mit ihr zu einer Landzunge und suchten eine Stelle, an der das Wasser tief genug war, um das Tier aus dem Boot zu werfen. Zu ihrer großen Freude tat die Ziege genau das, was sie sich erhofft hatten. Als sie unter Wasser geriet und schließlich mit den Beinen den Boden berührte, begann sie, rückwärtszugehen, zurück an Land – und bekam so schließlich den Kopf wieder über Wasser. Die Jungs fanden das unheimlich lustig. Sie lachten und feuerten sich gegenseitig an. Als die Ziege wieder an Land war, nahmen sie sie erneut mit ins Boot.

Sie wiederholten den Versuch. Wieder und wieder. Die Ziege lief jedes Mal rückwärts aus dem Wasser.

Bis sie irgendwann nicht mehr zurückkam und den Jungs mit einem Mal klarwurde, dass sie nie wieder auftauchen würde, und sich dunkle Wolken über dem Wald zusammenbrauten.

Oda wusste, was Halvor vorhatte. Spürte es instinktiv.

Der Weg ans Ende der Welt.

Verdammt.

Oda schlich weiter hinter ihren Brüdern her. Sie marschierten in gleichmäßigem Tempo. Das Schaf hatte nur eine Chance. Ihnen musste jemand entgegenkommen. Ein Nachbar oder irgendein Wanderer. Vielleicht würden sie dann von ihrer verrückten Idee ablassen.

Sie trafen niemanden.

Etwas später standen ihre Brüder am Ufer des Sees, das Schaf noch immer zwischen sich. Oda wagte sich etwas näher heran. Ein kräftiger Wind wehte. Die Wasseroberfläche war aufgepeitscht. Ein paar Wortfetzen wurden zu ihr herübergetragen.

»Halt das Vieh fest!«, rief Halvor seinem kleinen Bruder zu.

Geir legte sich mit seinem ganzen Körpergewicht auf das Schaf und drückte es zu Boden. Es meckerte verzweifelt, aber außer Oda hörte niemand seine angsterfüllten Laute. Halvor schöpfte das Wasser aus dem alten Ruderboot, bis es irgendwann bereit war. Unter Aufbietung all ihrer Kräfte zerrten sie das Tier in Richtung Boot. Das Schaf sträubte sich wie wild und traf Geir mit den Hinterläufen am Bauch. Er knickte für einen Moment ein, um sich gleich darauf wütend wieder aufzurichten, den Elektroschocker an die Schläfe des Tiers zu halten und abzudrücken.

Es schrie auf und kippte zur Seite.

Der Schrei ließ sogar das Rauschen des Windes für einen Moment verstummen.

Die Brüder nahmen das Schaf zwischen sich und warfen es ins Boot, wo es strampelnd liegenblieb.

Beide waren bei dem Kampf mit dem Tier nass geworden. Und auch ihre Wut war unverkennbar. Oda sah das Feuer in Halvors Blick, als er das Boot vom Ufer abstieß. Das Schaf wachte langsam wieder auf und versuchte, sich aufzurichten, aber die Hufe rutschten auf dem Holzboden weg und fanden keinen Halt. Geir legte sich wieder auf das Tier und drückte es gnadenlos zu Boden.

Halvor nahm die Ruder.

Der Wind kam vom See und wehte direkt in Richtung Land, so dass sich das Boot kaum bewegte. Halvor ruderte und fluchte, kam aber nicht vom Fleck. Wie finster sein Blick war, erkannte Oda noch aus der Ferne. Jetzt durfte sie auf keinen Fall gesehen werden. Und noch etwas anderes war ihr klar: In den nächsten Stunden durfte sie nicht nach Hause gehen. Sie musste wohl oder übel hier draußen bleiben.

Halvor ruderte wie ein Besessener, aber das Boot stand noch immer still.

Als sie schließlich zehn oder fünfzehn Meter vom Ufer entfernt waren, stand Halvor auf. Er schwankte einen Moment und hätte fast das Gleichgewicht verloren, bevor er das Schaf zu fassen bekam. Er und Geir packten das Tier an den Vorder- und Hinterläufen und warfen es ins Wasser. Dann setzten sie sich und warteten, die Blicke fest auf das Schaf gerichtet. Nur der Kopf des Tieres ragte noch aus dem Wasser, aber es ging nicht unter.

Stattdessen drehte es sich in Richtung Ufer und schwamm! Die Überraschung stand Odas Brüdern ins Gesicht geschrieben. Die beiden müssen wirklich die größten Idioten auf diesem Planeten sein, dachte Oda. Und die unbarmherzigsten dazu.

Halvor legte sich wieder in die Riemen, ruderte mit dem Wind und war gleich darauf beim Schaf. Es schwamm buchstäblich um sein Leben und hatte plötzlich wieder Boden unter den Füßen. Teile des Körpers kamen zum Vorschein, während Halvor im Boot aufstand und das Ruder nahm.

Oda schloss die Augen.

Als sie sie wieder öffnete, hatte das Schaf ein Stück des

Ufers erklommen. Es taumelte merkwürdig, schwankte, wie besoffen. Halvor hob das Ruder noch einmal an.

Oda sah es auf den Kopf des Tieres zurasen und schloss im letzten Moment die Augen.

Dieses Mal hörte sie das Knacken.

Und als sie die Augen ein weiteres Mal öffnete und doch nur wieder das erhobene Ruder in Halvors Händen sah, kniff sie die Augen ganz zu und steckte sich die Finger in die Ohren. Sie wollte das nicht sehen. Wollte das nicht hören. Sie sperrte alles aus, wollte mit dieser schrecklichen Welt nichts zu tun haben, nichts sehen, nichts hören. Sie kauerte sich hinter den Stamm, bis sie sicher sein konnte, dass alles vorüber war.

Für dieses Mal.

7

Skårnes, Sagsjøen
Samstag, 7. Juni 2014

Der Knall. Das Splittern der Windschutzscheibe. Der Elch im Straßengraben. Das Schnauben. Der Blick. Der Stein.

Und dann ist sie plötzlich wieder in Joggingklamotten auf dem Weg zur Unterführung und weiß, dass sie gleich die Schreie hören wird.

Ein Schrei, ein Piepen.

Ina schreckte aus dem Schlaf auf und schnellte kampfbereit hoch. Im nächsten Augenblick ließ sie sich wieder fallen. Es war nur der Wecker ihres Handys. Sie musste vergessen haben, ihn auszustellen. 06.15. Die Uhrzeit grinste sie an. Und das ausgerechnet an diesem Morgen.

Sie stellte den quälenden Ton ab und drehte sich noch einmal um. Sie hatte Kopfschmerzen, und ihr Hals und ihr Mund waren staubtrocken. Aus den Augenwinkeln registrierte sie die leere Flasche Weißwein auf dem Boden neben dem Bett. Eigentlich hatte sie den Riesling mit zum Klassentreffen nehmen wollen, aber nach der Begegnung mit Tom Kaser hatte sie die Flasche beinahe auf einen Zug geleert.

Dass sie aber auch nie aus Erfahrung lernen konnte!

Bruchstücke des gestrigen Abends zogen langsam vor ihrem inneren Auge vorbei. Tom Kasers halbmondförmiges Gesicht, der glattrasierte Schädel im spärlichen Licht der Paraffinlampe. Plötzlich realisierte sie, was ihr gestern, als sie sich krampfhaft an die Sense geklammert hatte, nicht bewusst war: Wäre Tom Kaser ihr auch nur einen Schritt nähergekommen, wäre sie in Panik geraten. Was sie dann getan hätte, wussten nur die Götter. Wäre sie weggelaufen, oder hätte sie ihn mit der Sense attackiert?

In dem Moment hätte sie wirklich zur Mörderin werden können.

Ina versuchte erfolglos, den Gedanken zu verdrängen. Wie wenig es brauchte. Wie dünn, wie fragil die Grenze zwischen einem »normalen« Menschen und einem »Mörder« war.

Ein kleiner, verrückter Augenblick. Mehr war nicht nötig.

Sie stand auf, ging in die Küche und setzte Wasser auf. Dann trat sie ans Fenster und sah nach draußen. Der Vollmond hing kugelrund über dem Horizont und spiegelte sich wehmütig im Wasser des kleinen Sees, als wollte er sie daran erinnern, warum sie hier war.

Sonja.

Sie musste endlich dieses Geheimnis lösen. Wobei sie natürlich nur eine vage Vorstellung hatte, wie sie vorgehen konnte. Aber sie wusste, mit wem sie sprechen musste. Und wer ihr erster Gesprächspartner sein sollte: Ragnhild Lerdahl, Sonjas Mutter. Sie hatte ihrer Tochter sicher am nächsten gestanden. Glaubte man dem Gerede im Dorf, war sie eine etwas seltsame Frau. Ina hatte sie als recht menschenscheu, streng und launisch in Erinnerung. Aber dieses Verhalten war möglicherweise eine Folge des Geredes.

Auf jeden Fall war Sonjas Mutter ein guter Ausgangspunkt, um mehr über Sonja zu erfahren. Der Gedanke, die anderen Akteure aufzusuchen – Benedikte, Ingrid und die übrigen in ihrem Kreis, ganz zu schweigen von Halvor Vange –, widerstrebte Ina. Aber das Klassentreffen bot ja vielleicht eine Gelegenheit, sich der ehemaligen Mädchengang anzunähern. Bei dem Fest achteten sie sicher nicht so genau auf ihre Worte. Nicht so wie am helllichten Tag.

Es gab auch noch ein anderes Argument, um mit Ragnhild Lerdahl anzufangen. So konnte Ina einen der zentralen Orte des Falls aufsuchen und sich überdies mit einem ihrer Traumata konfrontieren.

Die Unterführung.

Der Ort, an dem der blutige Stein gefunden worden war und an dem sie ein paar Jahre später im Winter diese schrecklichen Schreie gehört hatte.

*

An der Kreuzung der beiden Landstraßen überquerte Ina den Asphalt und lief durch das hohe Gras der Böschung bis zum Radweg. Jetzt musste sie nur noch gut zwei Kilometer der Straße folgen, dann war sie am Haus von Ragnhild Lerdahl. Es war bald halb elf und sicher vertretbar, jetzt dort vorbeizuschauen.

Ina ging schnell. Die Saat auf den Äckern neben dem Radweg war aufgegangen. Ein grüner Schimmer lag auf den Flächen. Es war recht warm und vollkommen windstill. Schwül und irgendwie drückend.

Als sie sich der Unterführung näherte, begann sie zu zittern. Verdammt, wenn sie nur die Schreie nicht wieder hörte.

Ina fragte sich noch immer, wer damals in der Unterführung gewesen und was dort genau passiert war. Als sie den abschüssigen Weg nach unten ging, hallten die verhassten Geräusche durch ihren Kopf, und auch die alte Angst meldete sich wieder. Ihr Herz hämmerte so wild wie an dem schrecklichen Winterabend vor vielen Jahren. Diese Art von Angst kannte sie sonst gar nicht. Normalerweise traten »ihre« Ängste immer in sozialen Situationen auf. Warum setzte sie sich dem allen eigentlich aus?

Ein warmer Wind wehte ihr plötzlich Staub ins Gesicht. Die Unterführung war wie eine Düse, durch die allerlei Unrat herumgewirbelt wurde.

Ina hielt sich eine Hand vor den Mund und ging langsam weiter.

Ihre Schritte hallten von den Wänden wider. Aber es war niemand da.

Sie beruhigte sich etwas und blieb genau in der Mitte der Unterführung stehen und sah sich um. Eine Neonröhre war kaputt. Der graue, dunkle Betonkorridor hatte eine gewaltige Akustik. Jedes noch so kleine Geräusch wurde verstärkt und von den Wänden zurückgeworfen. Ansonsten war alles wie in jeder anderen Unterführung: Tags von irgendwelchen Jugendlichen, ein paar wenige etwas bessere Graffiti. Eine Telefonnummer mit einer Einladung zum Sex.

War Sonja wirklich hier ihrem Mörder begegnet? Spät am Abend, wie es die anonyme Anruferin behauptet hatte? Oder hatte Tom Kaser recht? War Sonja schon viel früher gekidnappt worden? In dem Fall wäre hier gar nichts passiert.

Ina tendierte zu Letzterem. Hier unten eine Straftat zu begehen, wäre ziemlich riskant. Vor allem direkt nach der Schule. Die Unterführung wurde von vielen Schülern genutzt, so dass das Risiko, entdeckt zu werden, extrem hoch war. Zudem lag sie an einer beliebten Jogging- und Wanderstrecke, erst recht an einem schönen Maiabend wie dem, an dem Sonja verschwunden war.

Andererseits war Ina natürlich der lebende Beweis dafür, dass hier etwas *hätte* geschehen können, auch wenn Menschen in der Nähe waren. Sie war an jenem Abend ja auch einfach weggelaufen.

Was um alles in der Welt war damals nur in sie gefahren? Wie hatte die bohrende Angst nur ihren Verstand komplett lahmlegen und sie beinahe ersticken können? Schließlich hatte sie schon damals Kickboxen trainiert und hätte sich vermutlich gegen jeden hier in Skårnes zur Wehr setzen können.

Ina versuchte, die nagenden Gedanken zu verdrängen. Vermutlich hatte Katrine recht. Sie hatte eine selbstzerstörerische Ader. Außerdem war es ja möglich, dass hier unten gar nichts passiert war, vielleicht hatten sich bloß zwei Jugendliche einen Spaß erlaubt, um ihr einen Schrecken einzujagen.

Wenn das zutraf, war ihnen das wirklich gelungen.

Ina schloss die Augen und versuchte, sich Tom Kaser hier unten vorzustellen. Am Abend von Sonjas Verschwinden. Was sollte er für ein Motiv gehabt haben, sie umzubringen? Oder hatte Sonja mit ihm Schluss gemacht? Hatte er – in einem unheilvollen Augenblick – die Kontrolle verloren und ihr mit dem Stein den Schädel eingeschlagen?

Aber wie war es ihm dann gelungen, die Leiche unbemerkt in den Wald zu bringen?

Noch eine andere Sache passte ganz und gar nicht. Nachdem die Polizei den anonymen Hinweis erhalten hatte, waren sogleich Spürhunde eingesetzt worden. Die hatten in der Umgebung der Unterführung nach Spuren gesucht und ziemlich schnell den Stein an der Böschung gefunden. Darüber hinaus hatten sie aber kein einziges Mal angeschlagen. Rund um die Unterführung hatte es nicht eine Spur von Sonja gegeben.

Das Ganze passte nicht zusammen. Wenn Kaser Sonja hier unten getötet hatte, musste er sie schon weggezaubert haben. Schließlich war es kaum möglich, sie beispielsweise in ein wartendes Auto zu tragen, ohne auch nur eine einzige mikroskopische Spur zu hinterlassen,

Die plausiblere Variante war, dass Tom Kasers Aussage stimmte und der Stein hier platziert worden war. Das würde dann auch erklären, warum die Hunde keine weitere Spur gefunden hatten – schließlich wäre Sonjas Leiche dann ja nie hier gewesen.

An einer Tatsache war aber nicht zu rütteln: Das Blut an dem Stein stammte von Sonja. Und dieser Umstand stützte die Hypothese, dass ihr etwas zugestoßen war. Als Täter kamen Tom Kaser, Halvor Vange oder irgendein Dritter in Frage.

Plötzlich kam Ina noch eine dritte Möglichkeit in den Sinn: Was, wenn der Stein und das T-Shirt platziert worden waren, damit man glaubte, dass Sonja ermordet worden war? Vielleicht war sie ja noch am Leben, irgendwo, an einem ganz anderen Ort …?

Ein kalter Schauer lief Ina über den Rücken. Sie brachte ihren Gedanken nur ungern zu Ende. So viele grausame Bilder wirbelten dabei durch ihren Kopf: Natascha Kampusch, Ariel Castro …

Konnte Sonja noch am Leben sein, versteckt in irgendeinem Kellerverlies hier in Skårnes?

8

Schließlich stand Ina vor dem kleinen, weißen Haus von Ragnhild Lerdahl und ließ ihren Blick über das Grundstück schweifen. Sie wusste nicht, was sie erwartet hatte, vielleicht etwas Heruntergekommenes, Verfallenes, aber hier schien alles in Ordnung zu sein. Der Rasen war frisch gemäht und geharkt. Die Obstbäume blühten noch, und die Staudenbeete und Sträucher waren gepflegt. In diesem Garten brachte jemand viele Stunden zu. Sehr viele. Ina kannte einige der Stauden aus dem Garten ihrer Mutter – Minze, Kriechender Günsel, Storchschnabel –, und mit einem Mal waren auch die dazugehörigen Bilder wieder da: Mutters Hände, ihre Finger in der Erde, das Schneiden und Zupfen.

Für ihre Mutter war der Garten ein Rückzugsort gewesen, wenn das Leben – oder eigentlich ihr Mann – sie enttäuscht hatte. Sie suchte dann immer Trost in der ruhigen, sicheren Gartenarbeit, in Gesellschaft von Blumen und Sträuchern. Die Blumenbeete waren ihr ganzer Stolz gewesen. Ähnlich schien es auch bei dem leicht abfallenden Grundstück zu sein, das in all seiner Pracht jetzt vor Ina lag. Sicher war das das Reich und die Welt von Ragnhild Lerdahl.

Auch in ihrem Leben gab es zweifellos genug, wovor sie fliehen musste.

Ina öffnete das Tor und ging lautlos über die Platten zum Haus. Sie hatte sich diesen Augenblick immer wieder vorgestellt, trotzdem spürte sie ein nervöses Kribbeln im Finger, als sie klingelte.

Wie würde Sonjas Mutter reagieren?

Als sie den skeptischen, durchdringenden Blick sah, der ihr durch den Türspalt zugeworfen wurde, wusste sie es.

Für einen Moment war sie vollkommen irritiert und bekam kein Wort heraus. Es war, als würde sie Sonja selbst gegenüberstehen, nur eben einer deutlich älteren Ausgabe. Ragnhild Lerdahl war ebenfalls klein, und die langen, roten Haare hatte Sonja offenbar von ihr gehabt, auch wenn die Mutter inzwischen weitgehend ergraut war. Die Gemeinsamkeiten beschränkten sich jedoch auf das Äußere. Während Sonja ein nervöses, verschrecktes Wesen gehabt und immer den Eindruck erweckt hatte, als wollte sie sich entschuldigen, wirkte

Ragnhild Lerdahl viel direkter und kantiger. Ina fühlte sich mit einem Mal vollkommen deplatziert. Sie wäre am liebsten gleich wieder gegangen, riss sich aber zusammen.

»Ich weiß nicht, ob Sie sich an mich erinnern. Mein Name ist Ina Grieg, und ich war mit Ihrer Tochter in einer Klasse.«

Der skeptische Blick der alten Frau wurde noch misstrauischer. Gleichzeitig schien ihr etwas zu dämmern.

»Die Tochter des Majors? Die Griegs, die früher hier gewohnt haben … das ist aber schon eine ganze Weile her, oder?«

Ina nickte. »Hätten Sie zwei Minuten für mich?«

Sie sah deutlich, dass Sonjas Mutter die Situation noch immer abwog.

»Was wollen Sie?«

»Nur reden … über Sonja. Über ein paar Dinge, die mir nicht aus dem Kopf gehen.«

»Und wofür soll das gut sein?«

Der Widerwillen stand der alten Frau ins Gesicht geschrieben, und auch ihre Körpersprache ließ kaum Zweifel an ihrer ablehnenden Haltung zu.

»Ich weiß, dass das schwer für Sie sein muss. Aber ich glaube, es wäre gut für uns beide … ein bisschen über das zu reden, was damals geschehen ist.«

»Sind Sie von einer dieser neuen Kirchen?«

Ina musste lachen. »Nein, viel schlimmer. Ich bin Psychologin.«

Da, der Anflug eines Lächelns. Dann hörte Ina das Klirren der Sicherheitskette, und gleich darauf war die Tür offen.

Nachdem sie sich die Schuhe ausgezogen hatte, folgte sie Sonjas Mutter ins Wohnzimmer. Die ältere Frau schien körperlich noch fit zu sein. Sie trug ein langes Kleid mit unbestimmbarem Batikmuster, eine hautfarbene Strumpfhose und graue Wollpantoffeln.

Ihren Augen entging nichts.

Ina konnte sich gut vorstellen, wie dieser Blick Sonja früher von Raum zu Raum gefolgt war. Wenn die Gerüchte stimmten, war Ragnhild Lerdahl eine strenge, überbehütende Glucke gewesen. Andererseits hatte sie natürlich allen Grund gehabt, sich Sorgen um Sonja zu machen.

Plötzlich fragte sich Ina zum ersten Mal, wer eigentlich Sonjas Vater war. Die Mutter hatte sie jedenfalls alleine großgezogen. Und wo war der Vater gewesen, als das mit Sonja passiert war?

»Kaffee?«

»Nein danke.«

Ragnhild Lerdahl fragte kein zweites Mal, sondern ließ sich in einem beigefarbenen Stressless-Sessel nieder und forderte Ina mit einer Handbewegung auf, sich auf das Sofa zu setzen. Ina nahm Platz.

»Es ist das erste Mal, dass jemand aus Sonjas Klasse hier ist«, sagte Ragnhild Lerdahl und fügte rasch hinzu: »Wahrscheinlich hat sich keiner getraut.«

Ina versuchte, ihre Gedanken zu sortieren. Sie musste einen sanften Einstieg in dieses unmögliche Gespräch finden. Möglichst sanft. Aber ihr Kopf war wie leergefegt.

Schließlich war es Sonjas Mutter, die die drückende Stille durchbrach. »Also, worüber wollten Sie mit mir reden?«

Ina zögerte einen Augenblick, kam dann aber gleich

zur Sache. »Wussten Sie, dass Sonja in der Schule gemobbt wurde?«

Ragnhild Lerdahl hielt Inas Blick stand.

»Ich habe das geahnt, ja«, sagte sie leise. »Aber Sonja hat sich nie getraut, einen Namen zu nennen, wenn es das ist, wovor Sie Angst haben.«

»Wussten Sie, wer … hinter diesem Mobbing stand? Wer die entscheidende Person war?«

Sonjas Mutter seufzte. »Es ist mir eigentlich egal, wer das war. Es nützt doch nichts, wenn ich jetzt herumlaufe und irgendwen auf die Anklagebank setze.«

Die erste Lüge. So etwas sagte man, denken tat man es aber nicht. Mit Sicherheit hatte auch Ragnhild Lerdahl gewisse Personen aus Sonjas Klasse zum Teufel gewünscht. Vielleicht sogar Ina.

»Mit wem war Sonja in der Zeit damals zusammen?«

»Mit niemandem«, antwortete die kleine Frau schnell. »Das wissen Sie doch wohl, Sie waren ja in ihrer Klasse. Sie hatte keine Freunde, abgesehen von …«

»Tom Kaser?«

»Genau.«

»Und was für einen Eindruck hatten Sie von ihm?«

Die Frage überraschte Ragnhild Lerdahl. Sie ließ ein Schnauben hören, riss sich aber sofort wieder zusammen.

»Welchen Eindruck? Ich wusste ja kaum, wer er war … ich hatte damals keine Ahnung, dass er und Sonja … ich wusste ja nicht mal, dass sie befreundet waren. Und wenn ich es gewusst hätte, hätte ich dem sicher ein Ende gemacht.«

Das ist die Gelegenheit, dachte Ina und holte tief Luft. »Sie wissen, was für eine Beziehung sie hatten?«

»Wie, was für eine Beziehung?«

»Ja ... ob sie nur Freunde waren ... oder ein ... Liebespaar.«

Ragnhild Lerdahl rutschte unruhig auf ihrem Sessel hin und her. Als sie endlich antwortete, schien sie Sätze herauszulassen, die sie schon Jahre auf der Zunge hatte.

»Weiß Gott, was die gemacht haben. Ich nehme an, dass es da Gerüchte gab. Aber Sonja war ein anständiges Mädchen, das kann ich Ihnen versichern. Sie war durch und durch gut. Im Gegensatz zu gewissen anderen ... Personen in ihrer Klasse.« Sie machte eine kurze Pause, danach klang ihre Stimme noch schärfer. »Waren Sie eine davon?«

»Eine wovon?«

»Von denen, die Sonja gequält haben?«

Inas Gedanken schossen wild durcheinander, so dass sie keine Antwort fand.

»Deshalb sind Sie hier, nicht wahr?«, fuhr Ragnhild Lerdahl fort. »Sie haben ein schlechtes Gewissen und wollen, dass ich Ihnen vergebe, dass ich sage, wir seien alle mal jung und dumm gewesen. Aber wissen Sie was: Ich will nicht vergeben. Auch Kinder haben ein Gewissen. Auch junge Menschen kennen den Unterschied zwischen Gut und Böse. All jene, die Sonja gequält haben, verdienen es, ein richtig schlechtes Gewissen zu haben. So schlecht wie nur möglich!«

Da waren die Gefühle, die Ragnhild Lerdahl all die Jahre bewahrt hatte. Schlimm war nur, dass Ina ihr recht geben musste – wie brutal das gegenüber den Kindern von damals auch war.

»Ich ...« Ina hielt inne und versuchte vergeblich, den

Blick von Sonjas Mutter einzufangen. »Ich war bei dem Mobbing nicht dabei«, sagte sie schließlich. »Aber ich habe auch nichts getan, um Sonja zu helfen.«

Ragnhild Lerdahl kämpfte jetzt mit den Tränen. Sie ballte die Faust. »*Niemand* hat das getan!«

Ina hatte den Eindruck, dass das Verteidigungsbollwerk von Ragnhild Lerdahl geschwächt war.

»Kannten Sie die Vange-Brüder?«, fragte sie.

Ragnhild Lerdahl nickte.

»Hat Sonja jemals über sie geredet?«

»Nein.«

»Es deutet einiges darauf hin, dass auch die beiden Sonja gequält haben.«

»Puh! Davon weiß ich nichts ... zum Glück.«

Ina zögerte mit der nächsten Frage. »Was, glauben Sie, ist mit Sonja geschehen?«

Ragnhild Lerdahl sah sie überrascht an. »Wie meinen Sie das? Das war Tom Kaser. Sie haben ihr T-Shirt bei ihm zu Hause gefunden.«

»Aber die Leiche wurde nie gefunden.«

»Er hat sie irgendwo im Wald versteckt. Davon bin ich überzeugt. Und jetzt ist er wieder zurück. Etwas Schlimmeres hätte nicht passieren können. Seit er wieder da ist, habe ich nicht eine Sekunde geschlafen.«

»Aber was, glauben Sie, hat er mit ihr gemacht?«

Ragnhild Lerdahl musterte Ina überraschend ruhig. »Mein Mädchen liegt irgendwo da draußen«, wiederholte sie. »Ich weiß das. Irgendwo da im Wald. Ich habe Stunde um Stunde nach ihr gesucht. All die Jahre ...«

Ragnhild Lerdahl brach jetzt völlig zusammen. Sie verbarg das Gesicht in den Händen und weinte. Ina verfluchte sich selbst. Ihre Fragen waren wirklich alles andere als feinfühlig. Trotzdem ließ sie nicht locker.

»Kommen nicht auch andere Möglichkeiten in Betracht?«

Sonjas Mutter versuchte vergeblich, sich zusammenzureißen. Schließlich war ihre Stimme aber doch zu hören: »Wie meinen Sie das?«

»Nun, dass jemand anders ... als Täter in Betracht kommt.«

»Aber Sonja wollte an diesem Tag doch Tom Kaser im Wald treffen? Und ihr T-Shirt wurde bei ihm gefunden.«

»Kaser schwört, dass er Sonja an dem Tag nicht getroffen hat. Er ist überzeugt davon, dass ihr jemand anders über den Weg gelaufen sein muss.«

Ragnhild Lerdahl schüttelte den Kopf. Etwas Hartes, Verbissenes trat in die Züge der alten Frau. »Nein, das kann nicht stimmen. Ich habe Tom Kaser seit dreißig Jahren im Kopf. Und jetzt kommen Sie und behaupten, dass es auch jemand ganz anderes gewesen sein könnte? Die Vange-Brüder? Ich will nicht mehr darüber nachdenken – und ganz sicher will ich nicht über diese beiden Sadisten nachdenken.«

Ui! Dann wusste Ragnhild Lerdahl also doch etwas über die Vange-Brüder. Die Frage, die ihr vor dem Besuch bei Ragnhild Lerdahl durch den Kopf gegangen war, meldete sich wieder, und Ina ließ sie unzensiert heraus.

»Wer ist Sonjas Vater?«

Ragnhild Lerdahl zuckte zusammen. Zum ersten Mal seit Beginn des Gesprächs hatte Ina ihre volle Aufmerksamkeit.

»Das geht Sie nichts an.« Sie hatte zu weinen aufgehört und starrte Ina kalt an. »Sie müssen jetzt gehen.«

9

Auf dem Weg zum Gartentor ließ Ina ihren Blick ein letztes Mal über die Stauden, Ziersträucher und Obstbäume schweifen. Alles ordentlich und gepflegt. Aber sie wusste jetzt, dass das nur eine Fassade war, hinter der sich die Verzweiflung und das Böse, das dieser kleinen Familie widerfahren war, verbarg. Ina spürte so etwas wie Wehmut, und als sie die Tür hinter sich ins Schloss fallen hörte, drehte sie sich noch einmal um. Ein Schatten stand hinter dem Küchenfenster, verschwand aber gleich wieder.

Im selben Augenblick klingelte ihr Handy. Sie zuckte zusammen, doch es war nur eine MMS von Amund. Guro und Eline grinsten sie vom Display an, zwischen ihnen eine winzige Forelle. Die Nachricht lautete: »War ja klar, kein Fisch für Papa, nur für die Prinzessinnen mit den Prinzessinnenangeln ☺.«

Ina musste lächeln und tippte schnell: »Cool ☺.« Dann lief sie über den Radweg zurück, in Gedanken bei ihren Mädchen. Guro und Eline waren so überraschend unterschiedlich, dabei waren sie doch eineiige Zwillinge. Sie sah sie mit ihren kleinen Angeln förmlich vor sich – Guro voller Begeisterung, während Eline viel zurückhaltender war, alles langweilig fand und viel lieber bei einer Freundin wäre. Ina stellte sich vor, wie der Ausflug weiterginge: Amund würde sicher versuchen, die Aufmerksamkeit seiner Töchter auf etwas in der Umgebung zu lenken: einen singenden Vogel, die Spuren eines Wildtieres, einen steigenden Fisch. Mit einem

Mal vermisste sie die drei unglaublich. Die Erkenntnis überrumpelte Ina vollkommen, das Gefühl kannte sie sonst gar nicht. Sie ging wie in Trance weiter und bemerkte nicht einmal, dass das Wetter sich änderte. Ein warmer, trockener Wind zerrte an den Kronen der Birken. Ina lief immer schneller, wohlwissend, dass sie noch einmal durch die Unterführung musste. Kurz darauf lag der Betontunnel, der unter der Landstraße hindurchführte, vor ihr.

Ihre hastigen Schritte hallten von den Wänden wider, von denen die Tags sie dunkel anstarrten. Erst am Ende des Tunnels wich das bange, klaustrophobische Gefühl aus ihrem Körper. Und als sie um die Ecke bog, war sie richtiggehend erleichtert.

In dem Moment sah sie ihn.

Und das Taxi.

Es stand oben auf der Landstraße, zwanzig Meter vor ihr.

Halvor Vange.

Ina wappnete sich. Sie gönnte diesem Typ nichts. Wollte sich keine Angst einjagen lassen. Trotzdem beschleunigte sich ihr Puls. Sie gab sich Mühe, ruhig zu gehen, ließ das Taxi – einen schwarzen Mercedes – dabei aber nicht aus den Augen.

Der Motor lief. Halvor Vange wartete auf sie. Das war offensichtlich. Durch die getönten Scheiben konnte sie die Person im Auto nicht erkennen.

Der Ältere der beiden. Der Schlimmere.

Ina ging langsam weiter und bereitete sich innerlich vor. Sie wollte sich nichts anmerken lassen. Einfach weitergehen und ihm keinen Blick gönnen. Sie lief mit festen Schritten, schneller und schneller. Gleich war er vorbei, dieser Scheißaugenblick! Das Auto bewegte sich nicht von der Stelle. Nur das leise Brummen des Motors war zu hören. Sie ging vorbei, einen Fuß vor den anderen setzend, und sah nicht hin.

Dann war plötzlich alles anders. Der Motor heulte auf, und der Wagen rollte los. Inas Puls raste. Sie spürte die Anspannung. Das Auto folgte ihr langsam und schloss zu ihr auf. Ihr Herz hämmerte, als die Scheibe heruntergelassen wurde.

»Brauchst du eine Mitfahrgelegenheit?«

Sie blieb stehen. Drehte sich zur Seite. Starrte ihn an. Natürlich grinste Halvor Vange. Aber er war kaum wiederzuerkennen. Sein Gesicht war aufgedunsen. Tränensäcke. Kleine, nikotinbraune Zähne.

Ina wusste wirklich nicht, welcher Teufel sie in diesem Moment ritt. Wollte sie demonstrieren, wie ruhig und gelassen sie war, oder wollte sie den Stier bei den Hörnern packen? Oder gab es in ihrer Seele doch etwas Dunkles, Selbstzerstörerisches?

Die naheliegendste Erklärung war vermutlich eine Art kindliche Trotzreaktion. Sie wollte sich nicht einschüchtern lassen, nur weil dieser gewalttätige Typ vielleicht Sonjas Mörder war. Sie wollte zeigen, wie stark und selbstsicher sie sich fühlte. Auf jeden Fall kam plötzlich ein »Ja« aus ihrem Mund.

Sie ging vom Radweg über die Böschung zur Straße und kletterte auf den Rücksitz.

10

Es roch nach Leder. Leise Musik, Sender P4. Ina richtete den Blick auf den Hinterkopf des Mannes, der schräg vor ihr saß. Stiernacken. Dicke Halsschlagader, helle, fast weiße Haut. Dünne, verschwitzte Haare. Die rechte Hand lag auf dem Lenkrad. Die Keulenhand. Kein Ring. Runder Bauch. Zwei wachsame, blaue Augen im Rückspiegel.

»Wohin des Wegs, Ina Grieg?«

»Ich dachte, das wüsstest du?«

Halvor Vange ließ ein heiseres Lachen hören. »Die Hütte im Wald also.«

Ina nickte den Augen im Rückspiegel zu. Halvor Vange legte den Gang ein, und der Mercedes rollte langsam los. Auf einmal piepte ein Alarmton.

»Du hast vergessen, dich anzuschnallen.«

Ina verfluchte den Kerl und schob widerwillig den Gurt ins Schloss. Sie fuhren wortlos weiter, und schließlich setzte Vange den Blinker und bog in Richtung See ab. Unter den Reifen knirschte der Schotter. Der Wind ließ die Baumwipfel schwanken.

»Dann bist du also mal wieder in der alten Heimat?« Seine Augen bohrten sich im Rückspiegel fast in ihre.

»Das Klassentreffen.«

»Wie schön. Du solltest aber aufhören, alte Damen

zu erschrecken. So etwas gefällt uns hier in der Gegend nämlich gar nicht«, sagte er und klang mit einem Mal gar nicht mehr freundlich.

Ina war auf der Hut. »Hat sich irgendjemand bei dir beschwert?«

»Nein, aber wir sind aufmerksam und passen hier in der Gemeinde aufeinander auf.«

Aha, dachte Ina wütend. »Dann hast du seinerzeit sicher auch gut auf Sonja Lerdahl aufgepasst?«

Der Blick im Spiegel wurde härter. »Ich kann dir eine Sache über Sonja Lerdahl erzählen. Sie war nicht das unschuldige Mädchen, für das alle sie gehalten haben.«

»Ach, nicht?«

Halvor Vange atmete schwer. »Sie war keine Jungfrau mehr, um es mal so zu sagen. Obwohl sie noch so jung war.«

»Hat das etwas mit ihrem Verschwinden zu tun?«

Die Frage blieb unbeantwortet. In Halvor Vanges Blick lag jetzt etwas Glasiges, und plötzlich lenkte er den Wagen in eine kleine Seitenstraße, die in eine ganz andere Richtung führte.

»He, was machst du?«

»Ich will dir was zeigen. Damit du mir glaubst.«

»Lass den Unsinn! Fahr zur Hütte, *sofort*!«

Aber Halvor Vange reagierte nicht. Verdammt, jetzt war es ihr wieder mal gelungen, sich in die Scheiße zu reiten. Warum zum Teufel war sie nur in dieses Taxi gestiegen?

»Nur ein kleiner Umweg«, sagte Halvor Vange ruhig. »Wir sind gleich da. Vielleicht verstehst du dann, warum das mit Sonja passiert ist.«

Ina ballte die Fäuste. Ein kleiner Umweg. Ach ja!

Wenn das mal kein Abstecher zu ihrem eigenen Grab wurde! Aber sie würde nicht einfach aufgeben. Sie musste diesen Sadisten überrumpeln. Trotz der Panik, die in ihr aufstieg, waren all ihre Sinne geschärft. Ihr Blick huschte zur Tür. Sie war unverschlossen. Gut. In diesem Moment fasste sie einen Entschluss. Sie löste den Sicherheitsgurt, stieß die Tür auf, warf sich bei voller Fahrt aus dem Auto und rollte über die Böschung. Der Wagen fuhr auf dem schmalen Waldweg kaum mehr als vierzig Stundenkilometer, trotzdem verschlug der Aufprall ihr den Atem. Stöhnend versuchte sie, Luft zu bekommen, als sie den Mercedes bremsen hörte. Dann wurde der Rückwärtsgang eingelegt. Ina richtete sich mühsam auf und stolperte zwischen die Bäume. Sie bekam noch immer kaum Luft und lehnte sich mit dem Rücken gegen den erstbesten Baumstamm, um wieder zu sich zu kommen.

Auf einmal hörte sie Schritte. Halvor Vange folgte ihr. Sie rannte los. War schneller, musste schneller sein als er und stürmte im Slalom zwischen Fichten, Birken und niedrigen Büschen hindurch.

Vange rief: »Du verstehst gar nichts!« Dann: »Ich werde dir nichts tun!«

Aber Ina hörte nichts. Wollte nichts hören. Sie hastete immer weiter, bis sie mitten im Wald war und kein Laut sie mehr erreichte. Jetzt gab es nur noch sie. Sie und ihre Schritte auf dem feuchten Boden. Durchnässte Joggingschuhe. Moos und Farn und Schachtelhalm.

Oder?

Ina blieb stehen. Lauschte. Nichts. Nur der Wind in den Baumkronen.

Dann brach direkt hinter ihr ein Zweig.

Halvor Vange warf sich mit einem Hechtsprung ihr

entgegen. Aber das Geräusch rettete sie. Reflexartig drehte sie den Körper zur Seite und entging mit einem Aufschrei Halvor Vanges Zugriff. Ihre rechte Hand schlug dabei einen wilden Aufwärtshaken ins Blaue. Aber sie traf. Hart. Ihre Faust schmetterte genau gegen Vanges Kinn. Schmerz durchzuckte ihre Hand, gleichzeitig schrie Vange auf. Trotz des Treffers gelang es ihm, Ina umzureißen, er war aber zu benommen, um sie festzuhalten. Als er sich wieder aufrichtete und einen neuen Angriff startete, rann ein dünnes Rinnsal Blut über seine Lippe.

Diesmal war Ina vorbereitet. Sie wich seinen massigen Fäusten spielend aus und überlegte kurz, ob sie ihm noch einen weiteren Schlag oder Tritt verpassen oder lieber das Weite suchen sollte.

Sie entschied sich für Letzteres, tauchte in den Wald ein, weg von Halvor Vange, der ihr wütend hinterherbrüllte.

»Geir und ich waren an dem Nachmittag mit Sonja zusammen!«, rief er. »Aber wir waren das nicht. Sonja war noch am Leben, als wir gegangen sind. Das war Tom Kaser. Ein Freund von uns hat ihn ganz in der Nähe im Wald gesehen, hörst du?«

Er rief und brüllte weiter, aber seine Stimme wurde langsam leiser. Ina rannte, so schnell sie konnte, immer tiefer in den Wald. Das Wasser gurgelte in ihren Schuhen, und sie hatte keine Ahnung, wo sie war oder in welche Richtung sie lief. Nicht nur die Schuhe, sondern auch ihre Beine waren nass, verschwitzt und kalt. Oh, verdammt, wie dumm konnte man eigentlich sein?

Als Ina endlich stehen blieb, hatte sie vollständig die Orientierung verloren.

Sie nahm ihr Handy und warf einen Blick aufs Display.

Kein Netz.

Eine ganze Weile ging sie einfach weiter. Sie verstand nicht, was Tom Kaser an diesen Wäldern so fesselte. Dunkle, bedrohliche Fichten und Birken und immer wieder Moor. Die Monotonie des Waldes hatte ihr noch nie gefallen.

Wie hatte sie es nur geschafft, sich in diese Lage zu bringen? Sie musste schon einen verdammten Schaden haben. Sich zu Halvor Vange ins Auto zu setzen! Mein Gott! Und jetzt irrte sie durch diesen verfluchten Wald.

Genau in diesem Moment fiel ihr eine Veränderung auf. Die Bäume. Andere Vegetation. Kein großer Unterschied, aber kleine Bereiche mit etwas anderem. Das Gelände fiel leicht ab. Der Wald war nicht weniger dicht, trotzdem war vor ihr irgendetwas anders.

Dann bemerkte sie die Steine auf dem Boden. Überreste eines Hauses.

Sie blieb stehen und ließ den Blick langsam über die Ruine schweifen.

Hier musste mal ein kleiner Hof gewesen sein.

Etwas unterhalb am Hang waren die Überreste von fünf weiteren kleinen Gebäuden zu erkennen. Mitten im Wald. Still schlenderte sie zwischen den Ruinen hindurch. Die Mauerreste waren von Pflanzen überwuchert. Hier konnte seit Jahrzehnten kaum jemand gewesen sein.

Aber wenn hier Häuser gestanden hatten, musste es auch einen Weg geben. Solche Siedlungsplätze befanden sich ja nur selten weit vom eigentlichen Dorf entfernt.

Wenig später hatte sie tatsächlich eine Art Pfad gefunden, einen Einschnitt im Gelände, der von den Ruinen wegführte. Der Weg war kaum noch zu sehen und vollkommen überwuchert, überall Gestrüpp und junge Bäume.

Ina drehte sich um und musterte noch einmal die Ruinen.

Ein Pling riss sie aus ihren Gedanken.

Das Handy!

Dann gab es hier also Netz, mitten im dichtesten Wald!

Sie hatte eine E-Mail bekommen, klickte sie an und stutzte gleich, als sie den Absender sah:

sonja.lerdahl@lamegvereifred.com.

Die eigentliche Nachricht erschloss sich ihr nicht.

Ina Grieg!

Hör auf, in alten Sachen zu wühlen!
Sonst wird es dir wie mir ergehen.
Du wirst von der Erdoberfläche verschwinden.

Sonja Lerdahl

Ein Schauer lief ihr über den Rücken. Ihre Augen suchten automatisch den Vollmond, der ihr schon am frühen Morgen aufgefallen war. Aber sie sah nur dunkelgrüne Baumkronen und dazwischen winzig kleine Lichtfelder.

Teil III

Gattung

Der Brunnen, der am Abend raunt
Skårnes 1984

Die Angst kroch langsam in Sonja Lerdahls Körper. Sie stand an der Brunnenöffnung beim alten Siedlungsplatz. Ihre Augen huschten über den Waldboden, sie nahm aber nur Nuancen von Schwarz wahr. Vor sich erahnte sie die Konturen der Bäume, sie sah aber niemanden und hörte auch keine Geräusche. Trotzdem war sie sich sicher, eben ein Rascheln gehört zu haben. Irgendwo da vorne. Ihr Herz hämmerte. Da *war* jemand. Jemand, der nicht gesehen werden wollte. Jemand, der sie beobachtete. Vielleicht ein Tier, das ebenso verängstigt war wie sie, versuchte sie sich selbst zu beruhigen.

Ein Hirsch, ein Elch, ein Reh?

Aber sie hatte an diesem Tag schon so viel Böses erlebt, dass ihre Gedanken nicht zur Ruhe kamen. Und wenn doch ein … Mensch das Rascheln verursacht hatte?

Ihr Blick zuckte hin und her. Aber das Dunkel war zu undurchdringlich, die Nacht zu weit fortgeschritten, um etwas erkennen zu können. Sie durfte jetzt nicht panisch werden, sie musste stark sein. Langsam und mit vorsichtigen Schritten schlich sie zurück in die Richtung, aus der sie gekommen war – zu den Ruinen. Sie nahm sich nicht die Zeit, den Brunnen erst wieder mit Zweigen abzudecken, wie Tom es ihr eingeschärft hatte. Sie wich nach hinten zurück. Die Augen weit geöffnet und die Ohren gespitzt, aber es war still, furchtbar still.

Die hundertjährigen Steinformationen bei den Ruinen lagen stumm da. Sie ging ein paar Schritte weiter und blieb mitten in dem alten Wohnhaus stehen.

Ihre Augen sahen nichts.

»Hallo, Sonja!«

Eine Stimme. Oh, mein Gott! Sonjas Blick huschte hin und her und suchte fieberhaft nach einem Gesicht, etwas, womit sie die Stimme in Verbindung bringen konnte. Verlor sie jetzt den Verstand? Wie konnte sie hier, mitten in der Nacht, eine Stimme hören?

Aber Moment. Die Stimme klang doch irgendwie vertraut. Sie wusste, wer das war.

Da.

Ein Schatten.

Eine dunkle Silhouette kam zum Vorschein. Angst und Panik meldeten sich, als die Gestalt langsam deutlicher wurde. Sie musste ihr von der Linde aus gefolgt sein. Den ganzen Weg.

»Du?«, fragte Sonja.

»Ja«, antwortete die Gestalt.

Tränen stiegen Sonja in die Augen, denn mit einem Mal realisierte sie, dass nun auch ihr letzter geheimer Ort entlarvt war. Der Brunnen, der am Abend raunte, würde für sie nicht mehr raunen. Tom würde ihr das nie verzeihen. Das war das Ende für sie beide, für all das, was sie gemeinsam hatten – der einzige Lichtblick in ihrem Leben. Sonja begann zu zittern, Tränen rannen über ihre Wangen.

»Was willst du, warum quälst du mich so? Ich dachte, du wärst anders als die anderen?«

Die Gestalt fixierte sie und sagte kalt: »Du wirst nicht dichthalten, du wirst reden.«

Sonja schüttelte weinend den Kopf. »Nein, das verspreche ich. Niemand wird je etwas erfahren. Den Mund halten, das kann ich.«

»Doch, du würdest reden. Und ich habe den Auftrag bekommen, dafür zu sorgen, dass du es nicht tust.«

Sonja riss die Augen auf. »Von den beiden?«

Durch die Tränen und das Dunkel glaubte sie, ein Nicken zu erkennen.

»Was hast du da unten am Hang gemacht?«, fragte die Gestalt schließlich.

Sonja kniff die Lippen zusammen. Nicht um alles in der Welt würde sie den Brunnen preisgeben. Sie musste sich an die Hoffnung klammern, dass sie davon nichts wussten und ihr letzter Zufluchtsort doch noch geheim war.

»Bitte! Verschone mich!«, flehte sie mit erstickter Stimme.

Aber sie hatte den Mut verloren. So klingt jemand, der aufgegeben hat, dachte sie. Warum versuchte sie nicht wegzulaufen? Warum stellte sie sich nicht dem Kampf? Andererseits kannte sie die Antwort eigentlich schon: Ihr Leben lag in der Hand dieses nur wenige Meter vor ihr stehenden Menschen.

»Ich hatte eigentlich nicht den Auftrag, dafür zu sorgen, dass du den Mund hältst«, sagte der Schatten. »Ich sollte nur an der Linde aufpassen, dass du nicht abhaust. Aber irgendwann habe ich die Geduld verloren, die beiden kamen ja nicht wieder. Und plötzlich warst du verschwunden. Aber ich habe deine Schritte gehört. Deine Geräusche, Sonja, du hast mich selbst hierher geführt.«

»Die haben dich verarscht«, rief Sonja. »Die verarschen alle, das weißt du doch. Die sitzen jetzt sicher irgendwo und machen sich über dich lustig. Die haben das nicht so gemeint.« Sie starrte die schattenhafte Gestalt an. »Die machen nur Witze, kapierst du das denn nicht? Die wollten gar nicht wirklich, dass du auf mich aufpasst. Die wissen ganz genau, dass ich niemals was sagen würde. Die lachen sich jetzt bestimmt kaputt.«

Die Gestalt antwortete nicht. Nur ihr Atmen war zu hören.

In diesem Moment fasste Sonja den Entschluss, der so entscheidend für alles war, was später kam. Sie drehte sich um und rannte los.

11

Skårnes, Sagsjøen
Samstag, 7. Juni 2014

»Du machst Witze!«

Oddvar Borge saß auf der Sofakante, vor sich eine frisch geöffnete Dose Bier, und starrte Ina mit weit aufgerissenen Augen an. Er trug einen Anzug mit Fliege – hoffentlich als ironische Reminiszenz an die Achtziger, dachte Ina. Sie war noch immer benommen von dem ereignisreichen Tag. Sie hatte irgendwann einen Waldweg gefunden, der auf die Landstraße führte, und war kilometerweit gelaufen, bis sie die Landschaft in der Nähe des Sagsjøen wiedererkannt hatte.

Kaum eine Viertelstunde, bevor ihre Gäste kommen

sollten, war sie an der Hütte gewesen, so dass sie es gerade noch geschafft hatte, sich ein bisschen zu waschen und ihr Abendkleid anzuziehen, dann hatte Oddvar auch schon vor der Tür gestanden.

Ina hatte ihn über alles informiert, von Tom Kasers Besuch am Abend zuvor über das Gespräch mit Sonjas Mutter und den merkwürdigen Zwischenfall mit Halvor Vange bis hin zu der seltsamen Mail von Sonja Lerdahl.

Oddvar lehnte sich auf dem Sofa zurück und kratzte sich die schütteren Haare. Er wirkte betroffen und verwirrt. Gleichzeitig überkam Ina aber auch das Gefühl, dass ihn die Geschehnisse nicht wirklich überraschten. Sie musterte ihn genauer – und tatsächlich, seine Körpersprache schien »*Typisch, Ina!*« zu sagen. Als er bemerkte, dass sie ihn durchschaute, versuchte er ein nachdenkliches Gesicht zu machen.

»Diese E-Mail muss von einer falschen Adresse gekommen sein.«

»Ist es möglich, den Absender aufzuspüren?«

»Kommt darauf an. Profis können ihre Identität verbergen.«

»Und Amateure?«

Oddvar blieb nachdenklich sitzen. »Kann ich mir die Mail mal angucken?«

Ina reichte ihm ihr Handy. Der Absender – sonja.lerdahl@lamegvercifrcd.com – prangte über der Nachricht, die Ina mittlerweile auswendig kannte:

Ina Grieg!

Hör auf, in alten Sachen zu wühlen!

Sonst wird es dir wie mir ergehen.
Du wirst von der Erdoberfläche verschwinden.

Sonja Lerdahl

Oddvars Finger huschten über das Display. Ina versuchte, ihm zu folgen, kam aber nicht mit.

»Was machst du?«

Er hielt ihr das Handy hin. »Ich habe mir die IP-Adresse des Absenders anzeigen lassen.«

»Aha?«

»Das ist ganz einfach, und damit können wir dann den Internetanbieter herausfinden. Das Problem ist nur …«

Er zögerte einen Moment. »Ich kann das nicht mit Sicherheit sagen, aber ich glaube, die Mailadresse stammt von einer dieser Anonymizer-Seiten. Trotzdem könnte es sein, dass wir den richtigen Absender aufspüren. Wenn wir Glück haben.«

»Und das kannst du jetzt anleiern? Mit deinem Handy?«

Oddvar sah ihr einen Moment lang in die Augen, richtete seine Aufmerksamkeit dann aber wieder auf ihr I-Phone. Seine Finger tippten blitzschnell auf dem Display herum, zwischendurch warf er ab und zu einen Blick auf sein eigenes Handy. Schließlich gab er Ina ihr Telefon zurück.

»So schnell fertig?«

Er nickte. »Ja, ich habe die Mail an den diensthabenden Beamten geschickt und ihm gesagt, er soll der Sache sofort nachgehen. Aber sei nicht zu optimistisch. Es ist alles andere als sicher, dass wir den Sünder finden.«

Ina steckte das Handy wieder in die Tasche.

Oddvar griff zur Bierdose, hielt aber in der Bewegung inne. »Hast du nichts zu trinken?«

Ina schüttelte den Kopf. »Ich bin ja nicht mehr zum Einkaufen gekommen. Ich hab mich im Wald verlaufen, ich hab am ganzen Körper Schürfwunden, weil ich aus einem fahrenden Wagen gesprungen bin, und ich stinke wie ein Wildschwein.«

Oddvar musste lachen. »Entspann dich, du kannst dich bei mir bedienen. Ich habe Bier und Tequila.«

Er streckte die Hand zu der Palette Bier aus, die hinter dem Sofa stand, und reichte Ina eine Dose. Das kalte Metall schmiegte sich an ihre Finger.

»Außerdem stinkst du nicht«, fügte er hinzu. »Das hast du nie getan.«

Er lehnte sich zurück und faltete die Hände im Nacken. Ina stutzte. Wollte Oddvar etwa mit ihr flirten?

Sie musterte den alten Freund. Er war so verändert, keine schwarze Jeans, kein Metallica-T-Shirt und statt der langen, gegelten Haare eine graue Kurzhaarfrisur mit Geheimratsecken.

Ina und Katrine hatten die Metalband, in der Oddvar als Jugendlicher gespielt hatte, richtiggehend vergöttert, aber weder sie noch ihre Freundin hatten damals realisiert, dass er beileibe nicht so taff war, wie er sich gab. Dafür waren sie vermutlich zu naiv gewesen und zu verschossen. Er war groß, schlaksig und cool und pflegte sein düsteres, hartes Image. Aber die äußere Schale verbarg nur seine scharfe Intelligenz. Oddvar war vielseitig begabt: Er hatte ein Riesentalent fürs Gitarrespielen, war ein Mathegenie, und an einem Computer vollbrachte er wahre Wunder.

Sein Problem war nur, dass er es nie schaffte, sich definitiv für eine Sache zu entscheiden. Zwar tauchte er immer vollkommen in dem ab, was er gerade machte, und alles andere musste dann warten. Seine Begeisterung währte aber nie lange, er fand immer wieder etwas anderes. Nach der Schule sollte er sogar mit großem Erfolg an irgendeiner Uni Sprachen studiert haben, aber auch da hatte er irgendwann die Lust verloren und sich stattdessen an der Polizeihochschule eingeschrieben. Als Letztes schien er sich nun also dem Thema Familie gewidmet und ausgerechnet Ingrid geheiratet zu haben, die Sonja seinerzeit am Schlimmsten zugesetzt hatte.

Vier Kinder. Ina hatte Mühe, sich das vorzustellen. Das passte so überhaupt nicht zu dem Oddvar, den sie kannte. Ob er wohl auch in diesem Punkt irgendwann das Interesse verlieren würde …?

Trotz der fortgeschrittenen Geheimratsecken sah Oddvar noch immer gut aus. Er war nicht mehr der schmächtige, Hasch rauchende Metalgitarrist, sondern wirkte deutlich … kräftiger. Bestimmt ging er in irgendein Fitnessstudio.

»Wie läuft's denn so mit deinen Kindern?«, fragte sie, um ihn ein wenig auszuhorchen.

Oddvar musterte sie, als wollte er ergründen, was sie mit dieser Frage beabsichtigte.

»Hm, die sehen ein bisschen aus wie die vier Dalton-Brüder«, sagte er nach einer Weile. »Der Jüngste wird nächstes Jahr eingeschult. Der Älteste ist schon auf der weiterführenden Schule. Wir sind ganz schön viel unterwegs, um sie zum Fußballtraining zu bringen und wohin sie sonst noch so müssen.«

»Na ja, als vierfacher Vater … Wer hätte das gedacht,

als wir damals hier gefeiert haben, zu unseren schlimmsten Zeiten.«

Oddvar beugte sich amüsiert vor. »Da hätte aber auch niemand damit gerechnet, dass aus dir mal eine Psychologin wird. Damals dachte ich eher, du würdest vielleicht mal eine brauchen.«

Jetzt fing der auch noch an. Ihre alten Freunde schienen wirklich Freude daran zu haben, die Finger in ihre Wunden zu legen. Ina wartete einen Moment. Dann lenkte sie das Gespräch auf die Sache mit Sonja.

»Weißt du eigentlich, was Halvor Vange heute so macht?«

Oddvars Augen wurden schmaler. »Wie meinst du das?«

»Hat er genauso weitergemacht wie früher? Ich meine, hat er eine Akte?«

Oddvar zögerte. »Er ist das eine oder andere Mal in eine Schlägerei geraten«, sagte er schließlich. »Aber das ist lange her. Sicher zehn Jahre.«

»Er hat sich also geändert?«

»Auch auf dem Vange-Hof hat sich einiges geändert. Er wohnt jetzt ja allein da … du weißt schon, nach dem Unfall, bei dem sein Vater und sein Bruder umgekommen sind. Die Mutter ist im Altersheim, glaube ich.«

»Er hat den Hof aber nie bewirtschaftet, oder?«

»Nein, den hat er verfallen lassen. Er fährt seit Jahren Taxi. Wenn er nicht trinkt, wohlgemerkt.«

Ina ließ die Information sacken. Trank Halvor Vange, um sich nicht erinnern zu müssen? Oder weil er ein so schlechtes Gewissen hatte?

»Du bist hier, um die Sache mit Sonja zu untersuchen, stimmt's?«, platzte Oddvar in ihre Gedanken.

»Warum glaubst du das?«

»Du bist damit ja nie fertiggeworden. Das war für uns alle schlimm, aber du ... du kannst bei so etwas ja nicht loslassen.«

»Hast du mit Katrine gesprochen?«

Oddvar sah sie überrascht an. »Nein, aber es braucht nicht viel Phantasie, um ganz allein solche Schlüsse zu ziehen. Du bist noch genau wie damals. Da hast du auch immer wieder davon angefangen.«

»Aber schulden wir Sonja das denn nicht?«

Oddvar sah ihr in die Augen. Genau eine Sekunde zu lange. Dann nahm er einen großen Schluck Bier.

»Also los, frag mich, was du wissen willst.«

Die Reaktion überraschte Ina. Sie konzentrierte sich.

»Also, noch mal zu Halvor Vange. Meinst du, er macht mit anderen ... Kriminellen irgendwie gemeinsame Sache?«

»Nicht, dass ich wüsste. Er hat sich ziemlich zurückgezogen, geht selten unter Leute. Die Kontakte, die er beim Fahren kriegt, reichen ihm offenbar. Betrunkene Jugendliche. Alte Damen, die Hilfe mit ihren Einkaufstüten brauchen ...«

Halvor Vange als barmherziger Samariter, schwer vorstellbar nach dem, wie sie ihn am Nachmittag erlebt hatte.

»Etwas ganz anderes: Woher wusste er eigentlich, dass ich hier bin? Und dass ich zu Sonjas Mutter wollte?«

Oddvar zuckte mit den Schultern. »Die Gerüchte verbreiten sich schnell in einem kleinen Ort wie diesem.«

»Aber hast du das eben richtig verstanden? Er hat mich verfolgt, ganz offensichtlich hatte er Angst, dass ich etwas über Sonjas Verschwinden rausbekomme, und er hätte mich beinahe gekidnappt!«

»Du solltest ihn anzeigen«, sagte Oddvar. »Das ist eine Straftat.«

»Vergiss es. Das ist jetzt nicht wichtig. Aber wie soll ich das verstehen, was er mir im Wald nachgerufen hat? Dass sein Bruder und er Sonja am Tag ihres Verschwindens getroffen haben, und dass ein Freund von ihnen zur gleichen Zeit auch Tom Kaser im Wald gesehen hat?«

Oddvar zog die Augenbrauen hoch. »Das ist neu für mich. Aber dann ist es ja noch wahrscheinlicher, dass Tom Kaser ...«

»Das heißt aber doch, dass noch eine weitere Person im Wald war. Wer kann das gewesen sein?«

»Keine Ahnung.«

»Mit wem waren die beiden denn damals zusammen? Waren die nicht auch im Metal-Milieu?«

Ina beobachtete Oddvar genau. Sie hatte jetzt seine volle Aufmerksamkeit und meinte, in seinem Gesicht zu lesen, dass ihm das alles nicht passte.

»Es hat damals doch keine Sau gewagt, mit den Vange-Brüdern abzuhängen«, antwortete er schließlich. »Aber stimmt schon, die haben sich ganz am Rand der Szene getummelt. Zum inneren Kern sind sie aber nie vorgestoßen.«

»Gab es irgendeinen in der Szene, der besser mit ihnen konnte?«

»Nein, glaube ich nicht.«

»Und was ist mit dir?«

Jetzt bildete sich wirklich eine tiefe Falte auf Oddvars Stirn. »Mit *mir*?«

»Ja, du warst doch einer der wenigen, die Oda kannten.«

Da. Ein Zucken in seinem Gesicht. Dieses Thema gefiel ihm ganz und gar nicht. Er rutschte auf dem Sofa herum und trank einen Schluck Bier. Sein Blick wich ihr aus, bis er die Bierdose wieder auf den Tisch gestellt hatte.

»Oda Vange, ja. Ich glaube, sie hatte es damals nicht gerade leicht.«

»Nicht?«

»Ihre Brüder und ihr Vater waren die reinsten Tyrannen. Sie und ihre Mutter waren auf dem Hof so etwas wie Geiseln, wenn ich sie richtig verstanden habe.«

»Dann kanntest du Oda besser?«

Oddvar zögerte einen Moment, sagte dann aber: »Sie hat einmal im Suff geredet. Sie hat geweint und mir anvertraut, was ihre schrecklichen Brüder so alles anstellen. Ihr Vater muss komplett verrückt gewesen sein. Der absolute Haustyrann. Ihre Mutter soll die ganze Zeit blaue Flecken gehabt haben.«

»Und über Sonja hat sie nichts gesagt?«

»Nein, nur wie furchtbar das Leben bei ihr zu Hause war.«

»Hat sie sonst noch was erwähnt?«

Oddvar schien abzuwägen, ob er aussprechen sollte, was er auf der Zunge hatte. »Es gab da eine ziemlich merkwürdige Sache. Sie hat mir von einem Ereignis erzählt, auf das Halvor damals total abgefahren ist.«

»Was denn für ein Ereignis?«

»Ein Amoklauf in den USA. Ein Schulmassaker. Er soll immer wieder darauf zurückgekommen sein.«

»Was war das genau?«

»Du kennst doch den Song ›I Don't Like Mondays‹, oder?«

»Bob Geldof.«

»Oder Boomtown Rats. Darin geht es um eine

schreckliche Schießerei an einer Grundschule in den USA. Ein sechzehnjähriges Mädchen, Brenda Ann Spencer, die gleich neben der Schule wohnte, hatte plötzlich ein Gewehr in der Hand und schoss damit wahllos auf Passanten. Es war morgens kurz vor Schulbeginn, so dass der Bürgersteig voller Kinder war.«

»Ich erinnere mich an den Songtext: ›Tell Me Why I Don't Like Mondays ...‹«

Oddvar nickte und stärkte sich mit einem Schluck Bier, bevor er weiterredete: »Nun ja, laut Oda war Halvor wie besessen von dieser Tat.«

»Weißt du, warum?«

»Für ihn war das der Beweis, dass Frauen genauso schlimm sind wie Männer.«

Ina spürte, dass ihre inneren Alarmglocken zu schrillen begannen. »In der Regel sind es Männer – oder männliche Jugendliche –, die hinter solchen Amokläufen stehen. Jedenfalls zu neunundneunzig Prozent.«

»Genau deshalb war Halvor Vange ja so besessen von Brenda Ann Spencer. Sie war die Ausnahme. Dieses Massaker war wirklich eines der sinnlosesten, die es je gab. Gewöhnlich ist der Täter ja ein junger, wütender Mann auf der Suche nach Rache. Er hat gegen irgendjemanden einen Hass entwickelt, eine Freundin, die mit ihm Schluss gemacht hat, oder ein System, das ihm ungerecht erscheint. Er leidet lange Zeit darunter, rennt damit herum, bis er irgendwann durchdreht. Bei Brenda Ann Spencer war das anders. Ihr fehlte jegliche Motivation. Die Schießerei war für sie nicht mehr als ein spontaner Einfall.«

»Bei psychisch Kranken ist es nutzlos, nach Sinn oder Motivation zu suchen.«

»Ja, darüber weißt du sicher mehr als ich. Aber es ist doch nicht sicher, dass Brenda Ann Spencer psychisch krank war, oder? Als Grund für ihre Schüsse auf die Kinder hat sie bloß angegeben, keine Montage zu mögen. Wie kannst du das erklären? Ich meine, als Psychologin?«

I don't like Mondays. Ina ließ diese sinnlose Erklärung einen Moment auf sich wirken, bevor sie sagte: »Für solche Geschehnisse gibt es keine einfachen Erklärungen. Sonst hätte ich in meinem Job nichts zu tun.«

Sie selbst fand ihre Antwort gut. Oddvar reichte sie aber nicht. Er schien mit einem Mal ebenso besessen von der Geschichte zu sein wie Halvor Vange.

»Aber wie kommt die auf einmal auf so eine Idee? Ich meine, sie sitzt beim Frühstück, und im nächsten Moment ballert sie einfach auf eine Gruppe Kinder. Was passiert da im Gehirn?«

»And the silicon chip inside her head gets switched to overload.«

Oddvar hob die Hand. »Ja, ja, den Songtext kenne ich auch auswendig.«

»Charles Bukowski hat in seinem Gedicht ›The Shoe Lace‹ geschrieben, dass es die kleinen Dinge sind, die uns ausrasten lassen, wenn es unter der Oberfläche nur genug brodelt. Ein gerissener Schnürsenkel. Ein Joghurtbecher, der auf den Boden fällt.«

Oddvar sah sie von der Seite an, bevor er wieder das Wort ergriff: »Egal. Ich fand es merkwürdig, dass ein Kerl wie Halvor sich derart in die Geschichte eines Amoklaufs verbeißen kann, der von einem Mädchen verübt worden ist. Als hätte das bei all dem Mist, den die beiden Brüder angestellt haben, irgendeine Bedeutung.«

Ina bemerkte plötzlich, dass sich die Bäume vor der Hütte nicht mehr bewegten. Der Wind war abgeflaut, gleichzeitig waren dicke, dunkle Wolken über den Sagsjøen gezogen.

»Wo bleibt denn Katrine?«

»Sie kommt doch immer zu spät. Hast du das vergessen?«

Das stimmte. Katrine war auch als Jugendliche immer zu allen Verabredungen zu spät erschienen. Und da ohnehin jeder wusste, dass sie immer zu spät kam, brauchte sie sich auch nicht zu beeilen.

»Die Ermittlungen wegen Sonjas Verschwinden sind eingestellt, oder?«, fragte Ina schließlich.

»Ja. *Case closed*, wie sie in den USA sagen.«

»Du hattest damit nichts mehr zu tun?«

Oddvar schüttelte den Kopf und legte die Bierdose an die Lippen.

»Was glaubst du, ist mit ihr passiert?«

Oddvar erstarrte und stellte die Bierdose ab. »Ich glaube, Halvor Vange hat recht. Tom Kaser hat Sonja ermordet und ihre Leiche irgendwo im Wald versteckt. Und wenn du naiv genug bist, dich von Kaser manipulieren zu lassen – und den Eindruck habe ich wirklich –, laufst du Gefahr, dass mit dir das Gleiche passiert.«

Systema Naturae
Skårnes, 7. Juni 2014

Ordnung. Familie. Gattung. Art.

Tom Kaser öffnete die Augen und fokussierte langsam die Umgebung: Baumstämme, dichte Vegetation, Büsche, verblühte Buschwindröschen. Er war wieder im Wald. Es war Nachmittag, bald Abend. Er atmete ruhig. Jetzt musste endlich geschehen, worauf er so lange gewartet hatte.

Er hob den Blick zu den Baumkronen, die im Wind wogten. Doch unten bei ihm war alles still. Es war nicht so heiß wie im Rest der Welt, aber trotzdem so schwül, dass ihm die Kleider am Körper klebten. Dunkle Wolken zogen über den Baumwipfeln auf, und in der Ferne waren erste Donner zu hören. Er kannte die Zeichen der Natur und machte sich noch keine Sorgen: Solange der Wind die Fichten peitschte, würde der Regen auf sich warten lassen. Flaute er ab, war das Gewitter direkt über ihm. Dann würden die Wolken zusammenstoßen und ihre Elektrizität in einem Blitz aussenden, der alles durchbohrte.

Genau so wollte er zuschlagen. Blitzschnell und gnadenlos. Auf das alles vorbei wäre. Für immer.

Er beugte sich nach unten und fuhr mit den Fingern über die Messerscheide an seinem Bein. Die Klinge war nur zehn Zentimeter lang, aber das würde reichen, wenn er richtig traf. Und er wusste, wo er zustechen musste.

Genau ins Herz.

Dahin, wo er selbst getroffen worden war.

Er richtete sich auf und ging weiter in den Wald hinein. Pflanzen und Sträucher duckten sich unter seinen Bergschuhen, Zweige brachen, der Schachtelhalm knackte. Im Hintergrund hörte er die Stimmen wie in einem Chor flüstern und mahnen. Du bist zu brav. Du kriegst nichts hin. Du bist zu brav, du kriegst nichts ...

Dieses Mal ließ er die Stimmen kommen, denn er wusste, dass sie ihn abhärten, ihn stark machen würden. Er brauchte das, denn was er vorhatte, war moralisch so richtig, so ... notwendig. Außerdem konnte er auf die Art endlich sein Botaniker-Image loswerden, denn dieses Mal würden sie keine Pflanzen bei ihm finden ...

Er war kein Jünger von Carl von Linné!

In Wahrheit hatte Linné sich in eine Sackgasse manövriert, geblendet von seinen eigenen Fehlern. Er hatte versucht, die Natur in ihrer ganzen Fülle zu verstehen, dabei aber das Wichtigste übersehen.

Die Möglichkeit der Änderung.

Die plötzliche Variation, die eigentliche Grundlage des Lebens, des Fortschritts – das Potential, das in jeder Art, in jedem Individuum schlummerte.

Tom Kaser ging mit langen Schritten weiter in den Wald hinein, immer geradeaus. Seine Gedanken kreisten. Ja, Linné war der größte Idiot von allen, dachte er, sein rigides System missachtet die spontanen Mutationen, die immer wieder vorkommen und das eigentliche Muster der Natur sind. Als Darwin und die Evolutionsforschung das bewiesen, wurde Linnés Kerngedanke, dass alle Arten statisch sind und wie Bausteine aufeinander aufbauen, ad absurdum geführt. Und das war dann auch der endgültige Abschied von der Koppelung von Natur und Religion, sagte er wie ein Mantra vor sich hin. Linné war der Meinung, dass die Einteilung in Familien und Arten von Gott gegeben und jede Art Teil einer notwendigen, immerwährenden Kette ist, während Darwin und die Evolution Gott überflüssig machten und bewiesen, dass keine Art vor dem Untergang bewahrt bleibt.

Nicht einmal die Menschen.

Er verfluchte den Schweden, der sich nicht zu dem Fehler in seinem perfekten System hatte bekennen wollen. Er hätte die Unvollständigkeit doch sehen müssen. Er hätte erkennen müssen, dass es spontane Abwandlungen in der Natur gibt und dass dies sein ganzes Lebenswerk ins Wanken bringt.

Pflanzen, Tiere, Menschen. Ein kleiner Funken, und schon ist alles auf den Kopf gestellt.

Das Messer rieb an seinem Bein, aber er lief weiter. Seine Schritte durchbrachen die Stille des Waldes, doch das kümmerte ihn nicht, jetzt zählten nur seine Gedanken. Sie hatten sich verhakt, kreisten immer wieder um dasselbe Thema, kamen immer wieder darauf zurück.

Ja, ja, ja. Das neue System ist die Veränderung – sie geschieht fortwährend, überall und ohne Rücksicht auf feste Kategorien.

Die plötzlichen Mutationen geschehen dabei aber nicht vollkommen zufällig. Auch sie haben einen Sinn, treten häufig dann auf, wenn eine Art sich an Änderungen ihres Lebensraums anpassen muss. Das Prinzip wirft damit eine Reihe anderer Fragen auf, zum Beispiel, warum es die Bosheit in der Welt überhaupt gibt. Denn infolge der Evolutionstheorie wäre die Bosheit dann ja ein Resultat der Anpassung. Ein notwendiges Übel, damit wir, auf jeden Fall einige von uns, überleben.

Tom Kaser schauderte.

Eigentlich wollte er diesem Gedanken nicht weiter folgen, aber er wurde ihn nicht mehr los. Im Grunde war er sich nur einer Sache wirklich sicher: Bei der Art Homo sapiens gab es die grässlichsten Auswüchse, die übelsten Abweichungen – Unkraut, das ausgerottet werden musste, damit die schönen, zerbrechlichen Individuen ungestört heranwachsen konnten.

Sonja.

Er schlug den Blick nieder. Denn ebenso sicher wie es schöne, zerbrechliche Wesen gab, gab es auch rohe, brutale, die der Welt ihren Stempel aufdrücken wollten. Wie diese beiden.

Sie verdienten es nicht zu leben.

Sie verdienten nichts. Waren das Schwarze unter dem Fingernagel nicht wert. Abschaum.

Ordnung. Familie. Gattung. Art.

Mit einem Mal blieb er stehen. Lauschte. Etwas stimmte nicht. Es war vollkommen still. Kein Laut mehr. Kein Vogelgezwitscher. Kein Rauschen in den Baumkronen. Seine Augen wanderten an den Stämmen in die Höhe. Kein Zweig rührte sich. Nichts.

Jetzt.

Jetzt war das Gewitter da. Direkt über ihm. Es war nur noch eine Frage von Sekunden, bis es knallte. Seine Füße hasteten durch die Stille.

Ordnung. Familie. Gattung. Art.

Ordnung. Familie. Gattung. Art.

Es war nicht mehr weit bis zum Vange-Hof. Er musste

die Gelegenheit nutzen. Das Gewitter war seine Brechstange zum Bösen.

Licht!

Er zählte.

Eins, zwei, drei …

Der Donner. Durchdringend und mit langem Nachhall. In wenigen Sekunden würde der Regen herunterprasseln. Doch noch war alles still, schrecklich still. Die Bäume hielten den Atem an. Tiere und Vögel hatten Schutz gesucht. Das merkwürdige Licht im Dunkeln. Das merkwürdige Dunkel im Licht.

Jetzt kam die Veränderung. Wieder zuckte ein Blitz, und gleich darauf brach der Donner los.

Er spürte den ersten Tropfen auf seiner Haut. Dann weitere, immer mehr. Große, sehr große Tropfen.

Jetzt brach die Hölle los.

Der Himmel öffnete seine Schleusen.

Blitze und Donner.

Eins, zwei …

Die Welt explodierte.

Er presste die Hände auf die Ohren, aber sie piepten wie verrückt. Der Knall lähmte ihn, er fuhr zusammen, blieb in der Hocke sitzen, aufgewühlt von einem seltsamen Kribbeln. Der Wald wurde geflutet. Er kam wieder hoch und rannte durch den prasselnden Regen, während er sich aus dem Gedächtnis zu orientieren versuchte, vorbei an den alten Landmarken. Aber alles war auf den Kopf gestellt. Nichts war mehr vertraut. Um ihn herum war nur Dunkelheit und Nässe. Er lief weiter, hatte aber die Kontrolle verloren und fühlte sich mit einem Mal überrumpelt und unsicher.

Als Tom Kaser kurz darauf im strömenden Regen den

hinteren Garten des Vange-Hofs erreichte, stand eine Person im ersten Stock am Fenster, starrte in den Regen und sah im Licht eines Blitzes, wie Kaser hinter dem Autowrack abtauchte.

Ein Bruchteil einer Sekunde nur. Ein Bruchteil zu viel.

12

Katrine stand klitschnass in der Hütte. Das Wasser tropfte von ihrem schwarzen Abendkleid auf den Boden, die langen Haare hingen in nassen Strähnen herunter, und die Mascara lief in Striemen über ihre Wangen. Die muskulösen Oberarme glänzten. In der einen Hand hielt sie eine Tüte, in der anderen einen tragbaren Kassettenrecorder, den sie unsanft abstellte.

»Da hast du dir aber wirklich genau den richtigen Moment ausgesucht«, sagte Oddvar lachend.

»Zwanzig Sekunden!«, rief Katrine entgeistert. »Zwanzig verdammte Sekunden vom Auto hier runter, und jetzt guckt mal, wie ich aussehe! Was für ein Wahnsinnsgewitter. Der Regen hat echt schon biblische Ausmaße.«

»Hast du andere Sachen dabei?«, fragte Ina.

»Nein, mit so einem Unwetter habe ich ja nicht gerechnet. Verdammt, ich kann in dem Zustand doch nicht auf dem Fest erscheinen!«

»Du kannst mein Ersatzkleid haben«, schlug Ina vor.

»Und du glaubst, dass ich da reinpasse?«

Ina stand auf, ging in das kleine Bad und holte ein

Handtuch. Katrine rubbelte sich ausgiebig die Haare trocken, ehe sie ihre Arme und Beine abtrocknete und Ina dann das vor Nässe triefende Handtuch zurückgab. Danach verschwand Ina im Schlafzimmer und tauchte kurze Zeit später mit dem weißen Kleid auf, das sie bei Illums in Kopenhagen gekauft hatte.

»Das ist doch viel zu klein«, protestierte Katrine. »Außerdem wirst du mich niemals dazu bringen, weiß zu tragen.«

»Dann steckt doch noch ein bisschen was von der alten Revoluzzerin in dir?«, fragte Oddvar amüsiert.

Trotz des lustigen Tonfalls bemerkte Ina ein dunkles Funkeln in seinem Blick. Sie ahnte, dass er Katrine liebend gerne in einem zu kurzen Kleid gesehen hätte. Noch besser vielleicht ganz ohne.

»Du bist heute ja ein Meister der Ironie, Mister Borge«, gab Katrine zurück. »Solltest du auf deine alten Tage doch noch Anarchist geworden sein?«

Der nächste Blitz durchzuckte die Dunkelheit. Die drei Freunde sahen einander an. Gleich darauf krachte der Donner los. Der Regen hämmerte weiter auf das Hüttendach.

»Wollte Jan nicht mitkommen?«, fragte Ina.

Katrine schüttelte den Kopf. »Nein. Ach, das wäre ihm wohl auch gar nicht gestattet worden.«

Oddvar musterte sie interessiert. »Ist er irgendwo anders zum Vorglühen?«

»Ja, bei Benedikte, Ingrid und den anderen.«

»Dann hängen die noch immer zusammen?«, wollte Ina wissen.

Katrine antwortete nicht, nahm jetzt aber doch das weiße Kleid und verschwand damit im Schlafzimmer.

Oddvar trank einen Schluck Bier und fixierte Ina. »Was meinst du? Fallen wir als Erwachsene in die alten Rollen aus der Schulzeit zurück?«

»Man sagt, dass sich die Veranlagung zum Mobbing schon im Kindergartenalter zeigt und das ganze Leben anhält. Nicht mal im Altersheim werden wir davon erlöst.«

Oddvar lachte trocken, wurde aber schnell wieder ernst. »Ich bin mit Benedikte und Ingrid in den Kindergarten gegangen. Die beiden waren immer zusammen, während ich …«

»Während du ihnen aus dem Weg gegangen bist, um dann doch in den Armen von einer der beiden zu landen?«, vollendete Ina.

Oddvar hielt ihren Blick fest. »Ingrid kann Benedikte übrigens gar nicht ausstehen.«

Das war neu für Ina. Sie hatte die beiden Mädchen sofort wieder vor Augen, sich gegenseitig die Haare flechtend im Klassenzimmer oder gemeinsam kichernd auf dem Schulhof. Sie hatten die ganze Zeit zusammengehangen, und dabei sollte die eine die andere eigentlich gar nicht leiden können?

»Wie kann das sein?«

»Manche Menschen können eben verdammt gut manipulieren. Und andere versuchen einfach, ihr Bestes zu geben, im Rahmen ihrer Möglichkeiten.«

»Hat Benedikte denn irgendwas gegen Ingrid in der Hand?«

»Nicht, dass ich wüsste … nichts Konkretes. Aber psychisch kontrolliert Benedikte sie vollkommen … wobei das fast für alle gilt. Ich weiß nicht, wie oft ich Ingrid klagen gehört habe, wie …«

»Ja?«

»... wie schrecklich Benedikte ist. Und wie perfekt sie sich darauf versteht, die Schwachpunkte der anderen auszunutzen.«

Wie wahr, dachte Ina. Diese Seite von Benedikte kannte sie nur zu gut. Aber stimmte es wirklich, dass Ingrid dermaßen unter Benediktes Knute stand?

Ina beschloss, Oddvars Behauptung als Aufhänger für das zu nutzen, was sie wirklich interessierte.

»Du warst doch auch schon in der Grundschule in Sonjas Klasse, oder?«

»Ja.«

»Wurde sie da ebenfalls gehänselt?«

»Ja, ein bisschen vielleicht. Aber richtig eskaliert ist das erst später auf der weiterführenden Schule.«

»Und wer war in der Grundschule hauptverantwortlich für das Mobbing?«

»Das weiß ich nicht mehr so genau. Es ist im Nachhinein ja auch leicht, irgendwem die Schuld zuzuweisen. Aber ich denke, dass Benedikte auch schon damals ihre Finger im Spiel hatte. Das Schlimmste war ...«

»Ja?«

»Dass ich damals nicht unbeteiligt war.«

»Du?«

Oddvar nickte. »Ich habe später sehr viel darüber nachgedacht. Es gab damals ein paar Situationen, in denen ich mich ... wirklich anders hätte verhalten sollen, Sonja gegenüber ... besser. Ich habe mich mitreißen lassen, wie die anderen, und ...«

»Aber was habt ihr gemacht?«

Oddvar breitete die Arme aus. »Hm. Blöde Bemerkungen halt. Dass sie stinkt und so was. Wobei das natürlich nicht stimmte. Und manchmal haben wir sie rumgestoßen, ziemlich heftig sogar.«

»Und von wem ging das aus?«

»Von Ingrid«, sagte Oddvar, ohne lange nachzudenken. »Auf Befehl von Benedikte. Ingrid war damals die Stärkste von allen, aber Benedikte war der Kopf dahinter. Sie hat schon damals die Fäden gezogen und ihre Marionetten tanzen lassen.«

»Und das nimmt Ingrid ihr bis heute übel?«

»Genau. Ingrid hätte Sonja niemals von sich aus weh getan.«

»Aber sie hätte sich doch weigern können, die Befehle auszuführen? Sie war doch die Stärkste?«

Oddvar schnaubte. »Das hört sich so leicht an. Als Kind muss man doch immer gucken, welche Position man unter seinen Freunden einnimmt. Die Angst, sich nicht richtig einzuordnen, in Ungnade zu fallen und selbst zum Prügelknaben zu werden, steckt in uns allen. In dir doch bestimmt auch.«

Ina fiel auf, wie sehr Oddvar Ingrid in Schutz nahm. Auch wenn in seinen Worten viel Wahres steckte, konnte es durchaus sein, dass er ein Opfer von Ingrids Manipulationsversuchen geworden war. Dass auch sie sich darauf verstanden hatte, wusste Ina sehr genau.

Sie konnte diesen Gedanken nicht weiter verfolgen, denn in dem Augenblick kam Katrine in dem weißen Kleid zurück. Ina musste ein Lachen unterdrücken. Es war ihr wirklich viel zu kurz, reichte kaum bis zur Mitte des Oberschenkels und wirkte extrem aufreizend. Eigentlich war das der Grund, weshalb sie selbst sich gegen dieses Kleid entschieden hatte. Katrine stand skeptisch in der Mitte des Raums und betrachtete ihre braunen Beine.

»Da muss ich die Knie aber immer brav zusammenlassen«, sagte sie und setzte sich neben Oddvar aufs Sofa. Dann schlug sie übertrieben betont das linke Bein über das rechte und zog den Kleidersaum so weit wie nur möglich nach unten.

»Lass es einfach so lange an, bis das andere wieder trocken ist«, meinte Ina lachend.

Katrine wedelte kokett mit der Hand vor ihrem Gesicht herum. »Puh! Wahrscheinlich ist das selbst für einen Polizeichef zu heiß, oder?«

»Ich sehe deine Beine ja nicht zum ersten Mal«, sagte Oddvar.

»Ist aber 'ne ganze Weile her, dass du sie sehen durftest«, konterte Katrine. »Ach ja! Bevor ich es vergesse, draußen auf der Veranda lag ein Brief für dich, Ina. Ich habe ihn im Vorbeilaufen mitgenommen, aber er ist ganz nass.«

Katrine fischte den nassen Umschlag aus der Tasche. Ina musterte ihn skeptisch. Ein Brief an sie, hier vor der Hütte?

Auf dem beinahe aufgelösten Papier stand ihr Name, mit der Maschine geschrieben.

An Ina Grieg

Sie drehte den Umschlag um. Kein Absender.

»Willst du ihn nicht öffnen?«, fragte Katrine lachend. »Ich bin jedenfalls verdammt neugierig. Vielleicht hast du hier in Skårnes ja einen heimlichen Verehrer.«

Ina schob den kleinen Finger in den Spalt des Umschlags und riss ihn auf. Das nasse Papier gab widerstandslos nach.

Im Umschlag steckte ein einzelner, ebenfalls nasser Briefbogen. Mit Maschine geschrieben.

Geständnis, Teil 1

Die Zeit, die Zeit. Sie nimmt uns allen das Leben. Irgendwann. Nur das ist gewiss. Sie steht schon mit den Füßen scharrend vor der Tür, wenn wir geboren werden, schleudert uns Unwissende in das Karussell, das wir Leben nennen, und hält uns darin fest, während wir kämpfen, uns abrackern und sterben.
In jeder Sekunde werden wir neu geboren. In jeder Sekunde sterben wir. Die schlummernde Stille, der immerwährende Schlaf. Bis der wilde Augenblick plötzlich da ist, die Explosion, die alles verändert – und etwas Neues zum Leben erweckt. Aus Schlaf wird Aktivität. Aus Aktivität Schlaf.
Wir schlafen. Wir erwachen.
Wir zeigen. Wir verstecken.
Wie sehr die Zeit mir geholfen hat, alles versteckt zu halten. Aber irgendwann wird alles ans Licht kommen. Mein Schlaf. Meine Aktivitäten.
An dem Tag, an dem die Zeit mir das Leben nimmt, wird alles klar werden. Der wilde Augenblick – mein wilder Augenblick – wird hell und stark und schmerzhaft leuchten, und für den Bruchteil einer Sekunde wird die Wildheit all jene blenden, die endlich die Augen öffnen. Dann wird die Zeit sich gegen mich und alle in meiner Nähe wenden – Verwandte, Freunde, die wenigen, die mir nahestehen – und uns in das schwärzeste aller Löcher sperren.
Für immer und ewig.

Die Zeit, die Zeit.
Sie wird mich jetzt bald holen. Und darum drängt es, die Wahrheit zu sagen, damit der wilde Augenblick endlich ans Licht kommt.

Als Ina den Brief zu Ende gelesen hatte, war sie vollkommen verwirrt. Was sollte das denn? Sie drehte das Blatt um, aber die Rückseite war leer. Wortlos reichte sie es Katrine. Oddvar nahm seine Lesebrille aus der Innentasche, beugte sich zu Katrine hinüber und las mit.

Katrine hob als Erste wieder den Blick. Sie war vollkommen außer sich: »Was zum Teufel …«

Ina zuckte nur mit den Schultern. Oddvar las noch, richtete sich dann aber auch wieder auf und nahm die Lesebrille ab.

»Teil 1? Heißt das, da kommen noch mehr Briefe?«, fragte Ina nach einer Weile in das quälende Schweigen hinein.

Oddvar und Katrine wechselten einen stummen Blick.

»Und warum ist der Brief an *mich* gerichtet?«, überlegte Ina laut.

Sie erhielt wieder keine Antwort und spürte die Beklemmung in ihrer Brust. Jemand beobachtete sie und hatte sie als Ziel für seine wirren Ideen und Psychosen auserkoren. Schließlich formulierte sie die Frage, die sie alle im Kopf hatten: »Ob das was mit Sonja zu tun hat?«

»Zieh keine vorschnellen Schlüsse«, sagte Oddvar ruhig. »Es kann eine ganz harmlose Erklärung dafür geben. Dieses … Geständnis muss überhaupt nichts mit Sonja zu tun haben.«

Ina stutzte. Harmlose Erklärung? Ganz sicher nicht.

Das Ganze war keineswegs harmlos, und es hatte auf jeden Fall etwas mit Sonjas Verschwinden zu tun. Ansonsten wusste sie den Brief aber nicht zu deuten, sie fand ihn nur extrem unheimlich. Besonders beunruhigte sie die Tatsache, dass der Umschlag vor ihrer Tür gelegen hatte. Das hieß schließlich, dass der Betreffende hier gewesen sein musste. Möglicherweise während des Unwetters. Oder hatte der Brief schon länger auf der Veranda gelegen, ohne dass Oddvar oder sie ihn bemerkt hatten, bevor sie in die Hütte gegangen waren? Nach der Begegnung mit Halvor Vange war sie so aufgewühlt gewesen, dass sie ihn gut hätte übersehen können.

Aber auch der Inhalt des Briefes war rätselhaft. Wer wollte sich da seine Sünden von der Seele reden? Jemand, dem nur noch wenig Zeit blieb? Eine ältere Person? Oder waren das alles nur Hirngespinste?

Von wem stammte dieses Schreiben?

Ein Name formte sich langsam in ihrem Kopf. Jemand, der wusste, dass sie hier war. Jemand, der zu Mystik und pompösen Formulierungen neigte und sich darauf verstand, unbemerkt aufzutauchen und wieder zu verschwinden.

Tom Kaser.

Katrine brach die bedrückende Stille. »He, jetzt aber Schluss damit. Und her mit dem Tequila, Oddvar. Lass uns trinken und vergessen.«

»Ausnahmsweise bin ich mal ganz Ihrer Meinung, Frau Stormark«, antwortete Oddvar.

Die kleinen Gläser klirrten.

»Komm schon, Ina!«, rief Katrine lachend. »Kopf in den Nacken! Lass uns auf die alten Zeiten trinken!«

Oddvar verteilte drei bis zum Rand gefüllte Gläser,

und Ina nahm geistesabwesend eines entgegen. Ihre Hände trafen sich mitten über dem Tisch.

»Prost!«

Gleich darauf stand Inas Hals in Flammen. Der Alkohol brannte sich einen Weg in ihren Bauch, und sie musste zur großen Freude von Oddvar und Katrine eine halbe Minute lang husten. Dann versuchte auch sie, all das Seltsame und Böse wegzulachen. Katrine füllte die Gläser gleich wieder nach. Ina ließ sich in den Sessel fallen, aber ihre Gedanken fanden noch keine Ruhe.

Die Zeit, die Zeit. Der wilde Augenblick.

Mein Gott, was für ein Chaos.

Sie nahm das Glas und kippte auch den nächsten Schnaps hinunter.

Er brannte wie der erste, weckte sie aber irgendwie auf. Sie sah zu ihren alten Freunden hinüber. Katrine sprang gerade auf und trat an den Kassettenrecorder, und im nächsten Augenblick strömte »Mercy Seat« von Nick Cave aus den Lautsprechern. Plötzlich war in der kleinen Hütte am Sagsjøen alles wieder so wie früher. Nur, dass ihre Jugend nicht mal für einen kurzen Augenblick zurückkommen wollte. Jedenfalls nicht für Ina. Wie sehr sie auch versuchte, das Thema zu verdrängen, es meldeten sich doch immer wieder kleine, bohrende Gedanken. Die Wortwahl in der E-Mail. Im Brief. Halvor Vanges nikotinbraunes Grinsen. Immer neue Bilder huschten durch ihr Unterbewusstsein und verleiteten sie, häufiger zum Schnapsglas zu greifen, als gut für sie war. Sie war zunehmend davon überzeugt, dass es kein Zufall sein konnte, dass das alles jetzt geschah, da sie nach Skårnes zurückgekommen war und Licht in das

Mysterium um Sonjas Verschwinden bringen wollte. Das alles geschah, weil sie etwas unternommen hatte. Weil sie jemanden aufgescheucht hatte. Jemanden, der offenbar mehr wusste, als er sagen wollte.

Der Weg ans Ende der Welt
Skårnes, Frühjahr 1989

Oda Vange saß in ihrem Zimmer und bürstete sich die Haare. Lange, gleitende Bewegungen. Wieder und wieder. Aber sie war unruhig, zitterte, schaffte es nicht, sich hinzusetzen und für die Prüfungen zu lernen. Das alles schien ihr unendlich weit weg zu sein. In Gedanken sah sie noch immer das Schaf, den Kopf des Tieres über Wasser. Das Ruder in Halvors Händen und wie er zum Schlag ausholte. Das dumpfe, ekelerregende Klatschen, gleich nachdem sie die Augen geschlossen hatte. Die Szene bekam sie an diesem Abend einfach nicht aus dem Kopf.

Ihr Vater taumelte sturzbesoffen durchs Haus, schrie herum und knallte mit den Türen. Ihre Mutter hatte sich im Bad eingeschlossen. Oda konnte sich genau vorstellen, wie sie in Todesangst auf die Tür starrte, während hinter ihr das Wasser in die leere Duschkabine spritzte. »Jetzt komm schon raus, du Schlampe! Du verschwendest ja das ganze warme Wasser! Wenn's sein muss, warte ich hier bis zum Jüngsten Tag!«

Wieder und wieder fuhr Oda mit der Bürste durch ihre langen Haare und dachte nur, dass das ein Ende haben musste. Bald. Vielleicht sollte sie abhauen, nach Schweden oder Amerika. Sie konnte nicht länger warten. Sobald sie die Schule abgeschlossen hatte, wollte sie fortgehen. Weit, weit weg. Natürlich wäre das ein Verrat an ihrer Mutter. Aber die hatte in all den Jahren ja auch sie verraten. Sie hätte längst weglaufen können, hätte gemeinsam mit ihrer kleinen Tochter diese Monster verlassen müssen. Dass das ihre Brüder und ihr Vater sein sollten! Nein, ihre Mutter hatte es in gewisser Weise beinahe verdient. All die verlorenen Seelen, die auf diesem Hof hausten, verdienten einander, dachte Oda und fuhr mit der Bürste erneut durch ihre Haare. Aber bald würde sie nicht mehr dazugehören. Wenn sie nur erst die Schule hinter sich hatte …

In dem Moment hörte sie draußen etwas. Ein Auto. Jemand fuhr auf den Hof. Kies wurde gegen den Boden des Wagens geschleudert. Dann das Geräusch von Autotüren. Schritte. Zwei Menschen. Ihre Brüder waren das nicht. Die waren schon da, irrten nach der Episode mit dem Schaf irgendwo auf dem Gelände herum. Verzapften sicher wieder irgendeinen Mist. Noch eben hatte sie ihre Stimmen gehört.

Oda hielt mit dem Kämmen inne und schlich ans Fenster. Hob die hellblaue, dünne Gardine etwas an, hockte sich hin und blickte darunter hindurch.

Der Polizeichef des Dorfes und der neue, junge Beamte gingen zögernd über den Hofplatz. Oda spürte, wie ihr Herz zu hämmern begann. Sie kannte die Verstecke, die es hier gab, besser als alle anderen, auf jeden Fall besser als der Polizist. Gleich darauf entdeckte sie tatsächlich ihre Brüder. Sie waren im Holzschuppen hinter der Scheune. Der rote Lieferwagen, in dem sie das Schaf transportiert hatten, stand hinter ihnen und war vom Hofplatz aus nicht zu sehen. Die beiden lugten um die Ecke der Scheune. Geir hatte noch immer den Elektroschocker in der Hand, als wollte er ihn jeden Moment einsetzen. Oda fragte sich, was ihre Brüder vorhatten.

Ob sie in ihrem Versteck bleiben würden oder hervorkommen und so tun, als wäre nichts? Vielleicht würden sie auch zum Angriff übergehen?

Der Polizeichef rief: »Polizei! Ist jemand hier?«

Gleich darauf knirschte die Haustür. Der Vater. Oh nein. Er durfte nicht rausgehen. Nicht in seinem Zustand. Oda richtete sich etwas auf und schielte nach unten. Sie sah den Hinterkopf und die breiten Schultern in Richtung Polizisten wanken.

Ein paar Meter von den Hütern des Gesetzes entfernt blieb ihr Vater mitten auf dem Hofplatz stehen und verschränkte die Arme vor der Brust.

»Was wollen Sie?«

Der Polizeichef räusperte sich. »Ein Lieferwagen ist gestohlen worden.«

»Ja, und?«

»Ist der hier?«

»Sehen Sie hier einen Lieferwagen?«

Oda blickte rasch zur Scheune hinüber. Ihre Brüder kamen jetzt aus ihrem Versteck. Geir musste den Elektroschocker im Holzschuppen abgelegt haben. Die beiden hatten die Hände in den Taschen vergraben und stellten sich rechts und links neben ihren Vater. Der Adamsapfel des jungen Polizisten hüpfte auf und ab, während der Polizeichef überraschend ruhig wirkte.

»Vielleicht haben die beiden hier ja einen Lieferwagen gesehen.«

Die Brüder antworteten zuerst nicht.

»Was für eine Marke?«, fragte Halvor schließlich.

Der Polizist musterte ihn aus eiskalten Augen. »Ein Volkswagen. Ich habe auch das Kennzeichen, falls das eurer Erinnerung auf die Sprünge hilft.«

»Sorry.«

Der Polizeichef stemmte die Hände in die Hüften. »Hört mal zu. Ich habe einen Zeugen, der gesehen hat, dass ihr beide den Wagen gestohlen habt. Und ein Schaf. Wir können die Sache ganz einfach handhaben – ich gebe euch die Chance, den Lieferwagen und das Tier freiwillig zurückzubringen. Andernfalls komme ich morgen mit einem Durchsuchungsbeschluss zurück. Für welche Variante entscheidet ihr euch?«

Halvor zuckte mit den Schultern. »Wir haben keinen Lieferwagen geklaut.«

Der Polizeichef seufzte. »Okay. Ihr lasst mir keine andere Wahl. Ich bin dann morgen früh wieder hier und stelle den ganzen Hof auf den Kopf. Außer ihr nutzt die Gelegenheit und bringt den Wagen ganz einfach zurück. Wie gesagt, in dem Fall würden wir die Sache auf sich beruhen lassen. Verstanden?«

Weder die Brüder noch der Vater antworteten.

Der ältere Polizist musterte einen nach dem anderen. Der junge Beamte neben ihm schien sich vor Angst beinahe in die Hose zu machen. Schließlich gingen sie zurück zu ihrem Wagen. Gleich darauf knirschte der Kies unter den Rädern.

Kaum war der Polizeiwagen außer Sicht, drehte sich der Vater zu Halvor und Geir um und verpasste ihnen schallende Ohrfeigen.

»Was zum Henker soll das?«, schrie er. »Autos und Schafe klauen? Ihr habt sie doch nicht mehr alle. Werdet das Zeug los, und zwar auf der Stelle!«

Oda war so aufgeregt, so unbedacht, dass sie die Gardine noch etwas weiter anhob. In dem Moment bemerkte Halvor sie. Er stand da, die Hand noch auf der schmerzenden Wange, und starrte finster zu ihr hoch.

Wut brannte in seinem Gesicht.

Oda war klar, dass sie sich sofort verstecken musste. Ihre Füße stürmten bereits in Richtung Hintertreppe. Sie musste in den Wald, bevor der Vater die beiden entließ. Das war ihre einzige Chance. Sonst würden sie die Wut, die der Vater mit seinen Ohrfeigen geschürt hatte, an ihr auslassen. Oda wusste, dass der Vorsprung, den sie vielleicht hatte, nicht groß war. Sie taumelte durch die Hintertür nach draußen in den Frühlingsabend. Sie musste es bis zu den Bäumen hinter dem Hof schaffen, sie *musste* es schaffen! In diesem Augenblick tauchte ein Schatten in ihrem Augenwinkel auf. Nein! Geir! Der jüngere und schnellere der beiden Brüder stürmte über die Wiese auf sie zu.

»Lass mich!«, schrie sie. »Lass mich in Frieden!«

Gleich darauf spürte sie seine Hände, stürzte zu Boden und rollte, gepackt von ihrem Bruder, übers Gras.

»Lass mich los!«, schrie sie. »Ich hab dir nichts getan.«

Geir drehte sie auf den Rücken, drückte ihre Arme zur Seite und presste die Knie auf ihre Oberarme. Es tat höllisch weh, und sie wand sich unter ihm, aber Geir war zu stark. Dann drückte er seinen Unterarm gegen ihren Hals, bis nur noch ein Gurgeln aus ihrer Kehle kam und sie heftig nach Atem rang.

Jetzt sah sie auch Halvor. Er grinste breit. »Das hat dir Spaß gemacht, was? Du hast bestimmt gehofft, der Bulle locht uns ein!«

Sie versuchte, etwas zu sagen, aber Geirs Unterarm drückte brutal auf ihre Luftröhre. Sie konnte nicht mehr atmen, und dann wurde ihr schwarz vor Augen. Irgendwann strömte wieder Luft in ihre Lungen, und sie hustete und keuchte lange. Orange Flecken tanzten vor ihren Augen. Ihr war so übel, dass sie sich hätte übergeben können. Oh Gott, wie sie diese beiden hasste.

»Weißt du, wie man nach dem Krieg die Deutschenhuren bestraft hat?«, fragte Halvor.

Ihr älterer Bruder hob sich wie ein dunkler, mächtiger Schatten gegen den Himmel ab.

»Ich bin keine Deutschenhure«, flüsterte sie.

»Spionin. Hure. Verräterin«, sagte Halvor. »Das kommt aufs Gleiche raus. Halt sie fest, Geir.«

Halvor verschwand für einen Moment. Das war ihre Chance. Der jüngere Bruder war manchmal etwas milder gestimmt.

»Lass mich los, Geir! Du kriegst auch was Schönes von mir!«

»Was denn?«

Ihr Hirn suchte hektisch nach möglichen Geschenken, irgendetwas, womit sie ihren Bruder bestechen konnte. Aber ihr fiel nichts ein. Sie hatte ja nichts. Kein Geld, keine besonderen Sachen, keinen Stolz.

Sie hatten ihr alles genommen.

Kurz darauf war Halvor wieder zurück. Ihre Augen weiteten sich, als sie sah, was er in der Hand hielt. Nein! Das konnte doch nicht sein Ernst sein! Nicht einmal er würde so etwas fertigbringen!

Seine Finger umklammerten die Schafschere.

Geir drückte Oda zu Boden, und Halvor begann zu schneiden, Strähne um Strähne. Oda wand sich am Boden wie eine Schlange. Aber die Hände waren zu stark. Niemand kümmerte sich um ihre Tränen, um ihre Schreie. Ihre Brüder hielten sie fest und schoren sie. Und als sie fertig waren, lagen all die schönen langen Haare im Gras.

Irgendwann standen die beiden auf und ließen sie ohne ein Wort zurück. Langsam versiegten ihre Tränen. Alles war still. Sie lag reglos im Gras und fühlte sich seltsam leer. Dann fuhren ihre zitternden Finger tastend über ihren Kopf. Das Gefühl der kurzen, harten Stoppeln brannte sich in ihr Bewusstsein.

Geschändet, entehrt, wertlos. Sogar die Haare hatten sie ihr genommen, das Einzige, worauf sie noch stolz gewesen war.

Am Schlimmsten aber fand sie, dass sie nicht in der Lage war, irgendetwas zu fühlen. Bis diese innere Leere allmählich angefüllt wurde von etwas Hartem, Erschreckendem, das sie früher nur vage gespürt und nie zu erforschen, geschweige denn auszuleben gewagt hatte.

Als die dunkle Wolke jetzt in ihr aufzog, war sie sich nicht mehr sicher, ob es ihr gelingen würde, diese Gefühle weiter im Zaum zu halten. Schonungslose, brandheiße Wut stieg in ihr auf. Sie lag reglos im Gras, die langen Haare um ihren Kopf verteilt, und fragte sich mit einer neuen Kälte, wie sie dieses erschreckende Gefühl am besten nutzen konnte.

13

Die Zeit, die Zeit. Die Welt schwebte, und Ina fand sich plötzlich auf dem Beifahrersitz eines Taxis wieder. Am Steuer saß nicht Halvor Vange, sondern ein pickliger Jüngling – Gott sei Dank. Der Wagen fuhr ruhig durch die offene Landschaft in Richtung Skårnes. Ina selbst war alles andere als ruhig. Sie hatte viel zu viel getrunken. Sie vertrug nichts mehr. Hatte eigentlich noch nie viel vertragen und wie immer nicht gewusst, wann sie aufhören musste.

Die Zeit glitt ihr durch die Finger. Katrine und Oddvar lachten hinter ihr, redeten, während sie sich wie in einem Kokon fühlte. Benebelt. Sie nahm die Welt ringsherum wie durch zähen Sirup wahr. Seltsame, finstere Gedanken zogen durch ihren Kopf, während sie in Richtung Kulturzentrum fuhren.

Dann stand sie draußen an der frischen Luft, und wieder schien alles um sie herum zu schweben.

Hätte sie doch nur nicht die Schnäpse getrunken, die Oddvar ihr großzügig eingeschenkt hatte. Sie musste sich jetzt verdammt noch mal zusammenreißen, wenn sie diesen Abend nicht an die Wand fahren wollte, bevor er überhaupt begonnen hatte. Sie brauchte Wasser, viel Wasser, sonst würden ihre alten Klassenkameraden das Fest ohne sie feiern müssen.

Sie zuckte zusammen, als Oddvars Hand auf ihrer Schulter landete. »Alles okay?«

Sie nickte.

Wasser trinken. Jetzt.

Oddvar wandte sich gleich wieder Katrine zu, die immer noch Inas viel zu kurzes weißes Kleid trug. Die beiden hatten sich während des Vorglühens wirklich wiedergefunden, und Ina wartete nur darauf, dass sie wie zwei Jugendliche zu knutschen begannen.

Sie selbst hatte jetzt nur noch das Verlangen, aufs Klo zu gehen und Wasser zu trinken.

Zuvor musste sie aber noch das Willkommenskomitee überstehen. Benedikte und Ingrid. Schlimmer konnte es nicht kommen.

Sie hörte die gestelzten Worte und die falschen Gefühle, die Katrine und Oddvar entgegenschwappten.

Es war wirklich alles wie früher. Ina musste sich sehr zusammenreißen, um einen kühlen Kopf zu bewahren. Da waren die beiden Frauen, die Sonja das Leben zur Hölle gemacht hatten, nur dass sie inzwischen erwachsen waren. Benedikte und Ingrid segelten in ihren Abendkleidern auf sie zu, und das Einzige, was Ina realisierte, war, dass Benedikte noch immer so aussah wie vor fünfundzwanzig Jahren – groß und schlank mit langen, dunklen Haaren –, während Ingrid vollkommen aus dem Leim gegangen war. Ina wich einen Schritt zurück, ihr war jetzt wirklich speiübel, und sie brauchte dringend einen Schluck Wasser. Die beiden begrüßten sie überschwänglich und streckten die Arme aus, die Sonja schon im Kindergarten herumgestoßen hatten.

»Inaaaa!« Benediktes Stimme überschlug sich. »Wie schöööön!«

Eine glatte Lüge.

»Ich hätte nicht gedacht, dass du kommst«, ergänzte Ingrid.

»Warum sollte ich nicht kommen?« Inas Antwort klang spitzer als beabsichtigt.

»Die meisten sind schon da«, sagte Benedikte leicht pikiert. »Essen gibt's um neun.«

»Sie hat ein paar Tequilas zu viel intus«, hörte sie Katrine lachend flüstern.

»Nicht nur sie«, murmelte Ingrid und sah verstohlen zu ihrem Mann hinüber.

»Sorry, also …«, hörte Ina sich selbst sagen, während ihre Füße bereits den Weg zum Waschraum eingeschlagen hatten.

Sie schloss die Tür hinter sich und blieb einen Moment schwankend stehen. Das grelle Licht der Neonröhren brannte in ihren Augen. Dann beugte sie sich über das Waschbecken, klatschte sich Wasser ins Gesicht und trank direkt aus dem Hahn. Gott, was bin ich für eine blöde Kuh, dachte sie. Sie ließ das Wasser in großen Schlucken ihre Kehle herunterlaufen und verschwand anschließend in einer Toilettenkabine, wo sie lange sitzen blieb. Alles um sie herum drehte sich. Scheiße, reiß dich zusammen, Grieg! Reiß dich endlich zusammen! Sie schlug sich selbst auf die Wangen. Hart. Einmal, zweimal, dreimal. Irgendwann glaubte sie zu spüren, wie das Wasser sich in ihrem Körper ausbreitete und gegen den Alkohol ankämpfte. So, und jetzt gehst du hoch und verhältst dich ganz unauffällig. Und dann isst und trinkst du, bis du wieder einigermaßen nüchtern bist. Und wenn die anderen dann langsam blau werden, bist du zur Stelle und beobachtest sie. Ja, genauso machst du das! Dann siehst du ihre wahren Gesichter. Jaja.

Das Gesicht im Spiegel, noch immer verschwommen.

Mann, wie blöd konnte man sein! Da half auch kein Wasser!

Aber egal. Sie musste hoch zu den anderen, ob sie nun kurz vor der Havarie stand oder nicht.

Sie verließ den Toilettenraum und versuchte, einen Schritt vor den anderen zu setzen, so normal wie möglich, ahnte aber, wie seltsam das aussah. Als sie das Café im Kulturzentrum betrat, in dem das Fest stattfand, spürte sie die Blicke der anderen auf sich. Lauter bekannte und doch unbekannte Gesichter kamen ihr entgegen, gekünsteltes Lächeln, klamme Hände, Begrüßungen, Lachen, Kommentare. Sie hörte sich irgendetwas antworten. Undeutlich. Die waren alle in Sonjas Klasse, dachte sie und spürte schlagartig, dass sie längst nicht genug Wasser getrunken hatte. Sie brauchte mehr, viel mehr, damit ihr Schiff nicht sank, und stolperte noch einmal nach unten. Nachdem sie wieder eine ganze Weile aus dem Hahn getrunken hatte, fasste sie spontan den Entschluss, ihre Taktik zu ändern.

Dieses Mal ging sie schnurstracks auf das Willkommenskomitee zu, direkt in die Höhle des Löwen. Ingrid und Benedikte standen noch am Eingang, packten aber gerade ihre Sachen zusammen. Ina stellte sich vor Ingrid und fragte: »War Tom Kaser bei dir?«

Ingrid starrte sie entsetzt an. Sie ist wirklich fett geworden, dachte Ina. Ob das an den vier Kindern liegt?

»Tom Kaser? Was sollte der denn bei mir wollen?«

»Bei *mir* war er.«

Ingrid musterte sie einen Moment lang sichtlich überrascht. Dann setzte sie wieder ihren vorwurfsvollen Blick auf.

»Du bist betrunken, Ina. Benedikte und ich müssen jetzt in den Saal und uns um das Essen kümmern …«

Als Ingrid ihr den Rücken zudrehte, brannten bei Ina die Sicherungen durch. »Wo warst du eigentlich an dem Abend, an dem Sonja verschwunden ist?«, fragte sie lallend. Trotzdem hatten ihre Worte den gewünschten Effekt.

Ingrid erstarrte, drehte sich um und funkelte sie an. »Was redest du da?«

Ina war zu betrunken und zu furchtlos, um sich stoppen zu lassen. Sie wiederholte ihre Frage: »Wo warst du an dem Abend, an dem Sonja verschwunden ist?«

Ingrids gewaltiger Körper rauschte auf sie zu. »Bist du deshalb heute Abend hier? Willst du deine alten Klassenkameraden in den Dreck ziehen? Du bist besoffen, pass bloß auf, sonst schmeißen wir dich raus.«

Ina versuchte, die Unschuldige zu spielen. »Oh, habe ich einen wunden Punkt erwischt?«

Ingrid starrte sie wütend an. Dann beugte sie sich vor und zischte: »Glaubst du, mir wäre die Sache nicht auch nahegegangen? Ich weiß, dass ich nicht nett war zu Sonja. Aber das war damals nicht leicht. Auch für mich nicht. Hätte ich nicht getan, was ich getan habe, wäre ich selbst zum Opfer geworden. Ich hatte Angst, ja, auch ich hatte Angst.«

Ina schnaubte. »Du hast in den Pausen ein Mädchen zusammengeschlagen, das kleiner war als du. Und ihr wart in der Überzahl. Sie war allein.«

»Ich bin nicht stolz darauf. Aber was kann ich denn jetzt noch daran ändern?« Ingrid nagelte sie mit ihrem Blick fest. »Ich habe dich übrigens heute gesehen.«

»Du hast mich gesehen?«, fragte Ina verwirrt.

»Ja, im Taxi von Halvor Vange.«

Ina spürte, dass ihr immer schwindeliger wurde. »Und?«

»Ich war mit dem Rad auf dem Weg zum Einkaufen. Da hab ich dich in seinem Auto gesehen. Ich war ziemlich überrascht, muss ich sagen.«

Ina taumelte einen Schritt zurück. »Du hast mir keine Antwort gegeben«, versuchte sie zu kontern.

Ingrid bohrte ihren Zeigefinger in Inas Brust. »Stell

die Frage doch mal deinem Freund, dem Polizeichef! Den musst du das fragen!«, zischte sie.

»Oddvar? Deinen Mann?«

»Ja, frag ihn mal, wo er an dem Abend war.«

Ingrid starrte Ina direkt in die Augen. Dann verschwand sie mit raschen Schritten in Richtung Küche.

14

»Ina, hier!«

Sie brauchte eine Weile, bis sie Katrine entdeckte. Die Freundin hatte am Kopfende des reich dekorierten Tisches einen Platz für sie reserviert. Rechts und links neben ihr saßen Oddvar und Jan Stormark. Ina blieb einen Moment stehen, der Raum schien sich um sie zu drehen, dann marschierten ihre Füße tapfer los, ohne dass sie ihre Schritte spürte. Sie wusste in diesem Moment, dass es niemandem verborgen bleiben würde, wie betrunken sie war. Was für ein armseliger Auftritt. Trotzdem erreichte sie ihr Ziel, ließ sich auf den Stuhl fallen und versuchte, sich möglichst normal zu geben.

»Wir haben uns ja lange nicht gesehen.«

Jan Stormark, der Mann, der entgegen aller Wahrscheinlichkeit Katrines Mann geworden war, schüttelte ihr die Hand. Musste sie jetzt wirklich den ganzen Abend neben dieser Spaßbremse sitzen?

»Wir haben eben wohl einen Tequila zu viel getrunken«, entschuldigte sie sich.

Jan lachte. »Keine Angst. Ich bin Arzt. Wenn es zu

schlimm wird, lasse ich dir im Krankenhaus den Magen auspumpen.«

»Wie nett von dir.«

Jan grinste und trank einen Schluck Wein.

»Du warst vorher doch bestimmt auch irgendwo, oder?«, fragte Ina, um nicht unhöflich zu wirken.

»Ja, bei Benedikte.«

»Ui, bei der Diktatorin herself.«

Jan musterte sie gutmütig. »Menschen ändern sich.«

»Aber du bist noch ganz der Alte, oder?«

Er breitete die Arme aus. »Klar!«

»Na, wunderbar. Und, hast du ein gutes Leben als Arzt? Verdienst du gut?«

»Tja, Geld ist nicht ganz unwichtig, oder?«

Mein Gott, was für ein Scheißgespräch, dachte Ina genervt, beugte sich über den Tisch und griff zur Wasserkaraffe. Sie goss etwas in ihr Glas und verschüttete dabei die Hälfte, ließ sich aber nichts anmerken, sondern trank gierig. Jan flüsterte Katrine etwas ins Ohr, doch die ignorierte den Kommentar ihres Ehemanns und wandte sich gleich wieder Oddvar zu.

Ina verstand sie nur zu gut. Jan war verglichen mit dem Polizeichef eine graue Maus. Wie fast alle Männer trug er an diesem Abend einen Anzug. Ein blauer, etwas steifer Sakko mit rosa Hemd und rotem Schlips. Katrine hätte in Skårnes vermutlich jeden Mann kriegen können, sich aber trotzdem für den nur einen Meter siebzig großen Streber Jan Stormark entschieden. Irgendwie passte das nicht zusammen. Na ja, das Leben ist voller Überraschungen und Irrwege, dachte Ina, ehe ihr Blick auf Jans Hände fiel. Das waren ja die reinsten Keulen, verdammt groß für einen so kleinen Mann.

»Wo warst du eigentlich an dem Abend, an dem Sonja verschwunden ist?«, fragte Ina unvermittelt.

Jan drehte sich zu ihr und sah sie fragend an. *»Ich?«*

»Ja, du.«

»Spielst du jetzt Privatdetektivin, oder was?« Er schmunzelte. »Wie Agatha Christie? Und ich bin einer deiner Verdächtigen?«

Ina lachte gekünstelt. »Nur eine Routinefrage.«

»Ich habe keine Ahnung, was ich da gemacht habe. Ich weiß nur noch, was für eine Scheißstimmung hier hinterher herrschte. Dass jeder jeden schief angeguckt hat, weil vielleicht einer von uns ... etwas Schreckliches getan haben könnte.«

»Du glaubst also, dass Sonja getötet wurde.«

Eine Falte bildete sich auf Jans Stirn. »Klar, was denn sonst?«

»Sie könnte doch auch weggelaufen sein.«

»Ohne ein Lebenszeichen? In all den Jahren?«

»Oder in irgendeinem Keller versteckt worden sein ...«

»Also, weißt du«, unterbrach Jan sie ungeduldig. »Die Wahrscheinlichkeit, dass hier bei uns so etwas geschehen könnte, geht doch wohl gegen null. In einem Kaff wie Skårnes! Nein, die Antwort ist ebenso simpel wie brutal: Tom Kaser hat sie ermordet und irgendwo im Wald verbuddelt.«

»Wie rührend einig ihr euch hier alle seid.«

»Mensch, der ist doch beinahe auf frischer Tat ertappt worden«, dozierte Jan. »Es ist eine Schande, dass damals keine Anklage gegen ihn erhoben wurde. Die Beweise waren doch eindeutig.«

»Aber ...«

»Du hast zu lange in die Seelen deiner Patienten geschaut, Ina«, unterbrach er sie. »Du glaubst, dass der Mensch schrecklich filigran und vielschichtig ist. Ich habe Anatomie studiert und Leichen seziert – ich kann dir sagen, Fleisch und Blut, mehr ist da nicht.«

Ina spürte, dass das Gespräch sie verärgert, irgendwie aber auch wachgerüttelt hatte. »Ich stimme dir zu, die Antwort ist wahrscheinlich ganz einfach«, sagte sie. »Aber ich glaube, dass du dich irrst. Tom Kaser war das nicht. Er ist kein Mörder, er ist überhaupt nicht der Typ dafür. Die Vange-Brüder hingegen …«

»Und du willst ausgebildete Psychologin sein?«

»Habe ich das gesagt, Jan? Das ist bestimmt nur ein Gerücht«, antwortete Ina mit kindlichem Trotz. »Aber du weißt doch wohl, dass die Vange-Brüder an dem betreffenden Abend in Sonjas Nähe gesehen worden sind.«

Jan beugte sich zu ihr herüber und grinste vielsagend. »Soll ich dir mal ein Gerücht erzählen? Weißt du, wer Sonjas Vater ist?«

»Nein?«

»Der Vater der Vange-Brüder. Er soll Sonjas Mutter vergewaltigt haben. Du weißt schon, in der Unterführung.«

Ina durchzuckte es kalt. Sie musste wieder an die Schreie denken. »Der Vater der Vange- …«

Jan legte ihr den Zeigefinger auf die Lippen und zwinkerte ihr zu.

Himmel noch mal, was für ein Riesenidiot! Erst spielte er den grundsoliden Mediziner, dann präsentierte er ihr ein höchst zweifelhaftes Gerücht und zwinkerte ihr auch noch zu. Am liebsten hätte sie ihm eine geknallt, konnte sich aber gerade noch zusammenreißen. Sie wandte sich angewidert von ihm ab und bemerkte erst jetzt, dass Katrine sie beobachtet hatte.

»Na, wie geht's, Ina?«

»Du hast ja vielleicht einen Mann!«

Jan hob betont unschuldig die Hände.

»Kümmere dich nicht um ihn«, sagte Katrine. »Er tut nur so draufgängerisch, um seine fehlende Größe zu kompensieren.«

»Draufgängerisch? Ich?« Jan verzog das Gesicht.

»Ja, du! Die wirklich kranken Menschen sind die, die am normalsten aussehen.«

Die Stimmung kippte.

»Was redest du da?«, fuhr Jan seine Frau an.

Ina sah, wie seine Finger sich um das Weinglas krampften.

»Versuch es nur«, fauchte Katrine. »Mit mir nimmst du es nicht auf.«

Ina traute kaum ihren Ohren. Auch einige der anderen hatten den Zwischenfall mitbekommen. Oddvar beobachtete die beiden interessiert, während Jan langsam überschäumte. Trotzdem zögerte er noch einen Moment verunsichert, bevor er aufsprang und seinen Stuhl krachend nach hinten warf. Kurz stand er keuchend und mit flackerndem Blick da, dann stürmte er aus dem Raum – wohlwissend, dass alle seinen Rückzug verfolgten.

Wie absurd, dachte Ina.

Das Stimmengewirr nahm wieder zu, und Oddvar sah Katrine fragend an. »Musstest du unbedingt …«

Katrine hob die Hand. »Misch dich nicht ein. Mag sein, dass wir nicht die beste Ehe führen. Aber die Kinder wiegen seinen Schwachsinn auf. Was hat er denn gesagt, Ina?«

»Äh … er hat mir ein Gerücht aufgetischt.«

Katrine schnaubte. »Typisch. Jan ist wirklich die schlimmste Tratschtante hier in Skårnes. Dabei hat er in seinem Job eigentlich Schweigepflicht. Verkehrte Welt!«

»Wie bist du bloß an diesen Typ geraten?«

»Darauf gibt's eine simple, ziemlich banale Antwort«, sagte Katrine schließlich. »Jan wohnte hier in Skårnes, als ich mir mit dreißig plötzlich einbildete, ich bräuchte einen Mann, um Kinder zu kriegen. Außer Jan war *keiner* da!«

Katrine richtete ihren Blick auf Oddvar, der betreten lächelte. Im selben Augenblick klopfte jemand ans Glas. Ina drehte sich um und sah, wie Benedikte sich am anderen Tischende erhob.

Das Stimmengewirr verstummte.

15

Benedikte entfaltete einen Zettel. Trotz ihres Tequilarauschs erkannte Ina, dass das Papier in den Händen ihrer ehemaligen Klassenkameradin leicht zitterte. Dann war auch schon ihre Stimme zu hören, der feste, durchdringende Ton, der seinerzeit die Klasse – oder zumindest einen Teil davon – so fest im Griff gehabt hatte.

»Ihr Lieben, ich möchte euch alle herzlich zu unserem Klassentreffen willkommen heißen!«

»Selber herzlich willkommen!«, rief jemand.

Katrine.

Ina begann zu kichern, riss sich aber gleich wieder zusammen.

Benedikte räusperte sich und wirkte nun schon etwas sicherer als noch vor wenigen Sekunden. »Es ist so schön, euch alle heute wiederzusehen.«

Jetzt fing Katrine an zu kichern, und Ina hatte alle Mühe, nicht ebenfalls loszuprusten. Schon seltsam, was für eine Menschenfreundin Benedikte mit einem Mal geworden war.

Die Rednerin fuhr unbeirrt fort: »Zu Beginn ein paar praktische Hinweise: Jetzt gleich wird das Essen serviert. Es gibt einen Schmortopf, präpariert von unserem lokalen Lebensmittelgroßhändler Rune …«

»Präpariert«, sagte Katrine amüsiert zu Ina. »Hört sich an, als hätte er in der Küche die Skiausrüstung hergerichtet.«

Ina lachte schallend.

Benedikte warf ihr einen finsteren Blick zu. »Und danach gibt es Unterhaltung und Tanz. Aber zuerst …« Sie hatte plötzlich wieder dieses Funkeln in ihren Fuchsaugen und sah von einem zum anderen. »Ich dachte, zuerst könnten wir eine kurze Vorstellungsrunde machen. Einfach ein paar Worte, wie unser Leben bisher verlaufen ist. Damit wir wissen, was aus unseren ehemaligen Klassenkameraden geworden ist.«

Oh, nein! Ina musste schlucken. Wenn sie irgendetwas hasste, dann diese ach so sozialen Kennenlernspielchen. Nur gut, dass sie betrunken war. So überstand sie das vielleicht irgendwie. Aus den Augenwinkeln registrierte sie, dass ein paar ihrer Klassenkameraden heimlich das Weite suchten.

»Zum Teufel mit dieser Hexe!«, murmelte Katrine.

Ina nickte zustimmend. Für alle, mit denen das Leben gnädig umgesprungen war und die vor Menschen reden konnten, waren diese Spielchen vielleicht okay. Aber für diejenigen, die sich außen vor fühlten, wenig zustande gebracht hatten oder aus irgendeinem Grund ihr Leben nicht vor allen ausbreiten wollten, war das die reinste Hölle.

Benedikte ließ sich nicht verunsichern. Sie holte tief Luft, sah auf ihr Blatt und fuhr fort: »Damit es nicht zu formell wird, könnten wir der Sache noch ein spaßiges Element hinzufügen. Was haltet ihr von ›Wahrheit oder Pflicht‹?«

»Hurra!«, rief Katrine. »Ich bin auch noch fünfzehn!«

Benedikte überging Katrines beißende Ironie mit einem Lächeln. »Wir vom Festkomitee wollen gerne das Eis brechen. Und da Ingrid in der Küche ist, muss ich wohl den Anfang machen …«

Sie ließ den Blick über die Anwesenden schweifen, bis sie rechts neben sich ihr erstes Opfer gefunden hatte: »Rune, Wahrheit oder Pflicht?«

Der Angesprochene amüsierte sich. »Pflicht.«

»Du musst …« Benedikte tat so, als müsste sie überlegen. »… das Mädchen küssen, in das du in der elften Klasse verliebt warst.«

Rune stöhnte übertrieben laut auf. Einige der Gäste pfiffen und feuerten ihn an. Dann schob er den Stuhl zurück, ging die drei Schritte auf Benedikte zu und drückte ihr einen schmatzenden Kuss auf die Wange. Erneutes Pfeifen und dünner Applaus.

Benedikte spielte die Überraschte und schickte Rune auf seinen Platz zurück.

»Was für ein Scheiß«, schimpfte Katrine. »Die haben das doch vorher abgesprochen.«

Benedikte suchte bereits ihr nächstes Opfer. Ihre Augen blieben an jemandem hängen. »Oddvar!«

Der Angesprochene grinste schief. »Bring it on!«

Benedikte schenkte ihm ein durchtriebenes Lächeln. »Wahrheit oder Pflicht?«

»Na ja, Wahrheit, dann muss ich wenigstens niemanden küssen.«

Vereinzelte Lacher.

Benedikte sah auf ihren Zettel und räusperte sich: »Okay. Wie viele Sexualpartner hattest du bisher?«

Oddvar strich sich mit den Fingern übers Kinn, als müsste er gründlich nachdenken.

»Mein Gott, so viele?«, lachte Katrine, die sich zu Ina hinübergebeugt hatte.

Dann war Oddvars Stimme zu hören, laut und deutlich. »Hundertzweiunddreißig.«

Katrine schwang herum und starrte ihren Ex an. »Mein Gott, Oddvar. Stimmt das?«

Er breitete die Arme aus. »Ich habe Wahrheit gewählt, dann muss ich doch …«

»Du hast mit hundertzweiunddreißig Frauen geschlafen?«, würgte Katrine ihn ab.

»Das sind gar nicht so viele. Wenn man im Studium zum Beispiel jedes Wochenende eine mit nach Hause nimmt, sind das doch schon fünfzig pro Jahr.«

»Na, vielen Dank, jetzt fühle ich mich wirklich als etwas Besonderes. Kannst nur froh sein, dass Ingrid draußen in der Küche ist.«

Oddvar wandte sich lachend an Benedikte. »Machen wir weiter, oder was?«

Sie sah ihn belustigt an.

»Lasst uns mit diesem Mist aufhören!«, rief jemand.

»Nein, warte«, winkte Benedikte ab. »Einen noch vor dem Essen. Wie wäre es mit …« Sie machte eine Pause. Ihr Blick wanderte erneut um den Tisch. »Ina!«

War ja klar. Jetzt sollte also sie an den Pranger gestellt werden. Ihr Herz pochte wie wild.

Fuchs Benedikte lächelte breit. »Nur zur Info. Ina ist, soweit ich weiß, Psychologin. Du spielst mit deinen Patienten doch jeden Tag Wahrheit oder Pflicht. Also, was wählst du?«

Ina überlegte einen Moment lang, ob sie dieses Scheißspiel nicht einfach boykottieren sollte. Aber zu ihrer eigenen Überraschung sagte sie laut und deutlich: »Wahrheit.«

»Interessant«, sagte Benedikte und blickte auf ihren Zettel. »An dich habe ich sogar zwei Fragen. Erstens: Wie lautet deiner Meinung nach Tom Kasers Diagnose?«

Mit einem Mal war es mucksmäuschenstill im Raum. Alle starrten Ina an. Sie schluckte und versuchte, die richtigen Worte zu finden. »Also. Tom Kaser«, sagte sie undeutlich, bevor sie sich endlich zusammenriss. »Ich denke, ich habe eine ziemlich passende Diagnose für ihn.«

Benedikte wirkte ebenso neugierig wie beunruhigt. »Und die wäre?«

»Liebeskummer.«

Alle murmelten laut durcheinander und wechselten unsichere Blicke. Ina fühlte sich mit einem Mal richtig gut. Mann, was für eine coole Antwort! Sie konnte diesen spießigen Haufen also doch noch aufmischen! Herrlich!

Das Gefühl, die Oberhand zu haben, hielt etwa fünf Sekunden an.

»Falsch«, antwortete Benedikte. »Laut Krankenakte leidet er an Schizophrenie.«

Ina zuckte zusammen. »Und woher willst du das wissen? Solche Akten unterliegen der Schweigepflicht! Die sind nicht öffentlich zugänglich. Und es ist ziemlich frech von dir …«

»Psst!«, fiel Benedikte ihr ins Wort. »Ich habe meine Quellen. Wir müssen uns doch verteidigen können, wenn sich ein mutmaßlicher Mörder in der Nachbarschaft herumtreibt. Damit sind wir aber auch schon bei Frage Nummer zwei, Ina: Wo warst du an dem Abend, an dem Sonja verschwunden ist?«

Schlagartig fing wieder alles um Ina herum an, sich zu drehen. Wie in einem Karussell ging es schneller und immer schneller. Das Getuschel hörte sich an wie ein Wespenschwarm, aber es gelang Ina nicht, die lästigen Viecher zu verjagen. Sie wedelte mit den Händen, doch das Summen kam immer näher und machte sie mürbe und unsicher.

Was zum Teufel hatte Benedikte vor? Wollte sie etwa andeuten, dass *sie* etwas mit Sonjas Verschwinden zu tun hatte? Vor der ganzen Klasse!

Sie hatte keine Ahnung, wie viel Zeit vergangen war, sicher nur ein paar Sekunden, aber es fühlte sich wie eine Ewigkeit an. Alle waren jetzt still, und sie bekam keinen Ton heraus.

Katrine stieß sie an. »Antworte, die gucken schon komisch.«

Ina fand immer noch keine Worte, keine, die Sinn ergaben. Sie durchpflügte ihre Erinnerung, konnte sich aber nicht entsinnen. Wusste sie wirklich nicht, was sie an dem Abend gemacht hatte?

Im nächsten Augenblick hörte sie sich stottern: »Ich war wohl zu Hause.«

Benedikte musterte sie triumphierend. »Zu Hause, sagst du? Hast du ein Alibi?«

Bevor Ina antworten konnte, sah sie neben sich einen Schatten in die Höhe schießen. Katrine. Wutentbrannt schrie ihre alte Freundin: »Was soll der Scheiß? Ist das hier die Inquisition?«

»Aber nicht doch«, meinte Benedikte ruhig. »Nur eine Frage. Wir spielen Wahrheit oder Pflicht. Und wenn man Wahrheit wählt, muss man auch die Wahrheit sagen. Oder was meinst du, Ina?«

»Komm, Ina, wir gehen«, sagte Katrine und fing laut an zu schimpfen. »Wegen mir könnt ihr alle in der Hölle schmoren, alle zusammen! Und besonders du, Benedikte Moene. Du bist wohl auch noch stolz auf dich!«

Ina legte ihre Hand auf den Unterarm der Freundin. Und jetzt war auch ihre Stimme wieder da, genauso ruhig und sachlich wie im Umgang mit ihren Patienten. »Was willst du eigentlich, Benedikte? Du stellst mich hier bloß und verdächtigst mich vor versammelter Mannschaft. Ich würde gerne wissen, was du denkst. An Selbstvertrauen scheint es dir ja nicht zu mangeln, schließlich hast du Sonja jahrelang gequält. Wo warst du denn an dem Abend?«

Benedikte zuckte mit den Schultern. »Nur zu deiner Information: Du spielst gerade Wahrheit oder Pflicht, Ina, nicht ich. Ich habe dir bloß eine Frage gestellt. Du brauchst doch nur zu antworten. Oder darf die Wahrheit nicht ans Licht?«

Die Stimmung am Tisch wurde noch bedrückender als zuvor.

»Ich weiß nur«, sagte Ina übertrieben langsam, »dass

ich an dem Abend nicht einmal in der Nähe von Sonja war. Und wie sieht es bei dir aus?«

Benedikte schüttelte langsam den Kopf. »Nun, in der Mail, die ich vor ein paar Stunden von der Adresse sonja.lerdahl@lamegvereifred.com bekommen habe, steht Folgendes …« Sie blickte auf ihren Zettel, und Ina hatte das Gefühl, ihr würde der Boden unter den Füßen weggezogen. Als Benedikte vorzulesen begann, war es mucksmäuschenstill:

»Liebe Benedikte,

du vermisst mich bestimmt schrecklich, nicht wahr? Aber weißt du, ich mache dir gar keine Vorwürfe. Was geschehen ist, ist geschehen. Ich bin damit fertig. Als Kinder machen wir alle Fehler. Manche Fehler kann man allerdings nicht wiedergutmachen. Entführung und Mord zum Beispiel. So etwas geht zu weit. Das kann nicht vergeben werden. Solche Übergriffe müssen bestraft werden!
Wenn du gutmachen willst, was du mir all die Jahre angetan hast, kannst du mir einen Gefallen tun: Frag doch mal Ina Grieg, was sie an dem Tag getan hat, an dem ich verschwunden bin. Frag sie, und ich garantiere dir, die Antwort, die sie dir geben wird, ist falsch. Denk an mich und hilf mir bitte, die Wahrheit ans Licht zu bringen.
Erst dann werde ich Ruhe finden.

Freundliche Grüße
Sonja.«

Als Benedikte den Blick hob, herrschte beklemmende Stille im Raum. Niemand, nicht einmal Katrine, sagte etwas.

»Und? Was sagst du jetzt, Ina? Wenn Tom Kaser Liebeskummer hat – wie fühlst *du* dich dann jetzt?«

Ina blieb auf der Stuhlkante sitzen und schnappte nach Luft. Sie fühlte sich wie in einer Luftblase eingeschlossen. Benediktes Worte rotierten in ihr wie Schneidemesser, und sie hatte nicht die Spur einer Ahnung, was hier vorging. Noch eine Mail von dieser geheimnisvollen Adresse? Stand Benedikte selbst dahinter? Und war Ina im Begriff, ihr geradewegs ins Netz zu gehen?

Die lähmende Angst drohte sie zu überwältigen, die grauenvolle Gewissheit, dass ihre früheren Klassenkameraden jetzt glaubten, dass sie – *sie!* – etwas mit Sonjas Verschwinden zu tun hatte.

Benediktes Stimme schnitt sich ein letztes Mal in ihre Gedanken. »Was ist jetzt, Ina? Wo warst du an dem Abend, an dem Sonja verschwand?«

Die Worte hallten durch ihren Schädel. Aber es gelang ihr nicht, eine Antwort zu formulieren, die ihr aus der mörderischen Zwickmühle helfen konnte.

Plötzlich kam Jan Stormark in den Raum gestürmt und schrie: »Die bringen sich um! Die prügeln sich, dass die Fetzen fliegen!«

Seine ehemaligen Klassenkameraden starrten ihn entgeistert an.

»Jetzt kommt doch und helft! Sonst bringen die sich um!«

16

Ob Ina aus reinem Reflex handelte oder um dieses grausame Klassentreffen möglichst schnell hinter sich zu lassen, wusste sie selbst nicht. Sie war jedenfalls sofort auf den Füßen und, da sie in der Nähe der Tür saß, auch als Erste draußen. Das Gewitter war abgezogen, die Luft klar und frisch. Sie folgte Jan, so schnell sie das in ihrem Zustand konnte, und ließ all die bohrenden Blicke und quälenden Fragen zurück. Dann sah sie sie.

Ein bizarrer Anblick, fast wie in einem Film. Zwei Frauen in Abendkleidern schlugen aufeinander ein. Kratzten, bissen und prügelten sich.

Unglaublich, was sich da direkt vor ihren Augen abspielte. Dieser Abend war wirklich eine einzige absurde Vorstellung. Ina beobachtete die brutale Schlägerei vollkommen verwirrt. Schließlich erkannte sie die Kämpferin, die oben saß und ihre Faust wieder und wieder in das Gesicht der anderen sausen ließ.

Ingrid!

Sie wirkte vollkommen weggetreten und schlug hemmungslos auf ihr Opfer ein, während Jan nur untätig danebenstand und dem Treiben zusah. Ohne lange nachzudenken, stürzte sich Ina auf die beiden und packte Ingrid an den Schultern.

»Lass mich, verdammt!«, brüllte die wütend.

Aber Ina ließ nicht locker. Sie zerrte Ingrid von der anderen Frau, die mehr oder weniger reglos auf dem Asphalt lag, und verpasste ihr einen Tritt.

Ingrid heulte auf. »Du verstehst doch gar nichts, du

Hexe!« Sie war wie besessen, ihrer Wut war mit Vernunft nicht beizukommen. Trotzdem rief Ina immer wieder: »Jetzt beruhige dich doch!« Es war nutzlos. Oddvars Frau war vollkommen durchgedreht.

Plötzlich warf sie sich auf Ina, die den Angriff zu parieren versuchte, aber zu benommen war, um den starken Armen ihrer Gegnerin zu entgehen. Sie schlossen sich um sie, und Ingrid nutzte ihr ganzes Gewicht, um ihre Gegnerin zu Fall zu bringen. Ina spürte einen stechenden Schmerz im Rücken, als sie auf dem Asphalt aufschlug. Für einen Moment verschlug es ihr den Atem, der Schmerz lähmte sie, und Ingrids Fäuste prasselten jetzt auf ihr Gesicht ein. Sie wusste nicht, wie viele Schläge sie schon eingesteckt hatte, und spürte ein seltsames Kribbeln im Kopf. Die Welt vor ihren Augen fing an zu flimmern. Instinktiv hielt sie die Hände vors Gesicht und wartete auf Ingrids nächsten Schlag.

Aber der kam nicht. Stattdessen ging ein Zucken durch Ingrids Körper, und gleich darauf sackte sie kraftlos auf ihr zusammen.

Als Ina die Augen wieder öffnete, sah sie Katrine mit verbissenem Gesichtsausdruck über sich stehen. Sie musste Ingrid einen Kick verpasst haben. Der Atem ihrer Freundin ging stoßweise. Ingrid rutschte seitlich auf den Asphalt und blieb zusammengerollt neben Ina liegen. Sie schluchzte leise und hielt sich die Schläfe. Ihre Wut schien jetzt langsam abzuflauen, trotzdem fauchte sie immer wieder: »Perverse Sau, perverse Sau, perverse Sau.«

Ina ergriff Katrines ausgestreckte Hand und ließ sich langsam hochziehen. Ihr war schwindelig, und die Übelkeit kam auch wieder. Dann fiel ihr Blick auf Ingrids erste Gegnerin. Die Frau hockte zusammengekauert am

Boden und spuckte Blut. In derselben Sekunde erkannte Ina sie. Dabei war sie eigentlich kaum wiederzuerkennen. Nur die langen Haare verrieten sie. Sie glänzten schwarz und reichten ihr bis zum Gesäß.

Oda Vange.

Sie stand langsam auf und spuckte noch einmal aus.

Dann begegneten sich ihre Blicke. Tiefes, endloses Schwarz.

Schließlich drehte Oda ihr und dem Rest der wie gelähmt dastehenden Klasse den Rücken zu und stolperte aus dem Halbkreis. Ina wollte ihr nachlaufen, aber genau in diesem Moment revoltierte ihr Magen. Sie hastete hinter den nächsten Busch, wo sie sich lange erbrach, bis sie schließlich keuchend auf den Knien hockte und nach Luft rang.

Irgendwann zog Katrine sie hoch und trug sie wie ein Kind auf den Armen zu einem wartenden Taxi.

17

Als Ina auf dem Rücksitz saß, glitt die Welt einmal mehr wogend an ihr vorbei. Es war dasselbe Taxi, das sie eben erst zum Klassentreffen gebracht hatte. Derselbe Fahrer. Schweigsam wie zuvor saß er hinter dem Steuer. Ina versuchte, den Mund zu öffnen, aber ihr Kiefer war ganz taub. Irgendetwas musste da kaputtgegangen sein. Schmerzen hatte sie keine. Noch nicht. Die Übelkeit war weg, dafür sah sie jetzt Sterne. Und ihre Lippen waren geschwollen und blutig. Ihr Körper fühlte sich schwer und träge an. Jede Bewegung wie in Zeitlupe. Jemand hielt ihre Hand.

Ina drehte den Kopf, und schlagartig meldeten sich die Schmerzen. Trotzdem erkannte sie, dass Katrine neben ihr saß. Natürlich.

Erst hatte sie Ina davor bewahrt, von Ingrid krankenhausreif geschlagen zu werden, und jetzt saß sie im Taxi neben ihr und passte auf sie auf wie auf eine kleine Schwester, die noch nicht für sich selbst sorgen kann. Vielleicht gar nicht so falsch, dachte Ina überraschend klar.

Sie verfluchte sich selbst, wohlwissend, dass jetzt Stunden voller Schmerzen und Reue vor ihr lagen. Warum hatte sie sich nur von Oddvar überreden lassen, diese fatalen Schnäpse zu trinken, und sich dann auch noch mit einer früheren Klassenkameradin geprügelt? Mit Oddvars Frau!

Wenn das keine Teamarbeit war!

Nüchtern hätte sie Ingrid mühelos in Schach halten können – vermutlich sogar, ohne Gewalt anwenden zu müssen. Taktik und Geduld waren ihre Stärken beim Kickboxen. Aber so ... Sie hatte sich von plumper Gewalt übertölpeln lassen und war nicht einmal in der Lage gewesen, den primitivsten Angriff abzuwehren.

»Jetzt kriegst du das Fest gar nicht mit«, murmelte sie.

Katrine wandte sich ihr zu. »He, da bist du ja wieder. Ich dachte, du wärst schon schlafen gegangen.«

»Verdammt, ich weiß gar nicht, was mit mir los war.«

»Du hast Oda gerettet. Das war los. Ingrid ist vollkommen durchgedreht.«

»Und was ist hinterher mit ihr passiert?«

»Mit Ingrid?« Katrine schnaubte. »Vielleicht hat Oddvar sie ja in eine Gummizelle gesperrt. Nee, keine Ahnung. Aber wenn Oda sie wegen der Sache anzeigt, kann es sogar zu einem Verfahren kommen.«

»Ist sie verletzt worden?«

»Klar. Wie schlimm, weiß ich aber nicht. Sie ist einfach so verschwunden.«

Schon wieder, dachte Ina und versuchte, die Bilder des gescheiterten Abends irgendwie zusammenzusetzen, aber es gelang ihr nicht, auch nur einen Gedanken festzuhalten. Sie legte die Hand ans Kinn und versuchte, den Mund zu öffnen und wieder zu schließen.

»Was hat Ingrid eigentlich gegen Oda?«, fragte sie schließlich mit dröhnendem Schädel.

Katrine warf rasch einen Blick zum Fahrer. Dann beugte sie sich zu Ina hinüber. »Vermutlich ging es um den größten Idioten, der hier sein Unwesen treibt«, flüsterte sie.

»Oddvar?«

Katrine legte den Zeigefinger an die Lippen. »Er ist nicht gerade der edelste aller Ritter.«

»Hat er was mit Oda?«

»Sie *hatten* mal eine Art ... Beziehung, ja. In der Schulzeit. Das war ziemlich geheim, aber Ingrid muss das irgendwie herausbekommen haben.«

»Bevor er mit dir zusammen war?«

Katrine dachte lange nach, bevor sie antwortete. »Du darfst eine Sache nicht vergessen«, sagte sie schließlich. »Für Ingrid gab es nie einen anderen als Oddvar, das war schon auf der Schule so. Sie war stinksauer, als er und ich zusammen waren. Hat uns dauernd beobachtet und uns finstere Blicke zugeworfen.«

»Krankhafte Eifersucht?«

»Ja, Ingrid ist krankhaft monogam, was man über unseren Polizeichef leider nicht sagen kann. Der ist, wie du selbst gehört hast, jedem Rock nachgestiegen.«

Ina konnte all die Informationen gar nicht richtig aufnehmen. Die Worte prallten irgendwie an ihrem Bewusstsein ab. Dann kam ihr die Szene in Erinnerung, als sie allein mit Oddvar in der Hütte gewesen war und er augenscheinlich versucht hatte, mit ihr zu flirten. Er konnte wirklich charmant sein. Mit seiner forschen, selbstsicheren Art hatte er schon immer einen Schlag bei den Mädchen gehabt. Außerdem war er Musiker und konnte gut reden. Aber war er wirklich untreu? Sie hatte ihn immer als ... ehrlich eingeschätzt. Und so intelligent, wie er war, passte er gar nicht zu ihrer Vorstellung von einem skrupellosen Casanova.

Ina lief ein Schauer über den Rücken. »Du meinst also wirklich, Oddvar und Oda waren mal zusammen?«

»Nicht richtig zusammen. Er hat mit mir nie darüber gesprochen, aber ich glaube, dass sie sich manchmal getroffen haben ...«

»Auch als er mit dir zusammen war?«

Katrine deutete ein Nicken an.

»Was ist eigentlich mit ihm los?«

»Das wissen die Götter«, flüsterte Katrine. »Er hat definitiv auch eine dunkle Seite. Ich habe diese Seite nicht oft gesehen, aber manchmal ist da etwas aufgeblitzt ...«

»Ja?«

»Manchmal ... es gab Momente, da war er sehr schroff. Hart und launisch.«

»Vielleicht kein Zufall, dass er damals zu einem so extremen Milieu tendiert hat?«

»Sicher nicht, aber er hatte mitunter auch …« Katrine sprach noch leiser. »… sehr spezielle … sexuelle Wünsche.«

»Hä?«

»Psst!«, zischte Katrine und formte mit den Lippen stumm zwei Buchstaben.

»SM?«, flüsterte Ina entgeistert.

Katrine musste lachen. »Jetzt guck nicht aus der Wäsche, als wärst du vom Mond. *So* ungewöhnlich ist das nun auch nicht.«

»Ich hätte nur nicht gedacht, dass er …«

Katrine winkte ab. »Ich habe aber nie diesen Fifty-Shades-Scheiß gemacht. Und eine brave Frau wie Ingrid … niemals.«

Die Antwort lag plötzlich auf der Hand.

»Oda hingegen …«, flüsterte Ina.

Katrine lächelte. »Ich könnte mir vorstellen, dass sich da zwei gefunden hatten, ja.«

Ina ließ die Information sacken. Gleichzeitig spürte sie, dass sie langsam wieder nüchtern wurde. Dann würden sicher bald die Kopfschmerzen kommen und die miese Stimmung. Wenn sie die nächsten zehn Stunden doch einfach überspringen könnte!

Ob Ingrid wirklich wegen der alten Geschichten dermaßen ausgetickt war? Das musste doch mehr als fünfundzwanzig Jahre her sein.

Ina schloss die Augen. In Oddvars Leben gab es also auch finstere Geheimnisse. Plötzlich kam ihr ein Gedanke. Konnte Sonja mit all dem etwas zu tun gehabt haben?

18

Die Räder des Taxis knirschten über den Schotter oberhalb der Hütte. Der Fahrer hielt, ließ den Motor laufen und drehte sich zu ihnen um. Ina suchte nach ihrer Geldbörse, fand aber nur Sonnenbrille und Kaugummipapier.

»Lass schon, ich mach das«, sagte Katrine.

»Ich geb dir das morgen zurück.«

Katrine winkte ab.

Ina wollte nicht streiten und ließ die Freundin gewähren. Sie konnte ihr das Geld ja auch per Post schicken, dachte sie, als sie die Tür öffnete und aus dem Wagen kletterte.

Ihr Kopf war inzwischen wieder einigermaßen klar, dafür wurden die Kopfschmerzen immer stärker, und ihre Lippen pochten.

Plötzlich lag Katrines Hand auf ihrer Schulter. Ina zuckte zusammen.

»Kommst du jetzt zurecht?«

Ina atmete aus. »Ja, doch. Ich muss jetzt nur noch meinen Rausch ausschlafen.«

Katrine musterte sie ernst. »Du hast Oda Vange möglicherweise das Leben gerettet.«

Ina machte eine vage Handbewegung. »Ich muss mich jetzt hinlegen.«

»Okay. Waren vielleicht wirklich ein paar Tequilas zu viel.«

»Ein paar?«

Katrines Mund verzog sich zu einem Grinsen, dann umarmte sie Ina.

Als sie sich voneinander lösten, stutzte Ina. »Sag mal, weinst du?« Sie konnte sich nicht erinnern, ihre alte Freundin jemals so gesehen zu haben.

»Mann, echt«, schniefte Katrine. »Ich hab zurzeit dermaßen nah am Wasser gebaut.«

Ina versuchte, ihren Blick einzufangen. »Gibt's Probleme zwischen Jan und dir?«

»Was?« Katrine lachte bitter. »Eben nicht. Zwischen uns ist nichts mehr. Rein gar nichts. Wenn die Kinder nicht wären ...«

»Vielleicht renkt sich das ja wieder ein, so mit der Zeit?«

Katrine rang sich ein Lächeln ab. »Ja, wollen wir hoffen. Aber egal, ich muss dir noch was sagen, Ina, und das sage ich nicht nur, weil ich getrunken habe. Ich habe dich wirklich gern. Was auch immer geschehen mag. Vergiss das nicht, ja?«

Ui! Angetrunken oder nicht – ein angenehm warmes Gefühl durchströmte Ina, und fast hätte sie sich zu dem Kommentar hinreißen lassen, dass Katrine noch immer ihre beste Freundin sei. Die andere würgte die Emotion aber vorher ab und wuschelte Ina ebenso resolut wie mütterlich durch die Haare.

»Vergiss das einfach nicht, okay?«

»Ich dich auch«, murmelte Ina.

»Jetzt geh schon rein und leg dich hin. Morgen früh schaue ich mal nach dir.«

Als Katrine sich abwandte, hob Ina die Hand zu einer Art Gruß und dachte, wenn du dich jetzt umdrehst, bist du die beste Freundin der Welt.

Katrine drehte sich nicht um. Sie stieg einfach ins Taxi, und der Wagen fuhr los.

Statt gleich ins Bett zu gehen, lief Ina, einem spontanen Impuls folgend, nach unten zum Steg. Sie blieb am äußersten Ende stehen und ließ das Dämmerlicht des Abends auf sich wirken. Alles tat ihr weh, trotzdem verlieh ihr die Umgebung so etwas wie Ruhe. Es war windstill. Die Luft war klar und voller Düfte. Ina hob den Blick und sog die Eindrücke in sich auf: das stille Wasser des Sagsjøen, der Mond, der sich darin spiegelte, das späte Lied einer Drossel, zwei Enten, die vom Wasser aufflogen und in Richtung Moor verschwanden.

Die Zeit, die Zeit.

Das merkwürdige Schreiben schlich sich wieder in ihr Bewusstsein. Diese rätselhafte Botschaft. Wollte der Absender sich eine Sünde von der Seele reden, eine Straftat gestehen? Aber warum dann die Drohung?

Sonst wird es dir wie mir ergehen.

Sonja Lerdahl.

Nein, murmelte Ina verbissen. Ich werde nicht aufhören nachzuforschen. Sonst würde ich ja genau das tun, was dieser Mensch will.

Aber wer konnte die Nachrichten an sie und Benedikte geschrieben haben? War das dieselbe Person? Oder zwei verschiedene? Der Absender schien älter zu sein, oder war das eine falsche Fährte?

Sie kannte nicht viele ältere Menschen, die in Frage kamen. Mit der Ersten, die ihr in den Sinn kam, hatte sie gesprochen: Sonjas Mutter, Ragnhild Lerdahl. Aber warum sollte die so etwas tun? Das wäre schlichtweg absurd.

Noch ein anderer Name fiel Ina ein. Jemand, der nur im Nebensatz erwähnt worden war und den sie unbedingt aufsuchen musste. Eine Frau, die aller Wahrscheinlichkeit nach Informationen über die Vange-Brüder hatte. Ihre Mutter, Kristel Vange, die irgendwo in einem Altersheim lebte.

Ina hatte den Wortlaut plötzlich wieder im Kopf:

Die Zeit, die Zeit.

Sie wird mich jetzt bald holen. Und darum drängt es, die Wahrheit zu sagen, damit der wilde Augenblick endlich ans Licht kommt.

Vielleicht wollte Kristel Vange sich das Herz erleichtern.

Aber machte das Sinn? Ina legte einen Finger an ihre geschwollene Unterlippe.

Und was war mit Oda? Auch sie war an diesem Wochenende in Skårnes, obwohl sie den Ort jahrelang gemieden hatte.

Konnte sie den Brief im Auftrag ihrer Mutter hier deponiert haben, während Ina vor Odas Bruder durch den Wald floh?

Fragen über Fragen und keine Antwort in Sicht, dachte Ina und entschloss sich, in die Hütte zu gehen und etwas zu essen.

Sie sog die Luft tief ein und atmete langsam wieder aus. Zu viel Alkohol, ein Catfight und Gerüchte, ein wirklich gelungenes Klassentreffen.

Ina ging langsam in Richtung Hütte. Es war dunkler geworden, während sie auf dem Steg gestanden hatte.

Plötzlich verharrte sie. Verwirrt. Irgendetwas stimmte nicht, das spürte sie ganz deutlich.

Es war so leise. Die Vögel sangen nicht mehr. Alles war still. Unheimlich still.

Sie lauschte, aber die Natur schien sämtliche Schalter

umgelegt zu haben. Sie hörte nur noch ihren eigenen Herzschlag. Jetzt bloß keine Angst bekommen, dachte sie. Ich muss mich zusammenreißen.

Sie ging langsam weiter. Ruhig, ganz ruhig. Es ist niemand hier, flüsterte sie sich selbst zu. Absolut niemand.

Die Zeit, die Zeit.

Sie wird mich holen.

Der erste Schritt auf die Veranda. Die Holzdielen knarrten. Sie holte den Schlüssel aus der Tasche und traf erst beim vierten Versuch das Schlüsselloch.

Als sie endlich in der Hütte war, verriegelte sie die Tür von innen und rüttelte an der Klinke, um sich zu vergewissern, dass sie wirklich abgeschlossen hatte. Dann streifte sie sich die Schuhe von den Füßen.

In der Küchenecke fischte sie eine Scheibe Knäckebrot aus der Packung und belegte sie mit ein paar Scheiben Wurst. Während sie kaute, huschte ihr Blick immer wieder aus dem Fenster.

Würde Tom Kaser auch an diesem Abend hierherkommen, um von ihr zu erfahren, ob jemand aus ihrer Klasse schuld an Sonjas Verschwinden war?

Die Stille irritierte sie, normalerweise war immer irgendetwas zu hören.

Es musste jemand in der Nähe sein. Ina war sich plötzlich sicher.

Wenn ihr Herz doch nur aufhören würde, so hart und schnell zu schlagen! Sie biss sich ganz bewusst auf die Unterlippe und spürte den Schmerz. Du muss jetzt stark sein, dachte sie und merkte im nächsten Moment, wie ihre Füße sich in Bewegung setzten. Nach draußen. Sie wollte Klarheit. Wollte die Konfrontation, wer auch immer dort war.

Leise schloss sie die Tür auf und trat von der Veranda auf die nasse Wiese. Noch immer war es gespenstisch still. Sie schlich über das frisch geschnittene Gras und sah zu der Stelle hinüber, an der Tom Kaser sich am Abend zuvor plötzlich zu erkennen gegeben hatte. Aber dort war niemand zu sehen. Trotzdem hatte sie das Gefühl, beobachtet zu werden. Ihr Herz pochte schnell und unregelmäßig, als ihre scharfe Stimme mit einem Mal die Stille durchbrach. »Komm raus!« Keine Antwort.

Sie setzte einen Fuß vor den anderen, näherte sich langsam dem Waldrand und glaubte irgendwann etwas zu erkennen. War das der Schatten von Tom Kaser?

Schließlich entschloss sie sich, erst in den Schuppen zu gehen. Sie wollte dieser beängstigenden Stille mit der Sense in der Hand begegnen. Musste zum Schlag bereit sein, wenn die Gestalt aus der Dunkelheit trat.

Denn die seltsame Stille und das Schweigen der Vögel sagten ihr, dass genau das geschehen würde.

Ein Schritt vor den anderen.

Ina näherte sich dem Schuppen.

Blieb stehen.

Die Schuppentür war nur angelehnt.

Sie bekam Gänsehaut. Was machte sie hier eigentlich? Im Abendkleid auf dem Weg zum Schuppen, um sich die Sense zu holen, wo ihr doch längst jemand zuvorgekommen war? Sie wusste nicht, ob sie überhaupt sehen würde, wer sich dort versteckte. Von selbst war die Tür nicht aufgegangen, und sie schloss immer alle Türen. Hastig warf sie einen Blick über die Schulter, um sich zu vergewissern, dass dort niemand stand und mit der Sense nach ihr ausholte. Aber sie war allein.

Sie trat einen weiteren Schritt nach vorne. Die Tür war jetzt in Reichweite.

Doch sie wagte nicht, ihre Hand ans Holz zu legen, schrak vor der Türschwelle zurück, wollte nicht sehen, wer dort drinnen auf sie wartete.

Schließlich machte sie doch den letzten Schritt, schaute noch einmal rasch nach hinten, packte die Tür und zog sie mit einem Ruck auf.

Erst verstand sie nicht, was sie sah. Ein Sack oder ein Bündel am Boden.

Doch im nächsten Augenblick realisierte sie, dass auf dem Schuppenboden ein Mensch lag. Regungslos.

Ihre Hand suchte zitternd nach der Taschenlampe.

Sie schaltete sie ein, und die Batterie gab gerade noch genug Licht, um den Körper und das Gesicht zu erhellen.

Sie erstarrte.

Vor ihr lag Halvor Vange, unter seinem Ohr ein Streifen geronnenes Blut. Aber was sich in ihre Netzhaut einbrannte, war sein Blick. Die starren, weit aufgerissenen Augen.

Sie trugen die Signatur des Todes in sich.

Teil IV

Art

19

Blaulichter zuckten lautlos durch die Nacht. Die Sirenen, die erst leise und dann immer lauter über den See und die schmalen Schotterwege geheult hatten, bis Inas Kopf zu zerspringen drohte, waren verstummt.

Eine Autotür knallte, und jemand kam auf sie zu. Sie begrüßte den jungen Beamten mit Handschlag – vermutlich derselbe, mit dem sie telefoniert hatte. Er stellte sich vor, aber sein Name entglitt ihr gleich wieder.

Der Polizist kam direkt zur Sache. »Wo ist der Tote?«

Ina nickte in Richtung Schuppen. In der Ferne waren jetzt weitere Sirenen zu hören.

»Waren Sie das nicht auch, die diese seltsame E-Mail bekommen hat?«, fragte der junge Mann plötzlich. »Sie sind doch eine Bekannte von Oddvar, oder?«

Ina nickte.

»Und jetzt haben Sie einen Toten gefunden? Hier bei Ihrer Hütte?« Er musterte sie skeptisch.

Verdächtigte er sie etwa? »Er lag im Schuppen, als ich vom Klassentreffen zurückkam.« Sie merkte selbst, wie platt das klang.

Der Polizist ging zurück zum Wagen und holte eine große Taschenlampe. Gleich darauf zerschnitt ein Lichtstrahl die Dunkelheit und fiel im Takt mit seinen Schritten auf die Hütte und die dahinter stehenden Bäume. Ina folgte ihm in geringem Abstand. All ihre Sinne waren geschärft.

Halvor Vanges Gesicht war zu einer grausamen Fratze erstarrt. Der Beamte schüttelte den Kopf. »Verdammt, auch noch *der* …« Dann kam ihm ein Gedanke, und er fragte: »Ist Ihnen der heute nicht gefolgt?«

Ina wich instinktiv einen Schritt zurück. »Ja, aber ich … ich habe damit nichts zu tun. Er hat einfach da gelegen! Ich habe gleich angerufen, nachdem ich ihn gefunden hatte.«

»Was meinen Sie, wie er hierhergekommen ist?«

»Woher soll ich das denn wissen? Wenn ich ihn umgebracht hätte, hätte ich ihn wohl kaum in meinen Schuppen gelegt – und dann die Polizei gerufen!«

Der junge Beamte antwortete nicht, sondern musterte sie mit ernster Miene. Hinter ihnen fiel eine Autotür ins Schloss. Der Polizist machte eine vage Geste. Ina nahm an, dass sie ihm folgen sollte.

Erst in diesem Moment wurde ihr bewusst, wie fehl am Platze sie in ihrem Abendkleid wirken musste. Auch die Kälte spürte sie jetzt, da die Wirkung des Alkohols nachließ. Sie wäre gerne kurz in die Hütte gegangen, um sich eine Strickjacke zu holen, lief aber gehorsam hinter dem Beamten her zu den Neuankömmlingen.

Zu ihrer großen Erleichterung war einer von ihnen Oddvar. Auch er ist für den Anlass ziemlich unpassend gekleidet, dachte sie, als er in Anzug und Fliege auf sie zukam. Man merkte ihm den Alkohol nicht an.

»Halvor Vange?«, fragte er und musterte Ina eindringlich.

Sie nickte und bemerkte im selben Augenblick die

Verwirrung in seinem Blick. Sie bekam Angst. Die konnten doch nicht im Ernst glauben, dass *sie* Halvor Vange getötet hatte?

Natürlich sah sie ein, dass die Umstände nicht gerade für sie sprachen. Mit einem Mal überkam sie eine bleierne Müdigkeit, die ihr alle Kraft raubte.

Oddvar schien ihren Stimmungswechsel zu bemerken. »Was für ein Abend«, sagte er seufzend.

Ina nickte wieder. Seine warme, freundliche Stimme tat ihr gut, trotzdem war sie kurz davor, in Tränen auszubrechen. Die Ereignisse des Tages zogen ihr mehr und mehr den Boden unter den Füßen weg. Sie spürte, dass sie weiche Knie bekam, doch Oddvar hielt sie rechtzeitig fest, bevor sie umkippen konnte. Aus den Augenwinkeln registrierte Ina, dass der junge Beamte sie wachsam beobachtete, aber Oddvar ließ das kalt. Als sie sich endlich aus seinen Armen löste, hatten die anderen Beamten mit der Tatortsicherung begonnen. Danach würden die Kriminaltechniker übernehmen, auch wenn es an einem Samstagabend lange dauern konnte, bis sie hier waren. Aber egal, der Ermittlungsapparat lief.

Oddvar berührte ihre Schulter. »Du musst morgen auf die Wache kommen. Vermutlich wird Sondre dich befragen.«

»Der junge Beamte?«

»Ja.«

Oddvar musterte sie. »Heute Nacht wird hier einiges los sein«, sagte er. »Willst du nicht lieber bei uns schlafen?«

»Nachdem ich mich heute Abend mit deiner Frau geprügelt habe? Wirklich eine super Idee, Oddvar Borge.«

Er musste lächeln, wurde aber schnell wieder ernst.

»Ingrid hat es nicht leicht. Seit der letzten Geburt ist sie sehr launisch.«

»Postnatale Depression?«

»Ich weiß es nicht. Aber zeitweise war es bei uns die reinste Hölle. Ich musste mich um die Kinder kümmern, während Ingrid … ja …«

»War sie in stationärer Behandlung?«

Oddvar antwortete nicht, sondern sah nur stumm vor sich hin. »Wer kann denn Halvor Vange ermordet und in deinem Schuppen abgelegt haben?«

Ina runzelte die Stirn. »Ich habe keine Ahnung.«

Angestrengt versuchte sie, die Geschehnisse des Tages noch einmal durchzugehen: Erst Halvors seltsamer Versuch, sie zu kidnappen, dann die merkwürdigen Worte, die er ihr nachgerufen hatte. Sie streckte sich. »Ich weiß nur, dass Halvor Vange heute Mittag noch am Leben war und nach meiner Rückkehr tot im Schuppen lag. In der Zwischenzeit habe ich erst per Mail eine Drohung erhalten und dann einen normalen Brief, in dem mir jemand sein Herz ausgeschüttet hat – vermutlich wegen eines Verbrechens.«

»Du meinst, dass das alles von irgendjemandem in Szene gesetzt worden ist? Wer kommt denn da in Frage?«

Sie sahen einander an. Dann hatten beide denselben Gedanken.

Oddvar sprach den Namen aus: »Tom Kaser?«

Sogar Ina musste jetzt einräumen, dass das die wahrscheinlichste Erklärung war. Tom Kaser suchte nach endgültigen Antworten, nach handfesten Beweisen dafür, dass Halvor Vange etwas mit Sonjas Verschwinden zu tun hatte. Es war gerade einmal einen Tag her, dass er seine Theorie vor Ina ausgebreitet hatte. Und zwar hier neben dem Schuppen, in dem jetzt der Tote lag.

»Wir müssen zu ihm«, unterbrach Oddvar ihren Gedankengang. »Jetzt sofort. Wir müssen die Wahrheit aus ihm herauskitzeln.«

»Aber …«

»Du wirst ohnehin erst morgen früh befragt. Ich sage Sondre, dass wir uns zurückziehen und du heute Nacht bei uns schläfst. Dann gehen wir zu Kaser.«

Ina sah Oddvar erschrocken an, fand in seinem Gesicht aber keine Anzeichen von Ironie. Seine Augen strahlten Tatkraft und Ernst aus.

»Du willst das doch auch, Ina. Du willst wissen, was mit Sonja passiert ist. Ein für alle Mal.«

Sie öffnete den Mund. Aber es kamen keine Worte. Nicht ein Laut.

Oddvar fuhr leise fort: »Verstehst du nicht? Die Sache ist auch für mich wichtig. Ich will den Täter stellen, je früher, desto besser. Endlich einen Schlussstrich ziehen.«

Ina traute kaum ihren Ohren. Oddvar wirkte so verändert. War er doch betrunken? »Aber ganz nach Vorschrift ist das dann wohl nicht, oder?«

»Scheiß auf die Vorschriften!«, schnaubte er. »Lass uns endlich aufräumen. Wir kannten Sonja. Die anderen verstehen nicht, was das in uns auslöst.«

Ina glaubte wieder das finstere Glühen in Oddvars Augen zu sehen, als sein Blick über ihren Ausschnitt huschte. Nur einen winzigen Moment, dann war es auch schon vorbei.

Er ging zu dem jüngeren Beamten und wechselte ein paar Worte mit ihm. Ina hielt gespannt den Atem an. Sie hörte Oddvar »Ich nehme sie mit zu uns« sagen, dann sah sie, wie der Kollege ihm die Taschenlampe gab.

In diesem Moment setzte sich in Inas Bewusstsein ganz plötzlich ein Bild zusammen. Es gab noch jemanden, der im Laufe des Tages in der Nähe der Hütte gewesen war. Dieser Jemand konnte Halvor Vange im Schuppen abgelegt und den Brief auf der Veranda deponiert haben, bevor er für die Vorfeier in die Hütte gekommen war und so getan hatte, als wäre nichts passiert. Dieselbe Person, die möglicherweise schmutzige Sexspielchen mit Oda Vange gespielt hatte, der Schwester des Mannes, der jetzt tot im Schuppen lag.

Der Polizeichef Oddvar Borge.

Er sah ihr jetzt direkt in die Augen. »Kommst du?«

Ina wusste, dass sie ihn auf Distanz halten sollte. Andererseits spürte sie, wie sie sich innerlich wappnete. »Klar.«

Das Licht der Taschenlampe huschte im Zickzack über den Weg, während das Blaulicht hinter ihnen langsam verschwand. Sie liefen, ohne ein Wort zu sagen. Erst als sie ein paar Hundert Meter gegangen waren, richtete Oddvar den Lichtstrahl auf den Wald.

»Hier rein.«

Ein schmaler, schlammiger Pfad führte zwischen den Bäumen hindurch. Ina musterte Oddvar und versuchte, seine Gedanken zu erraten.

Vergeblich.

Sie tauchten in den Wald ein und waren für niemanden mehr zu sehen.

20

Der Weg, der zwischen den Bäumen hindurchführte, war schmal und in der Dunkelheit kaum zu sehen. Oddvar schien sich hier aber auszukennen. Er ging schnell und zielstrebig, während Ina immer wieder mit dem Terrain zu kämpfen hatte.

Die Stimmung im Wald setzte ihr zu. Die Zweige warfen dunkle Schatten, und alles war nass und kalt. Klamm. Warum hatte sie sich nicht noch einen Pullover übergezogen? Sie schlug die Arme um den Körper und legte einen Schritt zu. Sie durfte Oddvar nicht aus den Augen verlieren, auch wenn sie sich nicht einmal sicher war, dass sie zu Tom Kasers Haus gingen.

Durfte sie Oddvar wirklich vertrauen?

Sein seltsames Vorgehen konnte ihn den Job kosten. Warum wollte er Tom Kaser unbedingt allein stellen? Warum nicht eine Streife mit nüchternen Beamten schicken?

Ina konnte nicht weiter darüber nachdenken, sie hatte mehr als genug damit zu tun, durch die Dunkelheit zu wandern und immer wieder Zweige, Büsche und Dornen zur Seite zu schieben. Es war so verflucht still im Wald. Nur ein einzelner Vogel meldete sich hin und wieder. Und das Schmatzen der Schuhe auf dem sumpfigen Untergrund war zu hören.

Plötzlich konnte sie Oddvar nicht mehr sehen. Ihr Herz setzte einen Schlag aus. »Hallo?«

Fünf Sekunden später kam er hinter einem Stamm hervor. Ina zuckte zusammen.

»Ist es noch weit?«, fragte sie.

Er antwortete nicht, sondern marschierte einfach weiter. Es gab jetzt nur noch sie beide, Blaubeerbüsche, Bäume und Mücken. Ina schlug wild um sich, fing sich aber trotzdem einen Stich nach dem anderen ein.

Oddvar war auf einer kleinen Anhöhe stehen geblieben und spähte nach vorn. Sie schloss zu ihm auf und stellte sich neben ihn.

Der Anblick war wirklich überwältigend. Ein riesiger Vollmond leuchtete am Himmel. Fast weiß mit einer Aura aus Licht, umgeben von Sternen.

In der Senke bemerkte sie den kleinen Hof, der vom Mondlicht beschienen wurde.

Da also wohnte Tom Kaser. Es war kein Lebenszeichen zu erkennen. Kein Licht brannte. Kein Auto in der Einfahrt. Keinerlei Geräusche.

Als Oddvar weiterging, folgte Ina ihm den Hang hinunter.

Kurz darauf standen sie vor dem kleinen Aussiedlerhof. Ina ließ ihren Blick über das braun geteerte Holzhaus schweifen.

Oddvar beugte sich zu ihr und flüsterte: »Du weißt, was die Polizei gefunden hat, als sie damals das Haus durchsucht hat?«

Ina nickte. Natürlich wusste sie das: riesige Pflanzensammlungen, Regale voller Herbarien.

»Und was machen wir jetzt, Oddvar?«

»Hm?«

»Willst du Kaser wecken, oder was hast du vor?«

Oddvar zuckte die Schultern und näherte sich der Haustür. Inas Augen suchten nach einem Türschild, einer Klingel, aber es gab weder das eine noch das andere. Nichts. Nur die dunkle Tür.

Oddvar holte tief Luft und klopfte an. Erst vorsichtig. Niemand antwortete. Dann hämmerte er mit beiden Fäusten gegen die Tür. Immer noch kein Laut.

»Ob er nicht zu Hause ist?«, fragte er.

»Würdest *du* nach Hause gehen und dich schlafen legen, wenn du gerade jemanden umgebracht hast?«

Oddvar antwortete nicht. Er legte die Hand auf die Klinke. »He, die ist ja offen!«

Er schaltete die Taschenlampe ein.

Langsam betraten sie Tom Kasers Haus.

21

Hinter der Tür war es stockfinster. Ina erkannte bloß ein paar Kleidungsstücke – dunkle Silhouetten an der Garderobe und mehrere Paar Schuhe am Boden. Sie gingen weiter. Das Licht der Taschenlampe fiel in einen langen Flur, dann auf die Treppe nach oben, und schließlich erhellte sie eine Tür unter der Treppe, die wahrscheinlich in den Keller führte.

Sie gingen vorsichtig weiter. Ina schnüffelte. Es roch nach zu lange gekochtem Mittagessen. Fisch, Kartoffeln, Gemüse, gemischt mit dem Eigengeruch des Hauses – säuerlich, abgestanden, warm.

»Hallo! Ist jemand zu Hause?«

Ina zuckte zusammen, als Oddvars Stimme durch den Flur hallte.

Vorsichtig öffnete er die Wohnzimmertür. Ina rechnete mit dem Schlimmsten. Das Refugium eines Verrückten? Irgendetwas Außergewöhnliches?

Aber sie kamen in einen ganz normalen Raum. Der Lichtstrahl der Lampe huschte über ein Sofa, einen Fernseher, Bücherregale und einen Eckschrank. Linoleumboden, grau gestrichene Holzwände.

Auch die Küche war völlig normal eingerichtet. Ein Holzschrank mit Schubladen und Fächern. Ein älterer, brauner Herd. Ein kleiner Kühlschrank brummte, und an der Wand tickte eine Uhr.

Oddvar und Ina nahmen sich nach und nach alle Räume vor. Oben waren mehrere Schlaf- und Gästezimmer. Das einzige nicht gemachte Bett fanden sie in Tom Kasers altem Jugendzimmer. Die Plakate aus den achtziger Jahren hingen noch immer an den Wänden – a-ha, U2, Whitney Houston. Für den ist die Zeit damals wirklich stehengeblieben, dachte Ina.

Die Zeit, die Zeit.

Oddvar zog die Schreibtischschublade auf und durchsuchte sie, fand aber nichts. Dann fuhr er mit dem Lichtstrahl über das Bücherregal.

In diesem Moment hörten sie ein Scheppern. Irgendwo weit entfernt, aber offenbar im Haus.

Sie sahen sich an, gingen leise zurück in den Flur und über die Treppe nach unten.

Die Tür in den Keller stand offen, obwohl sie zuvor geschlossen gewesen war. Tom Kaser musste also doch da sein. War er in die Kellerwohnung gehuscht, wo er sich schon damals seine Eremitenhöhle eingerichtet hatte?

Ina bemerkte, dass Oddvar Blickkontakt zu ihr suchte. Sie sah ihn so angstlos wie nur möglich an, und er nickte ihr zu, bevor er den ersten Fuß auf die Kellertreppe setzte.

Vorsichtig schlich er nach unten, dicht gefolgt von Ina. Ihr Herz pochte, und sie starrte konzentriert auf den kleinen Lichtkegel, der sich nach unten zitterte.

Schließlich betraten sie den ausgebauten Kellerbereich. Wieder wanderte das Licht über Regale, in denen sich Herbarien stapelten, aber der Raum schien schon lange nicht mehr benutzt worden zu sein. Ina hatte das Gefühl, sich in einem Museum zu befinden, in einer Zeitkapsel – verlorene Zeit. Aber auch hier war niemand. Woher war dann der Laut gekommen? Und wer hatte die Tür nach unten geöffnet?

Als sie alles abgesucht hatten, blieb nur noch eine Tür am Ende des Raumes. Ina sah die Taschenlampe in Oddvars Hand zittern, als seine Finger vorsichtig die Klinke nach unten drückten.

Die Tür öffnete sich knarrend.

Dahinter lag ein überraschend großer, nicht ausgebauter Raum. Ein Lager. Kalte, feuchte Luft schlug ihnen entgegen, und es roch moderig nach Schimmel. Aber auch hier war niemand. Oddvar suchte systematisch Wände, Decke und Boden ab. Regale mit Saftflaschen und Marmelade. Alte Campingstühle. Angelausrüstung. Eine Dartscheibe. Netze für Johannisbeerbüsche. Ein ausrangierter Fernseher. Elektrische Heizkörper. Aber keine weiteren Türen. Kein Mensch. Ina griff nach Oddvars Hand und umklammerte sie. Der Lichtstrahl wurde ruhiger.

»Aber was war das für ein Scheppern, das wir gehört haben?«

»Keine Ahnung.«

Oddvar ließ das Licht weitersuchen. Schließlich erhellte es eine Gefriertruhe ganz hinten an der Wand. Seltsam war, dass der Deckel offen stand.

Sie näherten sich langsam.

Ina musterte die Truhe aus der Distanz. Sie war groß und weiß, und mit einem Mal bildete Ina sich ein, dass Sonjas Leiche darin liegen musste. Sofort pochte ihr Herz wieder wie wild. Sie riss sich zusammen, musste jetzt stark sein. Gemeinsam gingen sie die wenigen Schritte vor, und Oddvar hob die Lampe an, bereit, in die Truhe zu leuchten.

Ihre Blicke trafen sich. Oddvars Adamsapfel wanderte nach oben. Dann beugte er sich vor und leuchtete in die Truhe. Auch Ina schaute hinein.

Ihr Herz setzte aus.

Harscher, abgestandener Geruch schlug ihnen entgegen.

Aber das war nicht das Entscheidende. Denn in der Truhe war nichts. Keine Leiche, kein Sonntagsbraten, keine gefrorenen Beeren. Die Truhe war ein einziges Loch, die den Einstieg in einen geheimen Tunnel tarnte. Eine schmale Leiter führte steil nach unten ins Dunkel.

22

»Da geh ich nicht runter«, sagte Ina und wich zwei Schritte zurück.

Oddvar sah sie an. »Auch nicht, wenn ich vorgehe?«

»Meine Güte, Oddvar! Du musst Verstärkung rufen!«

»Und Kaser entkommen lassen? Das war bestimmt er, den wir gehört haben, und jetzt ist er nach da unten verschwunden. Das ist ein Fluchtweg in den Wald, Ina! Wir müssen ihm folgen, bevor es zu spät ist.«

»Du hast sie doch nicht alle.«

»Du auch nicht. Wir würden ein gutes Paar abgeben.«

»Lass das, ich finde das nicht witzig.«

Oddvar sah sie ernst an, aber in seinem Blick lag auch etwas Neues, Demütiges, Bittendes. Schließlich resignierte er. »Na, gut. Aber dann wartest du hier! Ich gehe auf jeden Fall runter.«

»Oddvar!«

Er winkte ab und machte sich bereit. Ina spürte die Panik bis in ihre Fingerspitzen und stand nur stumm da, während er die Taschenlampe unter seinen Gürtel schob. Er kletterte über den Rand der Truhe und setzte den rechten Fuß auf die oberste Sprosse der Leiter. Dann streckte er eine Hand zu Ina aus, die ihm Halt gab, während er sein Gewicht langsam verlagerte.

Er stieg vorsichtig immer tiefer und verschwand nach und nach aus ihrem Blickfeld.

»Hallo?«

»Ich bin unten!«, rief Oddvar. »Aber ... verdammt, was ist ...«

Ina wartete auf eine Fortsetzung, die jedoch nicht kam. Dann: Schritte, die sich entfernten und schließlich auch nicht mehr zu hören waren. Zurück blieb nur bedrückende Stille. Ina stand im Dunkeln und hielt den Atem an. Lauschte mit allen Sinnen.

Gleich darauf hörte sie Oddvar schreien. Der schrille, angsterfüllte Ton drang durch den engen Tunnel zu ihr nach oben und hallte in ihren Ohren wider. Sie bekam eine Gänsehaut. Dann war alles wieder still. Schrecklich still.

»Oddvar?«

Keine Antwort.

»Oddvar!«

Nichts.

Was sollte sie tun? Sie hatte kein Handy und wusste nicht, ob es im Haus ein Telefon gab.

Hektisch begann sie, den Raum abzusuchen. Sie rannte an den Regalen entlang und tastete die Bretter ab. Irgendetwas musste es hier doch geben. Irgendetwas. Da. Eine Taschenlampe. Sie schaltete sie ein. Ein blasser Strahl kämpfte sich durchs Dunkel.

Ina rannte wieder zur Truhe, beugte sich über die Öffnung und leuchtete nach unten.

»Oddvar?«

Kein Laut.

In diesem Moment stand ihr Entschluss fest. Sie musste ganz einfach nach unten. Es gab keinen anderen Weg.

Ihre Hände zitterten so heftig, dass sie sich kaum festhalten konnte, als sie die Beine über den Rand schob und die Füße auf die oberste Sprosse stellte. Sie hielt kurz inne. Atmete tief durch. Ruhig jetzt. Ruhig. Sie verlagerte das Gewicht, hielt die rostige Taschenlampe mit den Zähnen fest und schob mit einem ängstlichen Stöhnen den ersten Fuß eine Sprosse tiefer, während ihre Hände noch den Rand der Truhe umklammerten. Ihr Atem ging wie ein Blasebalg.

Sie biss fest auf die Taschenlampe und stieg immer weiter hinab ins Dunkel. Der Lichtkegel fiel auf die rohen Erd- und Steinwände, ein enger Schacht, der fast senkrecht nach unten führte. Harscher, abgestandener Geruch stieg ihr in die Nase. Erde, Feuchtigkeit, Steine.

Endlich hatte sie festen Boden unter den Füßen.

Sie nahm die Taschenlampe in die Hand. Der dünne Lichtstrahl verlor sich im Dunkel eines beginnenden Stollens. Es war kalt wie in einer Höhle.

Sie machte einen ersten unsicheren Schritt.

»Oddvar?«

Keine Antwort. Trotzdem hatte sie das Gefühl, die Nähe eines Menschen zu spüren. Irgendetwas war da. Ja, sie war ganz sicher, im Dunkeln jemanden atmen zu hören. Trotzdem ging sie langsam weiter, die Lampe in ihrer zitternden Hand.

Allmählich wurde der Stollen breiter. Sie ließ das Licht der Taschenlampe über die Wände gleiten – harter, gepresster Boden und Fels – und sah, dass sie in einen größeren Raum kam. Hatte Kaser hier unten wirklich ein ganzes Stollensystem gegraben? Das war doch vollkommen verrückt!

Schließlich stand sie in einem Bereich mit verblüffend hoher Decke.

»Oddvar?«

Ihre Stimme hallte wider, aber die Akustik war seltsam dumpf. Ihre Augen folgten dem Lichtstrahl und suchten nach Oddvar oder Tom Kaser. Nach irgendwem. Aber es war niemand zu sehen. Ina wollte nichts lieber als zurückgehen, so schnell wie möglich wieder nach oben – durch die Truhe und raus aus diesem Geisterhaus.

»Oddvar?«

Sie schwenkte die Taschenlampe und bemerkte erst jetzt, dass zwei weitere Stollen aus dem Raum hinausführten. Tom Kaser hatte hier unten ein richtiges Labyrinth geschaffen.

War Oddvar in einen dieser Stollen gegangen? Aber in welchen?

Ina näherte sich langsam den Eingängen. Sie nahm all ihren Mut zusammen, doch ihr Zittern war so stark, dass sie die Lampe kaum mehr kontrollieren konnte.

Das Licht zuckte zwischen den beiden Stolleneingängen hin und her.

Schließlich entschied sie sich für einen und schob sich langsam an der Wand entlang. Der Gang war niedriger, so dass sie schließlich auf allen vieren kriechen musste. Es wurde immer klaustrophobischer. Vor ihr der Lichtstrahl, dünn und blass. Keuchender Atem im Kopf. Weiter und weiter durch die absolute Stille.

Endlich änderte sich etwas. Vor ihr war ... Licht? Der Mond? Ein Weg nach draußen?

Dann realisierte sie, dass das kein Tageslicht war, sondern das Flackern einer Kerze.

Sie kam in eine hell erleuchtete Kammer – eine Art Krypta unter der Erde, die Endstation dieses Stollens. An der Wand befand sich ein Altar, und in einem Halbkreis davor brannten Kerzen, die kurz davor waren, zu verlöschen.

Auf einem Sockel zwischen Altar und Kerzen stand ein Sarg.

Ein Schauer lief über Inas Rücken.

Die Zeit, die Zeit.

Aber ihre Aufmerksamkeit wurde von dem Porträt angezogen, das jemand mitten auf dem Altar platziert hatte. Es zeigte etwas vergrößert und körnig das Bild eines lächelnden Mädchens.

Ina wusste sofort, wer das war, obwohl sie dieses Mädchen so gut wie nie hatte lächeln sehen.

Sonja.

Plötzlich verstand sie die verschrobene Logik von Tom Kasers labyrinthischem Stollensystem. Die Krypta, in der sie sich befand, war Kasers heilige Stätte, erbaut zu Ehren von Sonja. Niemand sollte bis zu seinem Heiligsten vordringen. Dieser Ort war nur für ihn bestimmt. Sonja sollte nicht gestört werden. Hier gab es nur sie und ihn. Hier konnte er auf sie aufpassen.

Sonja, bist du da drin?

Ina schluckte und trat die letzten Schritte vor. Der Strahl der Taschenlampe huschte über den kleinen, schwarzen Sarg. Der Deckel war mit Ornamenten geschmückt, Rosen, die sich umeinander wanden. Inas Hand näherte sich dem Griff des Deckels und hob ihn mit einer ruhigen Bewegung an. Das Licht der Taschenlampe fiel in den Sarg.

Sie zuckte zusammen.

Rosen.

Hunderte Rosen, getrocknete und frische durcheinander, aber keine Leiche.

Sie klappte den Deckel wieder zu. Was hatte das zu bedeuten? Eine Grabkammer ohne Leiche? War das Tom Kasers Versuch, einen Menschen zu ehren, den er geliebt hatte? Oder war es das Gegenteil: Bat er damit um Verzeihung, weil er ein Leben genommen hatte?

Ina konnte nicht weiter darüber nachdenken, denn in der nächsten Sekunde spürte sie einen harten Schlag auf den Hinterkopf.

23

Ihre Finger tasteten auf der Suche nach der Taschenlampe durch das Dunkel. Erfolglos. Alles war schwarz. Finsternis und Chaos. Ihre Nägel gruben sich in die Erde, aber sie fand nichts. Von ihrem Hinterkopf strahlte ein stechender, pochender Schmerz aus. Rotorange Punkte schwebten durch ihr Blickfeld. Jemand hatte sie von hinten niedergeschlagen. Sie trat nach rechts und links ins Dunkel aus. Aber es war niemand da.

»Zeig dich, du feiges Arschloch!«

Ihr Ruf hallte an den Erdwänden wider, aber sie bekam keine Antwort.

Sie betastete die Schwellung an ihrem Hinterkopf. Es blutete, sie war aber sicher nicht lange ohnmächtig gewesen. Trotzdem hatte der Täter es geschafft, die Kerzen vor dem Altar auszublasen, ihre Taschenlampe mitzunehmen und sie allein im Dunkel zurückzulassen. Tief unter der Erde in Sonja Lerdahls Krypta. Sie musste sich konzentrieren und alle ihre Kräfte mobilisieren, sonst würde sie hier unten in dem Stollenlabyrinth lebendig begraben werden.

Sie sprang auf, zu schnell. Die Kopfschmerzen schlugen mit aller Macht zu, und eine beklemmende Übelkeit meldete sich. Gebeugt, fast kriechend, schleppte sie sich zurück in die Richtung, aus der sie gekommen war, nur dass sie dieses Mal keine Lampe hatte. Es war stockdunkel, schwarz, keine Spur von Grau. Ina biss die Zähne zusammen, während ihr die immer gleichen Gedanken durch das schmerzende Hirn jagten: Wer hat mich niedergeschlagen? Tom Kaser? Und wo um Himmels willen ist Oddvar?

Sie erstarrte. Konnte er sie ... Nein! Das war unmöglich! Dennoch, sie musste in alle Richtungen denken, wenn sie diese verrückte Nacht überleben wollte.

Was, wenn wirklich Oddvar der Täter war? Wenn er das alles geplant hatte? Wenn er sie hierher gelockt, in Sonjas Krypta auf sie gewartet und ihr die Taschenlampe über den Kopf gezogen hatte?

Vielleicht war der Sarg ja für sie, vielleicht war das ihre Endstation?

Ina schauderte. Je mehr sie darüber nachdachte, desto überzeugender erschien ihr dieses Szenario. Aber so schnell würde sie nicht aufgeben. Sie kroch durch die düsteren Stollen und dachte fieberhaft nach. Oddvar musste mehr über Sonjas Verschwinden wissen, als er bereit war, einzuräumen. Und das durften die anderen Beamten um keinen Preis erfahren. Deshalb dieser Alleingang. Er hatte sie die ganze Zeit über angelogen. Es war durchaus möglich, dass er Halvor Vange in ihrem Schuppen abgelegt hatte, bevor er zu ihr in die Hütte gekommen war. Das wäre dann aber wirklich verdammt skrupellos gewesen.

Sie hielt inne. Spitzte die Ohren. Waren da nicht Schritte? Irgendwo weit vor ihr? Doch, da lief jemand zu der Leiter, die nach oben in den Keller führte.

Sie gab sich einen Ruck und stolperte weiter gebeugt durch den Stollen, nur raus aus diesem Alptraum. Ihr Atem keuchte. Sie spuckte aus, fluchte. Taumelte in den großen Höhlenraum und tastete sich blind weiter. Aber jetzt erahnte sie einen Lichtschein. Vermutlich Oddvars Taschenlampe. Auch die Schritte waren jetzt deutlicher zu hören. Jemand kletterte über die Leiter nach oben. Danach ein leiser, dumpfer Laut.

Dunkelheit.

Ina stürzte nach vorn und prallte gegen die Tunnelwand. Ihre Nase schmerzte wie wahnsinnig, doch sie kümmerte sich nicht darum. Sie musste am Ende des Stollens sein, jetzt galt es nur noch, nach oben zu kommen! Ihre Finger tasteten sich weiter und bekamen eine Sprosse der Leiter zu fassen. Ihr Kopf dröhnte bei jedem Schritt, trotzdem kletterte sie so schnell es ging nach oben, bis ihre Hände an etwas stießen.

Der Deckel der Truhe. Er war verschlossen.

Wütend hämmerte sie mit einer Faust gegen den Deckel und stemmte Schulter und Rücken mit aller Kraft von innen dagegen. Aber er ließ sich nicht bewegen.

24

Gleich darauf fiel ein Lichtstrahl auf ihr Gesicht, und der Deckel über ihr wurde angehoben. Ina schnappte nach Luft.

»Meine Güte! Da unten war *doch* jemand!«

Sie erkannte die Stimme, sie gehörte Oddvars jüngerem Kollegen. Er hatte den Deckel geöffnet, streckte ihr die Hand entgegen und zog sie herauf, bis sie wieder sicheren Boden unter den Füßen hatte. Ein Gefühl unglaublicher Erleichterung durchströmte sie. Sie hatte es geschafft, die unterirdische Grabkammer zu verlassen.

Sie sackte zu Boden und hielt sich zitternd die Hände vors Gesicht. Ihre Zähne schlugen unkontrolliert aufeinander. Sie weinte. Wenn sie doch nur irgendwelche Pillen schlucken und dann endlich schlafen könnte.

Im nächsten Moment starrte sie in Oddvars Augen. Er war außer sich, und es gab keinen Zweifel, gegen wen seine Wut sich richtete: »Hast du mich da unten niedergeschlagen?«

Ina versuchte sich aufzurappeln, doch ihre Kopfschmerzen schlugen erneut mit aller Macht zu.

»Warst *du* das?« Oddvar spuckte ihr die Worte förmlich entgegen.

Erst jetzt registrierte sie, dass auch er verletzt war. Blut quoll aus einer Wunde über seinem Ohr und rann an seinem Hals nach unten. Zitternd fuhr er fort: »Hast du einfach so von hinten auf mich eingeschlagen? Ich dachte, meine letzte Stunde wäre gekommen. Nice try, Ina Grieg!«

Vor Inas Augen drehte sich alles. »Aber … ich war das nicht!«

»Und was hast du dann da unten gemacht? Du wolltest doch hier oben warten.«

Ina blieb verwirrt stehen, spürte aber bereits die Wut in sich aufkeimen.

»Das habe ich ja auch gemacht«, fauchte sie, »bis ich dich so schrecklich schreien gehört habe. Da bin ich runter. Aber du warst nirgends zu finden. Und dann bin ich selbst von hinten niedergeschlagen worden, Oddvar. Von *dir*!«

Oddvar stand schnaubend vor ihr. Seine Brust hob und senkte sich. Wenn er das spielt, ist er verdammt gut, dachte Ina und bemerkte mit einem Mal, dass der junge

Beamte sie misstrauisch beobachtete. Ihr war klar, welcher Version er größeren Glauben schenkte.

»Das ist die Wahrheit!«, schrie sie und hob die Haare an ihrem Hinterkopf an. »Guck doch mal hier!«

Oddvars Finger näherten sich langsam und tasteten vorsichtig über die blutende Stelle. Er nickte seinem Kollegen bestätigend zu.

»Die Verletzung könnte aber auch noch von dem Gerangel mit Ingrid stammen.«

»Was soll das, Oddvar! Warum sollte ich dich denn überfallen?«

Er musterte sie. »Verdammt gute Frage. Vielleicht hast du ja mehr zu verbergen, als ich geglaubt habe.«

»Du willst doch wohl nicht auf dieses Geschmiere anspielen, das Benedikte vorgelesen hat?«, fragte sie wütend.

Oddvar sah sie finster an. »Nicht zu vergessen, dass Halvor Vange ermordet auf deinem Grundstück gefunden wurde.«

Ina verlor die Fassung: »Mein Gott! Glaubst du wirklich, dass ich Halvor Vange umgebracht, ihn in meinem Schuppen versteckt und dann die Polizei gerufen habe? Und warum zum Teufel hätte ich dich überfallen sollen, wenn ich doch eh schon verdächtigt werde? Das ist kompletter Blödsinn, Oddvar. Außerdem war mit Sicherheit eine dritte Person hier – irgendjemand muss doch die Kellertür aufgemacht haben, oder nicht?«

Ina bemerkte erst jetzt, dass sie auf Zehenspitzen stand und dem Polizeichef von Skårnes fast ins Gesicht schrie. Sie war tatsächlich kurz davor, vollständig die Nerven zu verlieren. Irgendjemand hatte ganz sorgsam ein Netz aus Lügen um sie herum gesponnen. Und diesem Jemand war sie schrecklich blauäugig in die Falle gegangen. Langsam begann sie auch zu ahnen, wer diese Spinne sein konnte. Deshalb ermahnte sie sich noch einmal zur Ruhe, versuchte, Oddvars Blick einzufangen, beugte sich zu ihm vor und flüsterte: »Es war gar keiner hier, oder? Das warst du?«

Oddvar wich überrascht zurück. »Wie?«

»Du bist mir in den Stollen gefolgt. Du hast mich niedergeschlagen. Du hättest mich da unten lebendig begraben. Das warst du – die ganze Zeit über.«

Der junge Polizist sah von Ina zu Oddvar.

»Wer soll das denn sonst gewesen sein? Oder hast *du* da unten vielleicht Tom Kaser getroffen?«

Erst sah es so aus, als wollte Oddvar etwas erwidern, aber dann hielt er inne und machte ein nachdenkliches Gesicht. »Das könnte wirklich *er* gewesen sein.« Mit einem Mal war er ganz bei der Sache. »Erinnerst du dich an das Scheppern, das wir gehört haben? Das uns überhaupt erst nach hier unten geführt hat?«

Ina erinnerte sich, war aber nicht überzeugt von Oddvars erneutem Richtungswechsel. Nur die Götter wussten, welches Spiel er spielte und wozu er in der Lage war.

Er sah sie nachdenklich an. »Könnte Tom Kaser vor uns in den Stollen gestiegen sein? Und dann erst mich und kurze Zeit später dich niedergeschlagen haben?«

»Und wo ist er dann jetzt?«

»Du warst doch selbst unten. Das ist ein Labyrinth aus Tunneln und Stollen. Ich wette, dass einer davon ins Freie führt.« Oddvar straffte sich. »Er ist jetzt irgendwo da draußen im Wald. Er hat uns die ganze Zeit an der Nase herumgeführt.«

Ina nickte langsam, war aber noch immer nicht überzeugt. Trotzdem beschloss sie, erst einmal mitzuspielen. Wenn sie weiter die Konfrontation suchte, würde sie nicht Oddvar, sondern nur sich selbst in Schwierigkeiten bringen. In noch größere Schwierigkeiten.

Sie räusperte sich: »Warst du in dem Altarraum für Sonja?«

Oddvar nickte langsam. »Ja ... das war ... vollkommen surreal ...«

Er wandte sich wieder dem jungen Beamten zu. »Bestellen Sie die Kriminaltechniker her. Wir müssen auch diesen ...« – er deutete auf die Truhe – »unterirdischen Wahnsinn nach Spuren absuchen.«

Der Beamte nickte und ließ sie stehen.

Als er außer Hörweite war, beugte Ina sich zu Oddvar vor und flüsterte: »Was hast du jetzt vor, Oddvar?«

Er schob sich zu ihrer Überraschung noch näher an sie heran. Sie roch den Alkohol in seinem Atem, als er hervorstieß:

»Ich will dich nehmen. Hier auf dieser Truhe, rau und hart.«

Er nagelte sie mit seinem Blick fest. Ein Anflug von wilder Lust überkam sie, ehe sie sich voller Abscheu abwandte – Oddvars unerhörter Wunsch entsetzte sie ebenso wie ihre eigenen plötzlichen Triebe. Wo zum Teufel kamen *die* jetzt her?

Als sie es endlich wagte, wieder in seine Richtung zu blicken, sah sie nur, wie sein Rücken durch die Kellertür verschwand.

25

Skårnes, Sagsjøen
Sonntagmorgen, 8. Juni 2014

Der Traum begann wie immer. Sie fuhr über den schwarzen Asphalt. Gelbe Streifen teilten die Straße in zwei Hälften. Rechts und links dunkler Wald. Sie wurde langsamer, und schließlich rollte der Wagen nur noch im Schritttempo. Alles erstarrte, gefror. Trotzdem wusste Ina, was passieren würde. Gleich würde das Tier wie aus dem Nichts auftauchen und sie überrumpeln. Langsam nahm der Traum wieder Fahrt auf, das Auto beschleunigte, wurde schneller und schneller, und die Bäume kamen immer näher. Der Wald schloss sich um sie, während ihr die Streifen auf dem Asphalt entgegenflogen.

Plötzlich war er ganz am Rand, aus den Augenwinkeln zu sehen. Wie in Zeitlupe trat der Elch mit seinem Riesengeweih zwischen den Bäumen hervor, schob seinen gewaltigen Körper vor dem Auto auf die Straße und kippte langsam auf ihre Motorhaube.

Der Knall.

Das Splittern der Scheibe.

Alles veränderte sich. Die Fahrt wurde noch schneller. Das Auto drehte sich wie ein Karussell. Schnell und immer schneller.

Der Elch wurde durch den Aufprall aus ihrem Blickfeld katapultiert, während das Auto weiterschleuderte, bis es irgendwann quer auf der Fahrbahn stehenblieb. Der Motor im Leerlauf. Ein stilles, monotones Brummen.

Sie rutschte auf die Beifahrerseite und stieg aus. Wusste, wo er war, hörte das erstickte, tierische Schnauben.

Ruhig streichelte sie das große Tier. Finger auf verschwitztem Pelz. Die Augen starrten sie an. Flehten. Mach dem ein Ende. Jetzt. Hier. Sie wusste auch, wo der Stein lag. Kannte den Weg durch den Wald. Sie erhob sich und ging zielstrebig fort, ließ das Tier liegen, verschwand zwischen Bäumen, Gras und Heide.

Gleich darauf lag der große Stein vor ihr. Sie hob ihn auf, der Felsbrocken war gar nicht so schwer, und in ihrem Traum lief sie mit leichten Schritten zurück zu dem Elch. Der Stein wog nichts. Auch der Elch wusste, was geschehen würde, was geschehen musste. Sie fühlte sich seltsam schwerelos, als sie den Stein anhob, höher und höher, und ihn dann fallen ließ. Aus genau der richtigen Höhe, an genau der richtigen Stelle. Sie schloss die Augen, stopfte sich die Finger in die Ohren. Wollte das Knacken nicht hören, das sich aber trotzdem in ihre Ohren bohrte.

Plötzlich war sie wach. Vollkommen verschwitzt. Der Rest des Alptraums kam nie. Die Unterführung. Sonja. Das war wie weggewischt. Ina versuchte, sich zurechtzufinden. Sie lag auf dem Bett in der Hütte, die Decke unter sich, noch immer im Abendkleid. Sie stank.

Und sie sah schrecklich aus. Ihr Körper war übersät von kleineren und größeren Wunden, Kratzern, Rissen, Schwellungen. Am schlimmsten fühlte sich ihr Kopf an – ein Planet aus stechenden Schmerzen. Sie musste schleunigst ein oder zwei Schmerztabletten nehmen.

Ina warf einen Blick auf ihr Handy und stellte überrascht fest, dass sie mehr als acht Stunden am Stück geschlafen hatte. Das musste in diesem Jahr ein neuer Rekord sein. Dann versuchte sie sich zu erinnern, wie der schreckliche gestrige Tag zu Ende gegangen war.

Nachdem der junge Beamte, Sondre, sie gegen zwei in die Hütte gefahren hatte, musste sie direkt ins Bett gefallen sein. Auf jeden Fall hatte sie sich nicht mehr ausgezogen.

Sie richtete sich auf. Um sie herum drehte sich alles, und sie ließ sich fluchend noch einmal auf die Matratze fallen. Was für eine große Sehnsucht nach Amund, Guro und Eline sie auf einmal empfand. Wenn sie doch nur hier wären und sie sie in die Arme nehmen könnte. Sie würde sie nie wieder loslassen. Dann wich ihre Verzweiflung einer grenzenlosen Scham. Sie kniff die Augen zusammen, und die Gesichter ihrer Kinder verschwanden. Dass es ihr immer wieder gelang, all das Gute von sich zu stoßen! Dann riss sie die Augen wieder auf und dachte trotzig, dass sie sich jetzt nicht irgendwelchen selbstzerstörerischen Phantasien hingeben durfte. Sie musste pragmatisch vorgehen, die nächsten Stunden planen, einen möglichst schmerzfreien Ausweg aus diesem tiefsten aller Täler finden: Tabletten, ein morgendliches Bad im See und dann ein ausgedehntes Frühstück mit Kaffee, Eiern und Speck.

In der nächsten Sekunde verwarf sie das alles gleich wieder. Sie konnte jetzt ganz sicher nicht aufstehen. Musste einfach noch ein bisschen liegenbleiben und den Kater ertragen. Und vielleicht noch einmal den gestrigen Tag durchgehen, Minute für Minute, um die Eindrücke zu einem Bild zusammenzusetzen, das ihr vielleicht etwas verriet. Reue war jetzt fehl am Platze, sie musste die Ereignisse so minutiös wie möglich Revue passieren lassen.

Vielleicht ergaben sich so ja andere Antworten auf all die verwirrenden Fragen.

Die einzige konkrete Verabredung, die sie hatte, war um fünfzehn Uhr mit dem jungen Beamten in der Polizeiwache von Skårnes. Sie sollte eine offizielle Aussage machen. Vermutlich würde man sie ziemlich schonungslos über alles Mögliche ausfragen. Immerhin war bei ihr auf dem Grundstück ein Toter gefunden worden. Und über die ebenso erschreckenden wie verwirrenden Minuten in dem Stollen unter dem Kaserschen Haus herrschte ja auch noch Unklarheit.

Ina seufzte. Sie musste eine SMS an Amund schicken und ihm mitteilen, dass sie sich verspäten würde. Bis zu dem geplanten gemeinsamen Abendessen würde sie es wohl nicht schaffen. Im Moment war das aber ihre geringste Sorge. Was, wenn Oddvar bei der Befragung ebenfalls anwesend wäre?

Was war überhaupt mit ihm los? Welche Dämonen ritten ihn?

Und auch der Alkoholdunst, als er sie unten im Keller plötzlich angemacht hatte, und die überrumpelnden, rohen Worte waren mit einem Mal wieder da. Wie auch die plötzliche Lust, die sie gespürt hatte. Hässliche Leidenschaft. Die Übelkeit und das Gefühl der Scham danach.

Plötzlich hatte sie Gänsehaut auf den Armen. Sie verfluchte ihn. Dieser Idiot!

Aus reinem Trotz drehte sie sich auf die Seite und nahm ihr Handy vom Nachtschränkchen. Der Akku war fast leer. Sie fuhr mit dem Finger über das Display und erstarrte.

Sie hatte eine neue E-Mail erhalten.

Bestimmt nur Spam, redete sie sich ein. Reklame für

einen Billigflug oder irgendeinen Boutique-Sonderverkauf.

Sie klickte die Mail an.

Als sie den Absender sah, hätte sie am liebsten laut aufgeschrien: sonja.lerdahl@lamegvereifred.com.

Der Alptraum war also noch nicht zu Ende.

Sie nahm all ihre Kraft zusammen, wurde aber trotzdem leichenblass, als sie die wenigen Zeilen las:

Ina Grieg!

Guten Morgen! Die Zeit ist reif. Die Zeit, die Zeit. Heute um 14.00 Uhr wirst du mich unter der Linde am Gjeldshammar treffen. Du musst allein kommen. Sonst werde ich nicht von den Toten auferstehen. Es ist deine einzige Chance, wenn du erfahren willst, was mit mir geschehen ist. Aber denk dran: Nur du. Nur du und ich. Wir beide. Dort am alten Opferplatz wollen wir uns treffen. Ich werde meine Schulden eintreiben, ich werde dich zwingen, die Augen zu öffnen. Dir zeigen, was damals wirklich passiert ist. Ich werde dir die Augen öffnen und sie anschließend wieder schließen. Hab keine Angst. Du wirst Ruhe finden, selig und still. Und wenn du dann schläfst, werde ich auf dich aufpassen. Niemand sonst.

Sonja Lerdahl

Inas Gedanken rasten. Was war das denn jetzt? Wer quälte sie nur mit diesen kranken Nachrichten? Ihr Verstand sagte ihr, dass natürlich nicht Sonja diese E-Mails geschrieben hatte. Aber konnte sie sich wirklich hundertprozentig sicher sein? Was, wenn Sonja doch noch am Leben war?

Aber wenn nicht sie es war, die das geschrieben hatte – wer dann?

Ina gab sich alle Mühe, systematisch das Wenige durchzugehen, das sie wusste. Sie hatte zwei Mails von diesem Account bekommen. Ziemlich unterschiedliche Mails. Die erste forderte sie auf, ihre Schnüffeleien einzustellen. Die betreffende Person musste also mitbekommen haben, dass sie bei Ragnhild Lerdahl gewesen war.

Dann gab es den Brief, der vor dem Klassentreffen plötzlich auf ihrer Veranda gelegen hatte. Der erste Teil eines Geständnisses. Geschrieben von jemandem, der beteuerte, bald sterben zu müssen. Wollte er sich seine Sünden von der Seele reden, bevor es zu spät war, und war dieselbe Person verantwortlich für Sonjas Verschwinden?

Und jetzt die Aufforderung, Sonja am alten Opferplatz zu treffen?

Ina versuchte, sich zu konzentrieren. Sie musste von jetzt an die richtigen Entscheidungen treffen. Sollte sie um vierzehn Uhr zu dem Treffen gehen oder nicht? Sie hatte keine Ahnung, wo dieser Platz war. Gjeldshammar? Oder ob es ihn überhaupt gab. Und konnte sie es wagen, dort wie gefordert allein zu erscheinen, oder sollte sie die Polizei verständigen? Und damit auch Oddvar?

Im nächsten Augenblick meldete sich ihr Instinkt, und plötzlich sah sie einen anderen Ausweg. Es gab nämlich jemanden, den sie um Rat fragen und der sie vermutlich auch zum Gjeldshammar begleiten konnte. Katrine. Außerdem hatte ihre Jugendfreundin vielleicht weitere Informationen über Oddvar, schließlich waren die beiden früher ja mal zusammen gewesen.

Ina wählte Katrines Nummer. Sekunden später krächzte deren müde Stimme durch die Leitung: »Ina! Verdammt ... so früh!«

Sie gab ihr rasch eine Kurzversion der nächtlichen Geschehnisse. Von Halvor Vange, der tot in ihrem Schuppen gelegen hatte, über die abenteuerliche Suche in Tom Kasers Haus bis hin zu der Mail, die sie bekommen hatte.

Katrine hörte sich ziemlich schockiert an. »Jesus, Ina. Halvor Vange? Tot? Und Tom Kaser ... ein unterirdisches Stollensystem ... das ist doch komplett verrückt!«

»Ja, ja, vergiss das jetzt mal. Weißt du, wo das ist? Gjeldshammar? Irgendeine Linde im Wald?«

Katrine zögerte. »Jaaa, das ist doch ...«

»Ja?«

Katrine seufzte, bevor sie weiterredete: »Das ist jetzt wohl Wasser auf deine Mühlen. Aber den Gerüchten nach ist das der Ort, an dem Tom Kaser und Sonja sich immer getroffen haben.«

Ina spürte, wie sich ein kaltes Kribbeln in ihren Adern ausbreitete. »Kannst du mich um zwei Uhr dahin begleiten?«

»Solltest du stattdessen nicht lieber Oddvar informieren? Das hört sich wirklich nach einer Sache für die Polizei an.«

Ina erzählte ihrer Freundin von ihrem Verdacht gegen Oddvar. Katrine wirkte vollkommen überrascht. »Aber, mein Gott, aber ...« Sie verstummte, und als sie kurz darauf weiterredete, glaubte Ina, in ihrer Stimme einen anderen Ton zu hören – eine Art Skepsis oder Verwunderung, die zuvor nicht da gewesen war. »... ich kann mir beim besten Willen nicht vorstellen, dass Oddvar … na ja, er ist ja ein wandelndes Mysterium. Egal, wir sind beide erfahrene Kickboxerinnen, wir sollten mit einer Sonja Lerdahl doch wohl fertigwerden.«

»Aber sie ist es nicht. Das ist doch wohl klar, oder?«

»Ich blicke da wirklich nicht mehr durch. Aber okay, ich zeige dir den Weg zum Gjeldshammar. Hoffentlich finde ich den noch.«

Ina fiel eine Riesenlast von den Schultern. »Danke, Katrine, das werde ich dir nie vergessen.«

»Was tut man nicht alles für Freunde. Ich bin dann gegen halb zwei bei dir.«

Für einen Moment sagte keine der beiden etwas, als ginge ihnen erst jetzt der Ernst der Lage auf.

Dann verabschiedete Ina sich und legte auf.

Gleich darauf bekam sie eine SMS. Sie zuckte zusammen, atmete aber erleichtert auf, als sie sah, dass die Nachricht von Amund war. Sie klickte sie an, und ihre beiden Zwillinge grinsten ihr breit entgegen. Sie frühstückten frisch gebackene Karottenscones. »Topp-Stimmung hier bei uns. Wie geht's unserer Partylöwin?«, lautete der Text.

Tränen stiegen ihr in die Augen, und sie legte das Handy schnell weg. Dabei fiel ihr auf, dass der Akku jetzt fast vollständig entladen war. Bevor sie aufstand, dachte sie, dass sie ihr Ladegerät finden musste. Dann fiel ihr ein, dass sie in der Hütte ja gar keinen Strom hatte.

Ein Blick in den Spiegel ließ sie erstarren.

Ihr Gesicht strahlte nach der Prügelei mit Ingrid in den unterschiedlichsten Blau-, Gelb- und Rottönen. Sie sah wirklich schrecklich aus. Die größten Beschwerden bereitete ihr aber noch immer die Beule am Hinterkopf.

Sie griff nach ihrer Kulturtasche und nahm ein paar Schmerztabletten. Ibuprofen und Paracetamol. Damit sollte der Tag beginnen können.

Als ihr Körper wenig später in das kalte Wasser des Sees tauchte, kam ihr wieder die Idee in den Sinn, die sie am Abend zuvor gehabt hatte. Und plötzlich wusste sie, womit sie die Wartezeit ausfüllen konnte, bis Katrine und sie es mit dem anonymen Briefschreiber aufnehmen würden.

26

Die Schiebetüren der Altenwohnanlage Skårnes öffneten sich lautlos. Ina betrat das Foyer, schob die Sonnenbrille hoch, mit der sie ihre Blessuren notdürftig zu verstecken versuchte, und starrte auf die Informationstafel. Dann folgte sie dem Schild in Richtung Rezeption.

Der Geruch nach stillstehender Zeit wurde mit jedem Schritt stärker. Eine Mischung aus Essen, rotem Tee, Neutralseife, Bohnerwachs und Alter. Menschen, die hier auf den unausweichlichen Endpunkt ihres Lebens warteten.

Ina trat an die Empfangstheke, die aber auch nach zweimaligem Klingeln verwaist blieb. Gleich darauf hatte sie jedoch Glück und bekam auf dem Flur einen Pfleger zu fassen.

»Ich würde gerne Frau Vange besuchen.«

Er sah sie verständnislos an. »Es ist jetzt gar keine Besuchszeit. Sind Sie eine Verwandte?«

Ina schüttelte den Kopf. »Aber es ist wichtig. Ich bin Psychologin.«

Etwas Dümmeres hätte sie kaum sagen können. Der Mann nahm sie prompt unter die Lupe, als wollte er ihre Zurechnungsfähigkeit beurteilen. »Ja, und? Was wollen Sie bei ihr?«

Ina gab alle Versuche, sich an die Wahrheit zu halten, auf. »Sie war meine Nachbarin, als ich noch klein war. Ich würde sie sehr gerne sehen und sie etwas über meine Familie fragen.«

Der Pfleger zögerte einen Augenblick, nahm ihr die Lüge dann jedoch ab. »Kommen Sie mit. Aber machen Sie sich keine großen Hoffnungen.«

»Warum nicht?«

»Das sehen Sie dann gleich.«

Etwas verwirrt folgte Ina dem Mann. Die Sohlen seiner Schlappen klatschten bei jedem Schritt geräuschvoll auf den Boden. Am Ende des Flures blieb er stehen und deutete auf eine der Türen, bevor er in umgekehrter Richtung wieder verschwand. Ina richtete ihren Blick auf das Namensschild an der Tür: *Kristel Vange.*

Sie nahm all ihren Mut zusammen und klopfte vorsichtig an. Von drinnen war ein »Ja« zu hören.

Langsam öffnete Ina die Tür.

Der Anblick, der sich ihr bot, ließ sie zusammenzucken. In dem kleinen, funktional eingerichteten Raum lag eine alte Frau auf dem Bett und starrte leer vor sich hin. *Die Zeit, die Zeit.* Auf dem Stuhl neben dem Bett saß Oda Vange.

»Besuch für dich, Mama.«

Odas Gesicht war geschwollen, trotzdem rang sie sich

tapfer ein Lächeln ab. Da es ihr weh zu tun schien, gab sie das Vorhaben rasch wieder auf und deutete stattdessen mit einem Nicken auf den freien Stuhl, der auf der anderen Seite des Bettes stand. Ina nahm Platz. Sie und Oda wechselten immer wieder Blicke über die alte Frau hinweg. Von Odas Mundwinkel zog sich eine hässliche Platzwunde Richtung Kinn, und ein Auge war beinahe vollständig zugeschwollen.

Beide Frauen waren von Ingrids Fäusten heftig gezeichnet.

Trotzdem wirkte Oda deutlich präsenter als ihre Mutter, die das Geständnis, das auf Inas Veranda gelegt worden war, nicht geschrieben haben konnte. Das war Ina schon beim Betreten des Raumes klargewesen.

Die alte Frau im Bett war dement. Sie wedelte mit den Händen durch die Luft und redete Unsinn. Manchmal wurde sie etwas lauter und schimpfte »So hilf mir doch«, bevor ihre Hände wieder auf die Decke sackten und ruhig liegen blieben, bis es ein paar Minuten später von vorne losging.

Sie hatte nicht bemerkt, dass Ina ins Zimmer gekommen war. Und auch die Anwesenheit ihrer Tochter schien ihr vollkommen zu entgehen.

»Das ist deine Mutter, nicht wahr?«

Oda lächelte kurz. »Ja. Aber sie ist schon lange in diesem Zustand.«

»Du wohnst nicht mehr hier in Skårnes, oder?«

»Ist das ein Vorwurf?«

»Nein, wieso denn. Hat mich nur interessiert. Ich hab gehört, du lebst in Schweden?«

Ina glaubte ein Nicken zu erkennen. Jede noch so kleine Bewegung schien Oda weh zu tun.

»In der Nähe von Karlstad, mit Freund und Hund.«

»Kinder?«

Oda schnaubte. »Um Gottes willen. Mit meinen Genen sollte das verboten sein.«

Ina erinnerte sich plötzlich an das, was Oddvar über Oda erzählt hatte. Sie versuchte, deren Blick zu deuten, sah aber nur dieselbe verschlossene Härte, die sie noch von früher kannte.

»Übrigens, mein Beileid wegen deines Bruders.«

Oda musterte sie eine ganze Weile. So sieht niemand aus, der trauert, dachte Ina, als Oda die Arme vor der Brust verschränkte wie jemand, der sich ertappt fühlt.

»Spar dir dein Beileid. Den wird niemand vermissen. Ich bestimmt nicht. Aber wurde er wirklich bei deiner Hütte gefunden?«

»Ja, ich versteh das auch nicht. Jemand muss ihn in meinem Schuppen abgelegt haben, um mir die Schuld in die Schuhe zu schieben.«

Oda sah Ina jetzt sichtlich interessiert an. »Kaser?«

»Keine Ahnung.«

»Verrückt. Auf jeden Fall eine blöde Idee.«

»Wieso?«

»Na ja, ich denke, es ist allen klar, dass du niemals jemanden töten könntest.«

Ina suchte nach den richtigen Worten. Fand sie aber nicht. Vor sich sah sie das Flehen in den Augen des Elches und den nach unten sausenden Stein.

»Ich kenne mich mit so was aus«, fuhr Oda fort. »Und du, Ina Grieg, hast das ganz einfach nicht in dir. Sorry.«

»Danke. Machst du deinem Bruder noch immer Vorwürfe für ... irgendetwas?«

»Man sollte seine Worte vorsichtig wählen. Er war

ein gewalttätiges Arschloch. Das steht außer Frage. Und es überrascht mich nicht, dass er ermordet wurde. Ich kann mir gut vorstellen, dass ihm einige den Tod gewünscht haben.«

»Du auch?«

Oda ließ ein trockenes Lachen hören. »Ich habe mich für eine andere Strategie entschieden: Ich bin so weit weggelaufen, wie ich nur konnte. Hatte mit meinem Bruder seit mehr als zwanzig Jahren keinen Kontakt mehr.«

Und dann wird er ganz zufällig an dem Wochenende ermordet, an dem du hier bist, dachte Ina, sagte es aber nicht, sondern gab sich Mühe, die Sache vorsichtiger anzugehen.

»Hast du in den letzten Tagen eigentlich oben bei ihm gewohnt?«

»Nee, das kam nicht in Frage. Ich habe eine Campinghütte gemietet. Heute Morgen habe ich ausgecheckt, aber ich wollte noch mal bei Mama vorbeischauen.«

»Ich hätte nicht gedacht, dass du zum Klassentreffen kommst …«

Ein vorsichtiges Lächeln breitete sich auf Odas Gesicht aus. »Das hat mich selbst überrascht, aber ich dachte, es könnte vielleicht so etwas wie eine Therapie sein … all diese Leute wiederzusehen.«

»Inwiefern?«

»Na ja, die Stunden in der Schule waren trotz allem die Momente meiner Kindheit und Jugend, an die ich mich mit einer gewissen Freude erinnere. Dabei hatten wir ja nun wirklich genug Idioten in der Klasse. Aber zu Hause war es viel schlimmer. Da war jede Sekunde die reinste Hölle.«

Ina spürte, dass Oda sich ein wenig öffnete. Vielleicht

konnte sie doch noch etwas mehr über den mysteriösen Vange-Hof erfahren.

»Welcher deiner Brüder war denn der schlimmere?«

Oda verdrehte die Augen. »Die waren beide gleich schlimm. Jeder auf seine Weise. Halvor war der schlichte, brutale Typ. Geir hat nicht so gerne zugeschlagen, er war aber gerissener, hinterhältiger. Am schlimmsten war mein Vater. Gewalttätig bis zum Gehtnichtmehr. Und immer dieser Psychoterror …«

»Und deine Mutter musste büßen?«

»Wir alle mussten das, am meisten allerdings sie«, bestätigte Oda und tätschelte die Hand der alten Frau. »Es ist schwer zu sagen, ob sie durch die Schläge, die sie immer wieder einstecken musste, so geworden ist, oder ob das wirklich Alzheimer ist.«

Ina warf schaudernd einen Blick auf Kristel Vange, die in diesem Moment wie auf ein Zeichen hochschnellte und aufschrie, bevor ihr Körper wieder in die Kissen zurücksackte und still liegen blieb. Jetzt, dachte sie. Jetzt muss ich fragen.

»Weißt du eigentlich, dass auch deine Brüder Sonja gequält haben?«

Oda zuckte mit den Schultern. »Klar haben sie das. Die haben doch alle schikaniert. Mich eingeschlossen.«

Ina schluckte. »Glaubst du, dass … dass sie etwas mit Sonjas Verschwinden zu tun haben?«

»Wundern würde mich das nicht. Aber Tom Kaser war sicher auch kein Engel.«

»Wie meinst du das?«

»Geir hat mir das mal erzählt. Sie haben Kaser und Sonja erwischt, wie sie es im Wald miteinander getrieben haben, oben am Gjeldshammar.«

Wieder lief Ina ein Schauer über den Rücken. Zum zweiten Mal innerhalb kurzer Zeit wurde dieser seltsame Name genannt.

»Das ist ein Ort oben direkt an der Felswand. Da steht eine Riesenlinde«, fuhr Oda fort. »Tom Kaser soll den Baum total verehrt haben. Er war ja ein ziemlicher Nerd. Da haben Geir und Halvor die beiden jedenfalls beobachtet. Angeblich ging es ziemlich zur Sache. Und Sonja war damals ja erst vierzehn, Kaser hingegen schon fast erwachsen. Auf jeden Fall war Sonjas Schicksal in diesem Moment besiegelt. Geir und Halvor hatten etwas gegen sie in der Hand – was sie und Kaser getrieben hatten, war ja verboten –, und dass meine Brüder das irgendwie ausnutzen würden, war mir vollkommen klar.«

Ina lehnte sich zurück. Damit hatte sie wieder ein Teil in ihrem Puzzle gefunden. Sie durfte jetzt aber nicht lockerlassen, sondern musste Oda so viele Informationen wie möglich entlocken.

»Warum hat Ingrid dich gestern überhaupt angegriffen?«

Oda reagierte wachsam. In ihrem Blick lag plötzlich etwas Feindseliges. Dann schien sie sich aber doch dafür zu entscheiden, Ina alles zu erzählen. Ihr Körper sackte leicht in sich zusammen. »Es ging wohl um ihren Ehemann.«

»Du und Oddvar – ihr hattet was miteinander, als ihr jung wart, oder?«

Oda starrte leer vor sich hin, bis sie antwortete: »In gewisser Weise. Aber das ist wirklich lange her. Ich kapier nicht, wie die dumme Kuh da jetzt noch drunter leiden kann. Die ist doch vollkommen verrückt.«

»Wirst du sie anzeigen?«

»Nein. Ich will das einfach vergessen. Und du?«

Ina schüttelte den Kopf. »Aber worum ging es?«

Oda seufzte tief, nahm wieder die Hand ihrer Mutter und drückte sie fest. »Oddvar und ich hatten Sex. Mehr war da nicht. Leider. Oder glücklicherweise. Wer weiß.«

Ina beugte sich vor. »Warst du *auch* in Oddvar verliebt?«

»Kann schon sein. Aber der ist auch nur ein geiler Bock – genau wie die anderen.«

»Entschuldige die Frage, aber wollte er eine ... eine ganz spezielle Art von Sex?«

»Mag sein, dass manche Leute das speziell finden. Oddvar jedenfalls nicht. Er ist ein Sadist.«

»Was genau war denn das Problem?«

Odas Gesicht verzog sich zu einem höhnischen Grinsen. Gleichzeitig glaubte Ina, einen verletzlichen Unterton zu hören.

»Keine seiner damaligen sogenannten Freundinnen – Ingrid oder Katrine – konnte ihn richtig zufriedenstellen. Und jedes Mal, wenn sich seine sadistischen Triebe meldeten, tauchte er auf unserem Hof auf. Wenn ich das leise Klopfen an der Hintertür hörte – drei Mal –, wusste ich, dass er es war.«

»Und was habt ihr gemacht?«

Oda schnaubte. »Muss ich da wirklich ins Detail gehen? Eigentlich waren das nur ... Rollenspiele. Ich musste mich ihm unterwerfen, das Opfer spielen. Gleichzeitig hat es ihn angemacht, dass wir jederzeit überrascht werden konnten. Einmal haben wir es an der Linde oben am Gjeldshammar getrieben. Aber das war lange nachdem wir erfahren hatten, dass das Kasers und Sonjas Platz gewesen war.«

Ina fühlte sich nur noch verwirrter als zuvor. Das einzig Sichere war wohl, dass Oddvar Borges Leben auf vielen Lügen basierte.

»Und deshalb ist Ingrid gestern auf dich losgegangen?«

Oda nickte.

»Was glaubst du, wie sie davon erfahren hat?«

»Vielleicht hat sie selbst spioniert. Ich weiß es nicht. Aber eine Sache möchte ich dir noch sagen. Ich persönlich hatte nie irgendwelche Phantasien ... unterdrückt oder dominiert zu werden. Das war Oddvars Spiel. Ich habe freiwillig mitgemacht, das ist richtig. Aber wohl nur, weil ich wusste, dass ...« Wieder war da dieser zerbrechliche Ton in Odas Stimme. »... dass das die einzige Möglichkeit war ... ihn zu haben.«

Ina saß ganz vorn auf der Stuhlkante und hielt den Atem an. Ob diese Information wichtig war oder nur von Sonjas Verschwinden ablenken sollte?

»Was glaubst du, warum mochte Oddvar diese ...«

»Diese Sadomaso-Sachen? Ich habe ehrlich gesagt keine Ahnung. Wir sind halt alle verschieden. Manchmal strahlte er aber wirklich eine ungeheure Wildheit aus. Angst hatte ich nicht vor ihm, doch ich wusste, dass ich ihm in diesen Momenten gehorchen musste, sonst ...«

»Wussten deine Brüder über euch Bescheid?«

Oda riss die Augen auf. »Nein, bist du verrückt. Die hätten uns grün und blau geschlagen. Außerdem war es ja gerade das Risiko, was Oddvar so angemacht hat.«

Ina versuchte, die Informationen zu verdauen, so ganz wollte es ihr jedoch nicht gelingen. Trotzdem wusste sie tief in ihrem Inneren, dass Oda die Wahrheit gesagt hatte. Auch sie hatte Oddvars dunkle Seite zu spüren bekommen, zuletzt in der vergangenen Nacht in Tom Kasers Keller.

Außerdem – warum sollte sie lügen, das brächte ihr ja keine Vorteile.

Oder vielleicht doch? Ina wurde plötzlich unsicher.

27

Als es leise an der Hüttentür klopfte, schrak Ina aus dem Schlaf und taumelte benommen zur Tür. Sie musste eingedöst sein, als sie das Gespräch mit Oda noch einmal Revue hatte passieren lassen.

Katrines Gesicht tauchte in der Türöffnung auf. Sie sah ernst aus, trug Wanderschuhe und schwarze Regenklamotten und hatte die Haare zu einem Pferdeschwanz zusammengebunden. »Fertig?«

Ina unterdrückte ein Gähnen. »So fertig, wie man nur sein kann.«

»Hast du Regensachen?«

»Nein …«

»Es ist aber ziemliches Mistwetter.«

»Na ja, ich werd's schon überleben.«

»Guck mal«, sagte Katrine, »ich habe dir Jans Regensachen mitgebracht. Er ist ja ein Zwerg.« Sie warf ihr eine Plastiktüte zu.

Ina beäugte sie skeptisch.

Katrine las ihre Gedanken. »Beruhige dich, Ina. Die sind frisch gewaschen.«

Ina zog die Sachen gehorsam an, sie passten wirklich perfekt. »Sehe ich jetzt aus wie Jan?«

Katrine lächelte müde. »Nein, glücklicherweise nicht.«

Schweigend machten sie sich auf den Weg. Das Wetter war tatsächlich umgeschlagen. Es regnete so stark, dass die Bäume hinter der Hütte wie eine dunkle Kulisse wirkten. Ina setzte die Kapuze auf. Die Tropfen klatschten auf das Goretex.

Als sie beim Auto ankam, realisierte sie, dass Katrine nicht mehr hinter ihr war. Sie drehte sich suchend um und sah, dass die Freundin wie gebannt in Richtung Schuppen starrte.

»Da hast du ihn gefunden?«

Ina nickte.

Katrine schüttelte den Kopf. »Und das gleich, nachdem ich gefahren bin …«

»Glück für dich. War kein schöner Anblick.«

»Ich hätte hier sein sollen. Hier bei dir.«

»Mein Gott, du konntest ja nicht wissen …«

»Du warst sternhagelvoll, Ina. Ich hätte bei dir bleiben und auf dich aufpassen müssen.«

Ina wurde ärgerlich. »Ich bin kein kleines Kind mehr. Außerdem war es vielleicht ganz gut, dass ich betrunken war, als ich ihn gefunden habe. Diesen Anblick werde ich nie vergessen.«

»Hm. Seltsam, ich verspüre keinerlei Trauer. Wenn ich an all den Mist denke, den der Typ gemacht hat …«

»Das wirklich Seltsame ist doch wohl, dass er an *diesem* Wochenende ermordet wurde.«

Katrine musterte sie verständnislos. »Wie meinst du das?«

»Na ja, alles spitzt sich bei diesem Klassentreffen zu. Ich bekomme geheimnisvolle E-Mails und Briefe, Oda Vange ist zum ersten Mal seit Ewigkeiten wieder hier …«

Katrine sah nachdenklich vor sich hin. »Da sagst du was.«

»Ich habe sie übrigens eben im Altersheim getroffen.«

Katrine blickte überrascht auf. »Im Altersheim?«

»Ich wollte eigentlich die alte Frau Vange besuchen. Sie fragen, ob sie etwas über Sonja weiß. Aber dann habe ich mit Oda geredet. Ihre Mutter ist nicht mehr zurechnungsfähig.«

»Ina, du musst jetzt wirklich aufhören.«

Katrines scharfer Ton verwirrte sie. »Womit aufhören?«

»Mit diesen Nachforschungen wegen Sonja. Du bist ja ganz besessen davon. Dabei gibt es da draußen offensichtlich gefährliche Leute, denen deine Schnüffelei ganz und gar nicht gefällt. Das ist doch wohl klar. Um ehrlich zu sein, habe ich keine große Lust, zum Gjeldshammar zu gehen.«

Ina sah ihre Freundin überrascht an. »Warum nicht?«

»Was, wenn Tom Kaser uns da erwartet? Hast du darüber mal nachgedacht?«

»Ja … aber ich glaube nicht, dass er …«

»Du bist so unglaublich naiv, Ina!«, fiel Katrine ihr ins Wort.

Ina wich ihrem Blick aus, sie war gleichermaßen verwirrt wie beleidigt. »Aber …«

»Du hast das eben am Telefon doch selber gesagt«, fuhr Katrine fort. »Derjenige, der dir diese Mails geschrieben hat, wartet um zwei an der Linde auf dich.

Das ist *Kaser*!« Sie hielt Ina mit ihrem Blick eine Sekunde fest. »Es ist wirklich gut, dass jemand auf dich aufpasst.«

Ina suchte nach den richtigen Worten. Ohne Erfolg.

Katrine starrte sie nur voller Ernst an. »Fahren wir?«

»Bist du ganz sicher, dass du das auch willst?«

»Man muss für seine Freunde da sein. So ist das einfach, also komm.«

Ina nickte, folgte Katrine die letzten Schritte zum Wagen und setzte sich auf den Beifahrersitz. Der raue Stoff der Regenhose scheuerte über den Ledersitz. Katrine drehte sich um, legte die Hand hinter Inas Kopfstütze und setzte in einem Bogen zurück.

Dann fuhr sie los.

28

Fünf Minuten später parkte Katrine am Ende einer schmalen Schotterstraße. Ina stieg aus und sah sich um. Vor ihnen am Waldrand lag der Fußballplatz, von dort war es nicht weit bis zur beleuchteten Loipe und zur Schule. Trotzdem war Ina hier noch nie gewesen. Ein Waldweg zog sich, flankiert von einigen wenigen Laternen, zwischen den Bäumen hindurch. Es musste ein Teil der Loipe sein. Und für Sonja möglicherweise eine Abkürzung zur Schule. Durch den Wald war es bis zu ihr nach Hause sicher nur ein knapper Kilometer.

Ina wandte sich an Katrine. »Führt die Loipe eigentlich auch am Vange-Hof vorbei?«

»Ich glaube nicht.«

»Aber die beiden könnten Sonja hier aufgelauert haben.«

»Natürlich.«

Ina blieb nachdenklich stehen. »In welcher Richtung liegt der Gjeldshammar?«

Katrine zeigte auf die andere Seite des Sportplatzes. »Da drüben führt ein Pfad in den Wald. Jedenfalls war da früher einer. Kann sein, dass er jetzt zugewachsen ist.«

»Und wie weit ist das?«

Katrine sah auf die Uhr. »Wir schaffen es noch bis zwei, wenn wir uns beeilen.« Sie folgte ihrer eigenen Aufforderung und ging mit großen Schritten über den Fußballplatz. Ina wollte ihr gerade nacheilen, als sie das Vibrieren in ihrer Hosentasche spürte. Das Handy. Ausgerechnet jetzt. Trotzdem nahm sie es heraus und erstarrte, als sie den Namen auf dem Display las.

Oddvar Borge.

Ihr Puls beschleunigte sich.

Sie kämpfte gegen die Lust an, das Gespräch anzunehmen, wollte ihm diese Freude nicht machen. Außerdem konnte er ja auch derjenige sein, der an der Linde auf sie wartete. Das Klingeln und Brummen verstummte, als sich die Mailbox einschaltete.

Kurz darauf bekam sie die Mitteilung, dass eine neue Nachricht eingegangen war.

»Kommst du?« Katrines Stimme schnitt sich in ihre Gedanken. Die Freundin stand im Regen und trat von einem Bein aufs andere.

»Das war mein Mann«, rief Ina. »Er hat mir eine Nachricht hinterlassen. Ich muss die eben abhören.«

Katrine stöhnte resigniert auf.

Ina hielt sich mit zitternden Fingern das Telefon ans Ohr. »Letzte eingegangene Nachricht, heute dreizehn Uhr zweiundvierzig«, meldete sich die Ansage.

Dann war Oddvars Stimme zu hören. Sie klang zögerlich: »Du, Ina ... das gestern ... das tut mir leid. Eigentlich rufe ich aber an, weil wir herausgefunden haben, wer dir diese E-Mails geschickt hat ... also die von Sonja Lerdahls Adresse.« Er machte eine Pause. Ina spitzte die Ohren. Endlich war er wieder zu hören: »Also, ich weiß nicht, ob ich das einfach so auf eine Mailbox sprechen darf ... aber vielleicht ist es ja eilig. Jedenfalls, die Adresse ist mit einem anderen E-Mail-Konto gekoppelt.« Erneute Pause. »Ich würde es am liebsten nicht sagen, aber das Konto gehört Jan Stormark. Ruf mich an, wenn du diese Nachricht abgehört hast ...«

Danach folgte nur noch ein Klicken.

Ina starrte wie versteinert auf das Display, das im selben Augenblick schwarz wurde. Der Akku war leer. Langsam richtete sie ihren Blick auf Katrine, die ihr ungeduldig zuwinkte, sie solle sich beeilen.

Der Kloß in Inas Hals wurde nur noch größer, als ihr bewusst wurde, was Oddvar gesagt hatte. Jan Stormark, dachte sie. Dein Mann, Katrine. Wartet *er* dort hinten auf uns?

Plötzlich musste sie an Jans kräftige Hände denken. Ob sie Sonja zum Verhängnis geworden waren?

Sie versuchte, das ungute Gefühl abzuschütteln, aber die Gedanken rasten weiter durch ihren Kopf. Konnte das wirklich sein? Plötzlich erinnerte sie sich an einen Satz, der am vorletzten Abend gefallen war. Katrine hatte in ihrer sarkastischen Art über ihren eigenen Mann gesagt: »Die wirklich kranken Menschen sind die, die am normalsten aussehen.«

Jan Stormark.

Hast du *ihn* hier getroffen, Sonja?

In diesem Augenblick fasste Ina den Entschluss, Katrine nichts davon zu sagen. Nicht, bevor sie sich nicht hundertprozentig sicher war, dass die Information stimmte. Das Leben der Freundin würde komplett aus den Fugen geraten, wenn wirklich ihr Mann die Mails geschickt oder sogar etwas mit Sonjas Verschwinden zu tun hatte – und womöglich mit dem Mord an Halvor Vange? Aber wie sollte er das angestellt haben? Er war an dem Abend doch bei Benedikte gewesen? Oder nicht?

Ina war alles andere als überzeugt. Vielleicht handelte es sich ja nur wieder um eine Finte von Oddvar?

Auf jeden Fall musste sie sich jetzt konzentrieren und auf der Hut sein.

Sie schloss zu ihrer Freundin auf. Gemeinsam verschwanden sie unter den dunklen Baumkronen hinter einem der Tore des Fußballplatzes. Es war derselbe Weg in den Wald, den Sonja vor bald dreißig Jahren hatte gehen müssen und über den sie nie wieder lebendig zurückgekommen war.

Der Weg ans Ende der Welt

Skårnes, Frühjahr 1989

Oda Vange lag auf dem Bett in ihrem Zimmer und zählte ihre Herzschläge. Eins, zwei, drei, vier. Eins, zwei, drei, vier. Gleichmäßig und ruhig. Hart. Eins, zwei, drei, vier. Ihr Herz musste das Blut jetzt mit aller Kraft durch ihren Körper pumpen, damit sie genug Mut sammeln konnte, um sich im Spiegel zu betrachten. Sie musste es tun, sonst würde sie verrückt werden. Die Welt war aus den Fugen geraten, und gerade deshalb musste sie jetzt stark sein. Sonst würde sie die Fortsetzung nicht überstehen. Sie musste noch eine Weile durchhalten, ein paar Wochen, bis sie mit der Schule fertig war und diese Meute verlassen konnte – die Brüder, den Vater, die Mutter, die sie alle verraten hatten. Sollten sie doch in ihrem eigenen Mist verkommen! Sie musste es schaffen, ihre Fesseln zu zerreißen. Wartet's nur ab und passt gut auf.

Oda schloss die Augen. Eins, zwei, drei, vier. Sie nahm all ihre Kraft zusammen, stand auf und trat zwei Schritte vor. Wenn sie sich jetzt um neunzig Grad drehte, hätte sie den Spiegel an der Schranktür direkt vor sich. Dann würde sie sich sehen. Sie bewegte ihren Körper langsam. Ganz langsam. Und sah sich.

Der Anblick traf sie wie ein Messerstich.

Sie hatten sie geschändet. Von ihrer Haarpracht waren nur noch schwarze, struppige Stoppeln übrig. Sie brach vor dem Spiegel zusammen und schlug sich die Hände vors Gesicht. Lag willenlos auf dem Boden, während die Gefühle sie wie eine Lawine unter sich begruben. Tränen. Rasende Gedanken. Rotz und Wasser. Alles mischte sich, wurde zusammengeknetet. Ihre Finger zerrten an den unseligen Haarresten. Verzweiflung, Wut und Hass stiegen aus ihrem Innersten auf und bahnten sich einen Weg – dunkle, brodelnde Wolken, Schlacke und Kot, Wildheit und Wahn. Ihr Atem ging wie eine Pumpe, stoßweise, stakkatohaft, gekoppelt mit einem alles überschattenden, immer stärker werdenden Zorn. Sie waren zu weit gegangen. Hatten ihr alles genommen, absolut alles, den letzten Rest Stolz, den sie sich noch bewahrt hatte: ihre langen, glatten Haare.

Es würde zehn Jahre dauern, bis sie wieder so schön und lang wären wie zuvor. Zehn verdammte Jahre.

In diesem Moment wurde Oda klar, dass es ihr nun niemals gelingen würde, diese Menschen wirklich hinter sich zu lassen. Sie würden sie überall erreichen.

Sie hörte Geräusche auf dem Hofplatz. Stimmen. Die Höllenhunde versammelten sich wieder. Oda kroch zum Fenster. Sie lag auf dem Boden. Lauschte. Über ihr bauschten sich die hellblauen Gardinen im Wind.

Wieder war die Stimme ihres Vaters zu hören: »Ihr müsst dieses Auto loswerden! Auf der Stelle!«

»Können wir es nicht einfach zurückgeben? Das hat der Polizist doch gesagt.«

Geir war wie immer feige. Oda spürte wieder seine Knie auf ihren Oberarmen, während Halvor sie schor wie ein Schaf. Ihre Arme taten noch immer weh und zitterten leicht.

»Nein, fahrt es auf den Schrottplatz«, ertönte die Stimme des Vaters. »Beseitigt alle Spuren!«

Pause.

»Auf was wartet ihr?«

»Kannst du nicht mitkommen?«, fragte Halvor.

»Ich?«, schrie der Vater. »Ich habe doch nichts mit dieser Scheiße zu tun!«

Halvor meldete sich noch einmal, seine Stimme klang dünn. »Du kennst den Typ auf dem Schrottplatz. Wenn du dabei bist, stellt er keine Fragen.«

»Verdammt noch mal! Muss ich jetzt wirklich auch noch euren Dreck wegräumen! Scheiße, Mann. Wartet hier, ich hole meine Arbeitsjacke.«

Oda hörte ihren Vater fluchend über den Hof trampeln. Sie wusste, dass er in Wahrheit seinen Schnaps holte. Die Jacke war nur ein Vorwand.

Im Nachhinein konnte sie sich nicht erklären, was dann passiert war. Aber irgendwie kam es ihr so vor, als hätte sich plötzlich ein Bild zusammengesetzt, als wäre aus dem Grauen ein Plan entstanden. Wie aus dem Nichts. Alles war ihr so selbstverständlich erschienen, so unausweichlich. Die Tränen versiegten. Die Wut verblasste. Und Härte trat an die Stelle der Verzweiflung. Das Selbstverständliche ihres Tuns machte sie nachdenklich. Dann hatte sie das Böse also auch in sich. Mit einem Mal war es zum Leben erweckt worden und trieb sie an.

Sie wusste genau, was sie tun musste.

Sie stand auf und sah in den Spiegel. Ihr Blick wurde hart. Die Stoppeln schrien sie an, aber als sie über die Hintertreppe nach unten ging, war sie wie aus Eis. Sie schlich ungesehen über die Wiese bis zur Scheune. Ihre Brüder standen noch auf dem Hofplatz, als sie um die Ecke bog und in den Holzschuppen schlüpfte.

Geirs Elektroschocker lag auf einem der Hauklötze. Sie hatte sich nicht geirrt. Er hatte ihn dort abgelegt, als die Polizisten gekommen waren. Sie schob sich die Waffe hinten in den Hosenbund und zog ihren Pullover darüber.

Dann schlüpfte sie wieder nach draußen. Die Stimme ihres Vaters hallte plötzlich über den Platz. Ob sie es noch schaffte? Sie rannte die letzten Meter und hoffte inständig, dass ihre Brüder sie nicht sahen. Aber der Lieferwagen stand außerhalb des Blickfelds der beiden.

Die Seitentür stand offen. Sie schlüpfte hinein und schloss die Tür vorsichtig. Sie durften sie auf keinen Fall im Wagen entdecken! Der Laderaum stank nach Schaf. Zwischen Führerhäuschen und Laderaum gab es ein längliches Fenster, aber die Scheibe war zerbrochen. Die Scherben lagen noch auf dem Boden. Dann hörte sie, dass ihre Brüder näherkamen.

»Verdammt, Mann, ich hab doch gesagt, dass das 'ne blöde Idee ist.«

Angsthasen-Geir.

»Halt's Maul und setz dich hinters Steuer.«

Nazi-Halvor.

»Ich soll fahren?«

»Tu endlich, was man dir sagt!«

Oda ging unter dem zerbrochenen Fenster in die Hocke. Ihr Herz trommelte. Wenn sie sie sahen, war sie verloren. Neben ihr am Boden lag eine Decke. Schafsköttel klebten an der Wolle. Trotzdem zog sie sie über sich und kauerte sich darunter zusammen. Dann knallten Autotüren, und Geir fluchte, weil der Motor nicht starten wollte.

Erst beim dritten Versuch kam er stotternd in Gang.

Sie fuhren los. Der Lieferwagen holperte über den Hofplatz, und Odas Schulter schlug gnadenlos gegen den Metallboden, bis der Untergrund irgendwann wieder eben war und der Wagen anhielt.

Oda lauschte.

Sie warteten auf den Vater. Gleich darauf näherte er sich brüllend. »Raus mit dir!«

»Ich?«, fragte Halvor.

»Drei Erwachsene passen nicht in diese Schrottkarre! Das sieht man doch!«.

»Aber …«

»Raus, habe ich gesagt!«

Sie hörte ihren älteren Bruder aus dem Auto steigen. Verdammt! Das lief ja gar nicht nach Plan. Halvor *musste* dabei sein. Schließlich hatte *er* sie geschoren. Sie hörte die Stimme ihres Vaters wettern. Dann setzte der Wagen sich erneut in Bewegung und beschleunigte langsam. Gleich darauf bogen sie auf die Straße ein. Oda hörte die Schottersteinchen gegen den Unterboden knallen. Dass Halvor nicht dabei war, verunsicherte sie, aber als sie mit den Fingern über ihre Stoppeln strich, wusste sie, dass sie nicht weich werden durfte, was auch passierte. Es würde alles gut werden. Außerdem war es notwendig. Danach würde alles besser sein. So oder so.

Geir fuhr wie ein Verrückter. Der Wagen holperte und schlingerte, und Oda wurde im Laderaum hin und her geworfen. Aber wie weh es auch tat, sie gab keinen Laut von sich. Morgen würde sie ein Dutzend Blutergüsse haben, doch der Gedanke an das, was geschehen sollte, betäubte alle Schmerzen.

Sie musste hart sein, hart und böse.

Gleich würden sie auf die Hauptstraße kommen. Asphalt unter den Rädern. Dann ging es nur noch geradeaus. Sie lag auf dem Bauch und spürte das Vibrieren des Motors. Die beiden im Führerhäuschen sagten kein Wort. Geir traute sich wohl nicht, und der Vater war inzwischen vermutlich so besoffen, dass er kaum noch reden konnte. Sie sah förmlich vor sich, wie er auf dem Beifahrersitz saß und die Flasche immer wieder an die Lippen setzte, während sie unter der Decke lag und sich stählte.

Trotzdem machte die Fahrt sie müde. Das monotone Brummen des Motors. Sie musste durchhalten. Musste hart bleiben. Noch ein bisschen.

Schließlich bogen sie auf einen schmaleren Weg ein, wieder eine Schotterstraße mit Schlaglöchern. Die Karosserie zitterte. Gut, so blieb sie wenigstens wach. Die Sinne geschärft. Hart und kalt.

Geir bremste. Der Wagen hielt an. Dann war eine fremde Stimme zu hören. »Kann ich euch irgendwie helfen?«

Plötzlich ertönte die Stimme des Vaters vom Beifahrersitz. Undeutlich und schnaubend, trotzdem aber durchdringend. »Du hast uns nicht gesehen, Frode! Wenn jemand von deinen Arbeitern auf dem Gelände ist, ruf ihn her. Jetzt! Je weniger ihr seht, desto besser.«

»Aber ...«

»Du hast nichts gesehen! Weder mich, noch meinen Sohn oder dieses Auto.«

Oda spürte das Kribbeln in ihrem Körper. Sie wusste, was geschehen würde, sie war schon einmal mit hier gewesen. Frode öffnete das Tor. Geir gab Gas, und sie fuhren auf das Gelände. Ihr Herz hämmerte wie wild. Trotzdem versuchte sie, ruhig zu bleiben, kaltblütig und böse wie ihre Brüder. Sie musste wie sie denken, wie sie sein, wenn ihr Plan klappen sollte. Und er musste klappen! So eine Chance kam so schnell nicht wieder, das wusste sie ganz genau. Geir fuhr ruhig über den Schrottplatz, während Oda noch immer unter ihrer Decke lag und auf den richtigen Moment wartete. Sie stellte sich vor, wie Frode jetzt seine Arbeiter in die Baracke rief und ihnen eine kurze Pause verordnete, aus der mit Kaffee und Kartenspiel schnell eine halbe Stunde werden konnte. Je weniger sie wussten, desto besser, hatte ihr Vater gesagt – und für Frode hieß das, dass er nichts sehen wollte, nichts davon wissen wollte, dass das geklaute Auto in fünf Minuten in der Presse zu einem Block Stahl werden würde.

Sie würden niemanden sehen oder hören.

Oda lag unter ihrer Decke und machte sich bereit, und als der Wagen anhielt und im Leerlauf stehenblieb, wusste sie, dass es so weit war. Ihr Herz pochte wie wild. Mit einem Mal war sie gar nicht mehr ruhig und zielstrebig und eiskalt. Sie war klein und verzweifelt, voller Angst, bis sie die Stimme ihres Vaters hörte.

»Raus mit dir, du regelst das!«

Jetzt musste es geschehen.

Oda kam unter der Decke hervor.

Sie schob ihre Arme durch das kaputte Fenster in Richtung Vordersitz. Die Silhouette vor ihr musste Geir sein. Sie setzte den Elektroschocker an seine Schläfe, drückte ab und hörte ihn grauenvoll schreien. Aber sie steckte so tief in ihrem zielgerichteten Rausch, dass das alles an ihr abprallte. Stattdessen drehte sie sich zu ihrem Vater, blitzschnell, hielt ihm die Waffe an die Schulter und drückte noch einmal ab. Auch ihr Vater heulte vor Schmerzen auf. Dann wiederholte sie den Vorgang, schoss noch jeweils zweimal auf Geir und ihren Vater, bis sie beide wie Schlachtvieh auf den Sitzen hingen.

Sie riss die hintere Tür des Lieferwagens auf und sprang nach draußen. Dann öffnete sie die Fahrertür, schob Geir in die Mitte und setzte sich neben ihn. Vor ihr war die Presse. Das Auto stand dicht davor. Um sicherzugehen, betätigte sie zwei weitere Male den Elektroschocker. Dann löste sie die Handbremse und gab Gas. Als der Wagen auf die Presse zurollte, sprang sie nach draußen, um nicht mit hineinzugeraten. Sie schlug sich beim Aufprall die Hüfte an, biss aber die Zähne zusammen und sah zu, wie das Auto mit der Front voran in der Presse verschwand.

Dann ging sie zum Steuerpult und verschaffte sich einen Überblick, bis ihre Augen den großen, grünen Knopf fanden. Sie drückte ihn.

Die Presse setzte sich in Bewegung.

Während hinter ihr das Kreischen von Metall immer lauter wurde, wich sie zurück. Sie wollte das nicht sehen. Stattdessen suchten ihre Augen nach einer möglichen Fluchtroute und fanden schließlich am hinteren Ende des Schrottplatzes ein Loch im Zaun.

Sie kletterte hindurch und war gleich darauf im Wald. Sie wusste, dass sie einen weiten Weg vor sich hatte, war aber bereit, ihn zu gehen, wohin er auch führte. Ihr Kopf war wie leergefegt, bis sich irgendwann die ersten Gedanken meldeten. Sie musste ein Versteck für den Elektroschocker finden, irgendwo tief im Wald, wo niemand ihn finden konnte. Diese Waffe sollte nie wieder Schaden anrichten. Die Bäume schlossen sich um Oda und machten sie und ihre Schuld unsichtbar. Niemand sah sie an diesem Abend, auf dem weiten Weg bis zum Vange-Hof. Niemand sollte sie sehen. Niemand sollte etwas wissen.

Später am Abend rasierte sie sich ihre Haarstoppeln ab. Und wenn sich alles beruhigt hatte, wollte sie in die Welt hinausgehen und ihre Haare wieder wachsen lassen.

29

Der schmale, schlammige Pfad führte tief in den Wald hinein. Ina heftete ihren Blick auf den Rücken von Katrine, die sich zwei Meter vor ihr zwischen den tropfnassen Zweigen hindurchkämpfte. Der Wald war hier sehr dicht, und Ina sah nur Bäume und Büsche, Heide, Gras und Kräuter. Ihre Unterarme scheuerten an den Ärmeln von Jan Stormarks Regenjacke. Hatte Katrines Mann ihr wirklich die E-Mails und den Brief geschrieben und wartete er jetzt am Gjeldshammar auf sie? Ina graute vor dem, was kommen sollte, jeder Herzschlag tat ihr weh. Sie dachte an die Freundin. In wenigen Minuten würde deren Leben auf den Kopf gestellt werden.

Katrine rutschte auf einmal auf dem durchweichten Waldboden weg, und nur mit Mühe gelang es ihr, die Balance wiederzufinden.

Sie drehte sich um und warf Ina einen kurzen Blick zu. »Ui, das war knapp.«

»Ist es noch weit?«

Katrine lachte. »Du hörst dich an wie mein Sohn. Der Siebenjährige.«

Die Antwort ärgerte Ina. »Wir müssen in weniger als zehn Minuten da sein.«

»Meinst du nicht, dass derjenige wartet, wenn wir fünf Minuten zu spät kommen?«

Was für ein blöder Kommentar, dachte Ina und ging nicht weiter darauf ein.

»Hast du irgendeine Idee, wer das sein könnte?«, ergriff Katrine schließlich wieder das Wort.

Ina dachte kurz nach und verwarf die wahrscheinlichste aller Möglichkeiten. »Wie gesagt, es gibt einen Grund, warum ich dich gefragt habe und nicht den Polizeichef.«

Katrine schüttelte resigniert den Kopf. »Mein Gott, Oddvar … was für ein Idiot.«

An einer Art Weggabelung blieb Katrine stehen und begutachtete die beiden kaum noch erkennbaren Pfade. Schließlich deutete sie auf eine hohe Kiefer.

»Ich glaube, wir müssen in die Richtung. Hinter dem Baum steigt das Gelände etwas an, und dann folgen wir dem Grat, bis wir da sind.«

»Am Gjeldshammar?«

Katrine nickte. »Das ist die alte Richtstatt.«

»Will Mr. X uns vor Gericht stellen?«

»Du wirst schon sehen. Bestimmt gibt's da wieder irgendeine versteckte Logik. Hoffen wir mal, dass die Richter auf unserer Seite sind.«

Ina holte tief Luft und nickte dann. »Bringen wir's hinter uns.«

Katrine ging weiter durch den noch immer unerbittlichen Regen. Es war eine Wohltat, als das Prasseln unter der Kiefer für einen Moment aufhörte. Gleich darauf hämmerte der Regen dann aber wieder auf sie ein.

Auf dem Grat beschleunigte Katrine ihre Schritte. Ina folgte ihr, den Blick fest auf den breiten Rücken vor ihr gerichtet.

Wenig später blieb die Freundin stehen. Ina trat neben sie. Wortlos betrachteten sie die Landschaft. Der Anblick war wirklich überwältigend

Vor ihnen, inmitten des Waldes, lag eine Lichtung, neben der sich eine Felswand erhob. Ina wusste, dass sie am Ziel waren.

Das war der Gjeldshammar.

30

Ein seltsam intensives Licht fiel trotz des Regens auf die freie Fläche vor der Felswand, die allmählich zuzuwachsen schien. Vor dreißig Jahren, als Sonja und Tom Kaser sich hier getroffen haben, war das sicher noch anders, dachte Ina. Vermutlich hatten hier damals noch Tiere geweidet. Jetzt eroberte der Wald sich die Kulturlandschaft langsam zurück.

Trotzdem zog der Baum, der inmitten der freien Fläche stand, die ganze Aufmerksamkeit auf sich. Er überragte alles und breitete seine Äste weit aus. Die unsymmetrisch herzförmigen Blätter bildeten eine dichte Krone. Diese schöne, ehrwürdige Linde musste an die tausend Jahre alt sein. Aber sie wirkte wehmütig, als hätte sie längst begriffen, dass ihre große Zeit vorbei war. Kleine Birken bedrängten sie und raubten ihr einen Teil ihrer Mystik. Nicht mehr lange, und sie würde ihre Dominanz verlieren, bis sie dann irgendwann ganz vergessen wäre.

Katrine platzte in Inas Gedanken. »Und, wie ist jetzt der Plan?«

Ina fror. Sie hatte nicht die Spur einer Ahnung, was sie tun sollten. »Wir müssen einfach abwarten. Die Augen offenhalten.«

Katrine sah sie von der Seite an und begann, das Gelände abzusuchen. Schließlich fand sie einen großen Stein, bückte sich und hob ihn auf. »Ich weiß ja nicht, was mit dir ist, Ina, aber ich habe auf jeden Fall vor, mich zu verteidigen.«

Katrine hatte recht. Verdammt, sie musste sich zusammenreißen. Tom Kaser, Oddvar, Jan Stormark – wer auch immer sie hierher gelockt hatte, konnte auf der Lauer liegen und sie jeden Moment angreifen. Ruhelos rannte sie herum, den Blick auf den Boden gerichtet. Aber sie fand weder einen passenden Stein noch einen Ast, mit dem sie sich hätte zur Wehr setzen können.

Schließlich drehte sie sich zu Katrine um. »Lass uns einfach rübergehen, was passieren muss, wird passieren.«

Katrine nickte ernst. Dann legten sie die letzten Meter über die freie Fläche in Richtung Linde zurück.

Einen Augenblick später spürte Ina die raue, rissige Rinde unter ihren Fingern. Sie ging um den kompakten

Stamm herum, bis sie auf der Südseite wegen eines riesigen Ameisenhaufens einen Schritt zurücktreten musste. Sie umkreiste den Baum noch ein weiteres Mal, fuhr mit den Fingerkuppen wieder und wieder über die Rinde und suchte mit den Augen die Umgebung ab. Kein Jan Stormark, kein Oddvar, niemand. Nur Katrine und sie. Und nur der Regen war zu hören. Das Trommeln auf der Kapuze. Ina war klitschnass. Der Stoff der Jacke klebte an ihrem Rücken. Noch einmal schaute sie auf die neben der Lichtung emporragende Felswand. Dann wurde ihr Blick wieder von der Linde angezogen, von den gigantischen Ästen mit den herzförmigen Blättern.

Hier also waren Tom Kaser und Sonja in flagranti erwischt worden. Geir und Halvor Vange hatten vom Waldrand aus beobachtet, wie sich das seltsame Pärchen unter dem Baum geliebt hatte. Wenn es denn stimmte. Vielleicht war das ja auch nur eine der Lügen, die auf das Konto der Vange-Brüder gingen.

Plötzlich kamen ihr die Worte, die Halvor ihr im Wald nachgerufen hatte, in den Sinn: *»Ein Freund von uns hat Kaser ganz in der Nähe im Wald gesehen, hörst du?«*

Ina versuchte, den Satz zu ergründen, die nicht zusammenpassenden Puzzleteile irgendwie zu einem sinnvollen Bild zusammenzusetzen. Aber alles war diffus und unklar. Warum war es Halvor Vange so wichtig gewesen, ihr das zu sagen. Und war er damit ein Risiko eingegangen?

Immerhin hatte er wenige Stunden später tot in ihrem Schuppen gelegen.

Die Worte gingen ihr nicht mehr aus dem Kopf. Jemand, den die beiden kannten, hatte Tom Kaser an diesem Abend gesehen.

Plötzlich wurde ihr klar, dass noch viel mehr in dieser Aussage steckte. Sie hatte darin bisher nur einen Hinweis auf Tom Kasers Schuld gesehen. Aber wenn Kaser von einem Freund der beiden Brüder gesehen worden war, hieß das ja auch, dass noch eine dritte Person in der Nähe gewesen sein musste.

War diese dritte Person ein verlässlicher Zeuge oder hatte sie etwas zu verbergen?

Jan Stormark?

Ina wurde immer unruhiger. Irgendetwas stimmte hier nicht. Aber sie verstand noch nicht, was es war. Die dritte Person. All die Lügen. Der Stein in der Unterführung. Das blutige T-Shirt. Der Brief. Die E-Mails. Die Tatsache, dass auch Benedikte eine Mail erhalten hatte, in der Ina angeklagt wurde.

Ina verfluchte sich selbst. Die dritte Person blieb ein Mysterium. Sie warteten jetzt schon seit einigen Minuten hier, ohne ein Anzeichen, dass noch jemand auftauchen würde.

Sie drehte sich um und wollte Katrine vorschlagen, wieder zurückzugehen. Ihre Freundin stand ein paar Meter von ihr entfernt mit geschlossenen Augen da und bewegte den Kopf langsam hin und her, als versuchte sie, sich etwas einzuprägen. Einen Reim. Eine Zahlenreihe. Irgendetwas.

Dann erkannte Ina, dass Katrine die Lippen bewegte. Erst nahm sie nur einzelne Laute wahr, dann verstand sie die Worte:

»Die Zeit, die Zeit.«

Ein Schauer lief ihr über den Rücken.

In diesem Moment öffnete Katrine langsam die Augen

und sagte mit lauter Stimme, als hätte sie diese Rede lange eingeübt: »*In jeder Sekunde werden wir neu geboren. In jeder Sekunde sterben wir. Die schlummernde Stille, der immerwährende Schlaf. Bis der wilde Augenblick plötzlich da ist, die Explosion, die alles verändert – und etwas Neues zum Leben erweckt wird.*« Sie durchbohrte Ina mit ihrem Blick. »Oder was meinst du, Ina?«

31

»*Du?*«, flüsterte Ina. »*Du* bist die dritte Person, Katrine? *Du* hast Sonja getötet?«

Katrine lächelte irgendwie resigniert, starrte Ina dabei aber noch immer eindringlich an. »Ein einziger wilder, unglückseliger Augenblick ... mehr braucht es nicht, Ina. Danach ist nichts mehr wie zuvor. Plötzlich ist dein ganzes Leben kaputt und kann nicht wieder repariert werden. Aber du verstehst so etwas nicht. Du warst ja nicht dabei. Hast ja keine Ahnung, wie schrecklich kompliziert das alles war.«

Ina spürte, wie sich Panik in ihren Adern ausbreitete. Die bittere Erkenntnis drang immer tiefer in sie ein, lähmte sie wie ein stechender Schmerz, legte sich wie ein Schleier über all ihre Gedanken und Wahrnehmungen. Katrine. Das durfte doch nicht wahr sein. NEIN!

»Sag, dass das nicht wahr ist, Katrine. Sag, dass nicht *du* das warst.«

Katrine rang sich ein Lächeln ab. »Ich wünschte, es wäre so. Aber jetzt sollst du alles erfahren. Bevor ... ja ...«

Die Gedanken wirbelten wie trockenes Laub durch Inas Kopf, bevor sich ein in seiner Klarheit erschreckendes Bild ergab. Katrine hatte alles bis ins letzte Detail geplant, und sie selbst war ihr mit einer unglaublichen Naivität in die Falle gegangen. Bis ganz zum Schluss. Ihr Plan näherte sich jetzt der letzten Phase. Niemand würde Ina hören, wenn sie hier um Hilfe schrie. Und der Akku ihres Handys war leer.

Instinktiv hob sie die Hände. Sie brauchte Deckung, denn dass der Angriff ihrer Freundin kommen würde, war klar.

Katrine lachte. »Willst du jetzt schon kämpfen? Du weißt doch wohl, dass du dieses Mal verlieren wirst?«

Ina antwortete nicht. Sie stand einfach nur da, die geballten Fäuste vor dem Gesicht.

»Das mit Sonja war ein Unfall«, fuhr Katrine unbeeindruckt fort. »Aber das glaubst du mir sicher nicht.«

»Du hättest dich stellen können. Du warst noch zu jung, um verurteilt zu werden.«

Katrine schüttelte den Kopf. »Du verstehst doch gar nicht, um was es hier geht.«

»Dann stell mich auf die Probe«, antwortete Ina verbissen. »Ich habe auch schon mit anderen Mördern gesprochen. Ich kenne tiefere Abgründe als deinen!«

»Sei dir da nicht so sicher. Außerdem würdest du Partei für Sonja ergreifen, egal, was wirklich passiert ist.«

Der Satz blieb zitternd zwischen ihnen stehen, während Ina verzweifelt versuchte, einen Ansatz für das weitere Gespräch zu finden. »Um was geht es denn dann?«

»Ums Überleben.«

»Ach ja?«

»Hätte ich mich nach der Tat gestellt, wäre meine Zukunft, meine ganze Familie kaputt gewesen. Mein Name wäre für immer mit Mord und Totschlag verbunden gewesen.«

»Du hättest umziehen können. Den Namen wechseln.«

In Katrines Augen blitzte etwas auf. »Bei dir hört sich das alles so einfach an. Die ganze Familie hätte also die Zelte abbrechen und nach Amerika auswandern sollen, oder was?« Sie spuckte auf den Boden. »Vor der Wahrheit kann man nicht weglaufen. Man kann sie aber verbergen. Und so seine Geschichte weiterleben. Das Leben von Katrine Stormark war nie das einer Mörderin. Mein Leben ist ohne Fehl und Tadel. Und so soll es auch bleiben.«

Mein Gott. Ina traute ihren Ohren nicht. Das war doch nicht die Katrine, die sie kannte. Das war ein fremder Mensch. Eine auf Irrwege geratene, verkommene Seele. Sie musste jetzt verdammt vorsichtig sein und auf sämtliche Tricks und Kniffe zurückgreifen, die sie als Therapeutin kannte.

»Es muss schlimm für dich gewesen sein ... das alles versteckt zu halten.«

Katrines Kopfbewegung war kaum zu erkennen. Aber es war ein Nicken. Dann schloss sie erneut die Augen und bewegte den Kopf hin und her, ehe sie ihren Blick wieder auf Ina richtete. »Verdammt schwer. Aber notwendig.«

»Was ist mit Sonja passiert?«

Katrine stand einen Augenblick wie angewurzelt da, dann ging ein Ruck durch sie, und die Worte kamen, als würde sie eine lange überlieferte Geschichte erzählen: »Dieser Nachmittag war wirklich seltsam, anders als jeder Nachmittag davor. Noch heute fühlt sich das wie ein Film an. Es begann damit, dass ich nach der Schule die Vange-Brüder traf. Rein zufällig. Damals hatte ich vor denen ja genauso viel Angst wie alle anderen auch. Aber plötzlich waren die ganz nett zu mir. Geir hat sogar irgendwie mit mir geflirtet. Das Ganze war irre spannend und fühlte sich so verboten an. Heute würde ich die beiden natürlich gleich durchschauen. Die wollten mich nämlich nur ausnutzen. Jedenfalls ging ich damals gemeinsam mit ihnen zum Fußballplatz. Sie vertrauten mir an, dass sie Sonja überraschen wollten. Sie hatten ihr nachspioniert und wussten, dass sie nach der Schule diesen Weg nehmen würde …«

»Und dann?«

Katrine atmete tief durch, während der Regen noch immer auf ihre Jacken trommelte. »Geir und Halvor hatten alles geplant. Sie hatten die beiden Turteltauben Tom Kaser und Sonja hier oben an der Linde beobachtet. Die hätten gerammelt wie die Kaninchen, sagten sie. Und jetzt wollten sie Sonja zeigen, was man hier mit perversen Schweinen macht. An dem Nachmittag haben sie sie gekidnappt und hierher gebracht. Das Schlimmste war, dass Sonja überhaupt keinen Widerstand geleistet hat. Sie kam mit, ganz ruhig, vermutlich wusste sie, dass es nur noch übler werden würde, wenn sie sich zur Wehr setzte. Und dann haben sie sie hier an die Linde gefesselt und sind anschließend einfach abgehauen. Das Letzte, was sie sagten, war, dass *ich* auf sie aufpassen sollte, damit sie nicht weglief und alles ausplauderte. Aber sie kamen nicht wieder …«

»Aber … hast du sie denn nicht befreit?«

Katrine schlug den Blick nieder.

Inas Stimme zitterte: »Wie lange war Sonja an diesen Baum gefesselt?«

Katrine hob wieder den Kopf. Ihr Gesicht strahlte jetzt etwas Dunkles, Unergründliches aus. »Stunden. Ich stand am Waldrand und habe gefroren. Ich wollte wirklich nichts lieber, als ihre Fesseln lösen. Das musst du mir glauben, Ina. Sieh das doch mal aus meiner Perspektive. Ich war mir sicher, dass Geir und Halvor zurückkommen würden. Ich dachte, *sie* würden Sonja losbinden. Ich war vierzehn und hatte eine Scheißangst, was sie mit mir machen würden, wenn ich nicht gehorchte …«

Ina spürte Übelkeit in sich aufsteigen. Katrines Worte taten ihr beinahe körperlich weh. Sonja war richtiggehend gefoltert worden. Sie konnte sich gut vorstellen, welche Ängste das Mädchen ausgestanden haben musste – für Stunden an diese Linde gefesselt.

»Das sieht dir gar nicht ähnlich, Katrine.«

»Du warst nie in so einer Situation«, antwortete Katrine kalt. »Du hast nicht diese lähmende Furcht gespürt.«

Ina suchte erneut ihren Blick, aber die Freundin hatte sich ganz ihrer brodelnden Wut hingegeben. Ina versuchte, die Situation einzuschätzen. Was würde Katrine als Nächstes tun?

»Und was ist dann passiert?«, fragte sie.

Katrine atmete tief durch. »Ich stand lange da und hörte Sonjas Schreie. Es war schrecklich. Sie schrie wieder und wieder um Hilfe. Ich dachte, meine Verzweiflung würde mich noch wahnsinnig machen. Aber irgendwann gegen Abend gab sie auf, es hörte sie ja doch niemand. Später ließ dann meine Konzentration nach. Ich lief hin und her und hielt nach Geir und Halvor Ausschau. Ich verstand nicht, warum die nicht kamen. Und als ich irgendwann von einer meiner Touren zurückkam, war Sonja verschwunden. Nur das Seil lag noch am Boden. Irgendwie war es ihr gelungen, sich aus eigener Kraft zu befreien. Ich verfiel in Panik. Hatte nur noch einen Gedanken: dass die beiden sich an mir rächen und mich umbringen würden. Doch dann hörte ich Geräusche aus dem Wald. Jemand rannte …«

»Sonja«, flüsterte Ina.

»Ja. Ich folgte ihr. Ich will jetzt nicht ins Detail gehen, aber …« Katrine wog die Worte ab, bis sie sie schließlich herausließ. »Ich folgte Sonja … und tötete sie … aber das war ein Unfall.«

»Wie?«

Katrine wand sich unter Inas entgeistertem Blick. »Ich habe ihr mit einem Stein auf den Kopf geschlagen. Als sie weglaufen wollte, hab ich instinktiv nach einem Stein gegriffen und ihn ihr über den Schädel gezogen. Ganz impulsiv … und viel zu hart. Das alles ging so schnell – kam vollkommen aus dem Nichts. Im einen Augenblick war ich noch ein ganz normaler Mensch und im nächsten schon eine Mörderin. Ich verstand überhaupt nicht, wie das passiert war. Ein einziger wilder, unkontrollierter Augenblick. Mehr braucht es nicht. Und alles ist auf den Kopf gestellt.« Katrine kämpfte jetzt gegen die Tränen an.

Ina nutzte den Moment der Schwäche, um wieder die Initiative zu ergreifen: »Ich verstehe das, Katrine. Was ich aber *nicht* verstehe, ist, warum du versucht hast, Tom Kaser die Schuld in die Schuhe zu schieben. Da komme ich nicht mit. *Warum*?«

Katrine fuhr sich mit dem Handrücken über die Augen. Anschließend richtete sie ihren harten Blick wieder auf Ina. Sie antwortete langsam und betonte dabei jede Silbe: »Um zu überleben!«

»Natürliche Selektion? Darwin?«, fragte Ina trocken.

»Wenn du so willst. Es ist einfach so: Die Stärksten einer Art überleben, die Schwachen gehen drauf. Nachdem die schlimmste Panik sich gelegt hatte und Sonja ruhig vor mir lag, wollte ich nur noch überleben. Trotz allem. Meine Familie sollte nicht unter dieser einen fatalen Sekunde leiden. Auch wenn ich dafür einen anderen Menschen würde opfern müssen. Jemanden, der viel schwächer war als ich. Für mich war das eindeutig die bessere Alternative. Also nahm ich den Stein mit, der Sonja zum Verhängnis geworden war, und das T-Shirt, das sie trug. Ich habe die Sachen erst mal bei mir zu Hause versteckt, bis ich meinen Plan ausgearbeitet hatte.«

»Und dann hast du den Stein in der Unterführung und das T-Shirt in Kasers Mülltonne platziert? Und dich anonym bei der Polizei gemeldet?«

Katrine deutete ein Nicken an.

»Du hast das Leben eines unschuldigen Mannes zerstört«, fuhr Ina fort, »statt selbst die Konsequenzen zu tragen. Das war ziemlich jämmerlich von dir, Katrine.« Im selben Moment wusste sie, dass dieser Vorwurf zu hart und taktisch vollkommen unklug war.

Katrine machte dicht. »Es ging ums Überleben! Und genau das habe ich. Ich *habe* überlebt. Ich habe die Kämpfe in meinem Leben überstanden. Habe zwei liebe Kinder und werde jetzt *ihr* Leben und *ihre* Zukunft schützen.«

»Dann willst du auch mich töten?«

»Natürlich. Dir ist doch wohl klar, dass das der einzig mögliche Ausgang ist? Ich bin inzwischen stärker als du.« Katrine brachte das vollkommen nüchtern und sachlich vor. Dann machte sie einen Schritt nach vorne.

Tausend Gedanken schossen Ina durch den Kopf. Zeit gewinnen, Zeit gewinnen. »Dann hast du auch Halvor Vange umgebracht?«

»Klar.«

»Aber … warum?«

»Er und Geir mussten doch wissen, was mit Sonja passiert war. Auf jeden Fall wussten sie genug, um mich in ernsthafte Schwierigkeiten zu bringen. Mein Glück war natürlich, dass auch sie sich schuldig gemacht hatten. Deshalb hielten sie klugerweise den Mund. Aber dann …« Ein höhnisches Grinsen huschte über Katrines Gesicht. »Dann musste Halvor natürlich irgend so eine religiöse Erleuchtung kriegen. Der blanke Hohn, oder? Erst quält er jahrelang alle in seinem Umfeld, und dann sieht er plötzlich das Licht! Es muss der Alkohol gewesen sein, das immer wiederkehrende Delirium, das ihn letztendlich gebrochen hat. Dabei war er doch der Stärkste von allen gewesen. Mit einem Mal war er kein Kämpfer mehr, sondern einfach nur schwach. Und dann begann er, mich anzurufen, rund um die Uhr. Er hat mich bedrängt, sich gemeinsam mit ihm zu stellen und zu sagen, was wir über Sonjas Verschwinden wussten. Ich musste mehrmals zu ihm auf den Hof und ihm den Kopf zurechtrücken. Aber er war nicht kleinzukriegen. Und als ich gehört habe, dass er dir beinahe alles erzählt hätte … tja, das hat das Fass zum Überlaufen gebracht.«

»Und dann hast du einfach noch einen Menschen getötet?«

Katrine lachte trocken. »Nein, ich habe noch zwei Menschen getötet.«

»*Zwei?*«

»Glaubst du wirklich, dass es Tom Kaser war, der dich und Oddvar überfallen hat? Da unten in den Stollen unter seinem Haus?«

Ina schnappte nach Luft. »*Du* hast mich niedergeschlagen … mich und Oddvar? Das Scheppern im Keller, das warst … *du*?«

»Ja, als ich dich nach der Prügelei mit Ingrid nach Hause gefahren habe, hätte ich nicht im Traum gedacht, dass du mir noch Probleme bereiten könntest. Du warst stinkbesoffen – dafür hatte ich bei unserem kleinen Vorglühen ja gesorgt. Eigentlich solltest du Halvor erst heute entdecken.«

Langsam wurde es zu viel für Ina. Sie kam nicht mehr mit. »Und Tom Kaser? Ist der auch tot?«

Katrine schnaubte verbissen. Dann wog sie den Stein in der Hand und sagte mit hartem Blick: »Mit so was habe ich gestern zwei Menschen getötet. Ich bin zum Vange-Hof gefahren und habe Halvor niedergeschlagen. Das war eigentlich auch nicht beabsichtigt. Und dann … na ja, dann habe ich ihm den Garaus gemacht. Und gerade als ich mit dem Stein in der Hand über der Leiche stand, sah ich Tom Kaser am Waldrand. In dem Moment dachte ich echt, mein Herz würde stehenbleiben. Das war doch vollkommen verrückt. Er beobachtete den Hof, spionierte ihn aus und kam schließlich zum Haus herüber. Aber er war eine leichte Beute.«

»Hast du ihn auch mit einem Stein …«

Katrine nickte. »Stein auf Schädel. Hart auf hart. Es ist überraschend einfach, Ina. Du solltest es mal ausprobieren.«

Ein eisiger Schauer lief Ina über den Rücken. »Und

was hast du in Tom Kasers Haus gemacht? Gestern Nacht?«

»Bevor ich ihm den Gnadenstoß gegeben habe, war er noch eine Weile bei Bewusstsein. Und er hat geredet … dass er Beweise habe, wer Sonjas Mörder sei … in einer Höhle unter seinem Haus. Das hörte sich alles ziemlich wild an, hat mir aber trotzdem keine Ruhe gelassen. Ich musste überprüfen, ob da was dran war.«

»Nachdem du mich nach Hause gebracht hattest, bist du also nicht wieder zurück zum Klassentreffen gefahren?«

Katrine lachte trocken. »Das war da sicher ohnehin schon vorüber. Nein, ich habe den Taxifahrer gebeten, mich bei mir zu Hause abzusetzen. Nachdem er weg war, bin ich durch den Wald direkt zu Kasers Haus gegangen. Ich hatte ihm die Schlüssel abgenommen, schloss auf und durchsuchte jedes Zimmer, als plötzlich jemand dort auftauchte. Erst traute ich meinen Ohren nicht. Tom Kaser konnte es ja nicht sein. Ich versteckte mich im Schlafzimmer der Mutter und lag da und lauschte. Als ihr in seinem Jugendzimmer wart – wobei ich da noch nicht wusste, dass ihr das wart –, bin ich in den Keller geschlichen. Leider habe ich dabei einen Farbeimer umgeschmissen …«

»Das Scheppern«, murmelte Ina.

»Ich musste eine Weile suchen, bis ich den Einstieg in der Gefriertruhe fand. Aber als ich ihn hatte, bin ich mit der Taschenlampe gleich nach unten. Kurz darauf habe ich dann gehört, dass mir jemand nachkam. Ich konnte das echt nicht glauben. Ich hatte keine Ahnung, wer das sein konnte, also schaltete ich die Taschenlampe aus und wartete voller Angst, bis ich den Betreffenden niederschlagen konnte. Du kannst dir vorstellen, wie überrascht ich war, als ich Oddvar erkannte. Aber selbst da ging die Scheiße noch weiter. Du musstest ihm ja unbedingt folgen. Das war echt ein verdammter Alptraum. Ich versteckte mich in dem Altarraum, den Kaser für Sonja eingerichtet hatte, als du hereinkamst. Das heißt, ich habe nicht erkannt, dass du das warst, ich wäre auch im Leben nicht darauf gekommen, so besoffen wie du warst! Ich dachte, es wäre ein weiterer Polizist, schließlich sah ich nur eine Silhouette mit Taschenlampe. Auf jeden Fall habe ich so fest zugeschlagen, wie ich konnte. Aber du kannst ja einiges ab, das muss ich echt sagen.«

»Und was hast du dann gemacht?«

»Der zweite Stollen führt nach draußen. Ich bin so schnell abgehauen, wie ich konnte, und es war echt ein herrliches Gefühl, wieder an der frischen Luft zu sein! Ich habe fast zu weinen angefangen. Von da aus bin ich auf dem schnellsten Weg nach Hause. Als ich ins Schlafzimmer kam, schnarchte Jan schon. Er hat nicht einmal gemerkt, dass ich zu ihm ins Bett geklettert bin.«

»Aber ... wie konntest du wissen, dass ich dich anrufe und nicht die Polizei? Nach der E-Mail, meine ich.«

Katrine lächelte nachsichtig. »Du bist ziemlich vorhersehbar. Du hast mich ja schon mal angerufen, als du Hilfe brauchtest.«

Ina versuchte noch einmal, all die neuen Informationen zu sortieren. Es war unglaublich. Katrine hatte wirklich drei Menschen getötet. Und sie selbst würde die Nächste sein, wenn sie keinen Ausweg aus dieser Zwickmühle fand.

Wenn es zum Kampf kam, hatte sie möglicherweise eine reelle Chance gegen Katrine. Auch sie selbst war ja noch voll im Training. Und früher war sie besser als die Freundin gewesen – was sich inzwischen natürlich geändert haben konnte.

»Und wo war Sonja in all den Jahren?«, fragte sie schließlich. »Du musst sie doch irgendwo versteckt haben?«

Katrine zuckte mit den Schultern. »Das kann ich dir leider nicht verraten, Ina. Aber lass es mich so sagen: Tom Kaser und sie haben sich schließlich doch noch gekriegt.«

»Meinst du nicht, dass Sonjas Mutter ein Recht darauf hat, zu erfahren, wo sie ist?«

Katrine lachte affektiert. »Nein, ich finde nicht, dass das ein Menschenrecht ist. Besonders dann nicht, wenn es auf Kosten eines anderen Menschen gehen würde. Wie in diesem Fall.«

Ina fasste einen Entschluss. Sie konnte und musste Katrine im Kampf besiegen. Nicht zuletzt, um ihr zu entlocken, wo Sonja versteckt war.

Plötzlich spürte sie eine tiefe Ruhe durch ihren Körper strömen. »Sag mir, wo Sonja ist.«

»Niemals.«

»Und wenn ich dich besiege?«

Katrines Blick wurde noch finsterer. »Warum sollte ich es dir dann sagen? Außerdem, glaub mir, das wird nicht passieren. Und selbst wenn du gegen alle Wahrscheinlichkeit gewinnen solltest, wird dir das nicht aus der Patsche helfen.«

Ina musterte sie verständnislos. »Wie meinst du das?«

Katrine holte einen Umschlag aus der Tasche und warf ihn Ina vor die Füße. »Lies das!«

»Netter Versuch, Katrine. Du stürzt dich doch sofort auf mich, wenn ich mich bücke.«

Katrine wich drei Schritte zurück und breitete in aller Ruhe die Arme aus. »Be my guest!«

Ina ließ Katrine nicht aus den Augen. Vermutlich würde sie es schaffen, den Umschlag aufzuheben, bevor die Freundin nach vorne stürmen und ihr einen Schlag oder Tritt verpassen konnte. Ganz sicher war sie aber nicht. Sollte sie trotzdem tun, was von ihr erwartet wurde?

Hatte sie eine andere Wahl?

Ein vorsichtiger Schritt nach vorn. Katrine blieb stehen. Die Hände mit dem Stein auf dem Rücken. Noch ein Schritt. Katrine lächelte boshaft, rührte sich aber nicht.

Blitzschnell schnappte Ina sich den Umschlag und wich wieder nach hinten zurück. Sie blieb erst stehen, als sie den Stamm der Linde im Rücken spürte.

Katrine schien sich zu amüsieren. »Jetzt lies schon!«

Ina öffnete den Umschlag und entfaltete den Brief. Ihr Herz pochte immer schneller.

Geständnis, Teil 2

Die Zeit, die Zeit. Und die Wahrheit. Wie lange schleppe ich dieses grausame Wissen jetzt schon mit mir herum? All die Jahre hing das, was geschehen ist, wie ein Damoklesschwert über mir. Zum Teufel mit der Wahrheit, der verdammten, verzweifelten Wahrheit. Je mehr ich mich ihr genähert habe, desto schwieriger wurde es, das Geschehene in Worte zu fassen. Das, was ich getan habe. Aber so ist die Wahrheit: Man kann sie nie ganz greifen, es gibt zu viele Versionen von ihr.

Die Wahrheit ist mir durch die Finger gerutscht. Wieder und wieder.
Aber jetzt muss ich sie zu Papier bringen. Ich kann diese Welt nicht verlassen, ohne über diesen einen schrecklichen Moment zu schreiben. Ohne all jenen, die noch Tränen haben, wenigstens einen Teil der Wahrheit anzubieten.
Ich schreibe schnell, um es hinter mich zu bringen. Hier kommt mein Geständnis:
Ich, Ina Grieg, habe Sonja Lerdahl getötet.
So ist es.
Es geschah nicht mit Absicht. Aber es geschah. Ein Augenblick der Wildheit, der Sonja zerstört, der aber auch mich selbst zugrunde gerichtet und mein Gewissen in Stücke gerissen hat. Und es jeden Tag und jede Nacht aufs Neue tut.
Ich weiß, dass das euch, die ihr nach mir leben müsst, nicht weiterhilft. Aber jetzt liegt die Wahrheit endlich auf dem Tisch – in all ihrem Grauen. Tut damit, was ihr wollt. Denn ich verlasse diese Welt jetzt. Ich verschwinde, genau wie Sonja verschwunden ist. Wie sie werde ich mich in Rauch auflösen und in eurer Erinnerung nach und nach verblassen.
Tick, tack. Die Zeit, die Zeit.
Niemand soll mich finden, und niemand wird mich finden. Ich nehme die anderen Teile der Wahrheit mit in mein geheimes Grab, werde neben Sonja liegen und aufpassen, dass sie von niemandem gequält wird. Es war nie beabsichtigt, dass sie uns verlässt. Ein Unglück. Ein unglückseliger Augenblick. Das müsst ihr mir glauben, und dafür möchte ich mich entschuldigen.

Jetzt werde ich schlafen. Sucht nicht nach mir. Denn ich werde jetzt meinen Platz neben Sonja einnehmen. Wo niemand uns sehen kann.
Lebt wohl, es tut mir leid, dass alles so gekommen ist.

Ina Grieg

Ina hob den Blick und starrte direkt in zwei leuchtende, dunkle Augen.

Katrine baute sich vor ihr auf. »Nun, wird das nicht schön?«

»Aber … das ist doch verrückt! Das wird doch niemand glauben!«

»Nicht? Wo ist Halvor Vange gefunden worden?«

Ina suchte nach Worten, war aber vollkommen verwirrt. Die Welt drehte sich, und sie konnte keinen klaren Gedanken fassen. »Ja … aber … nein, damit kommst du nicht durch«, stammelte sie.

Katrine fiel ihr ins Wort: »Du hast für den Nachmittag, an dem Sonja verschwunden ist, kein Alibi.«

»Nein, vielleicht nicht, aber …«

»Verstehst du denn nicht? Alle Indizien deuten auf dich. Du bist zurück ins Dorf gekommen. Du hast Halvor Vange getötet. Ingrid hat dich in seinem Taxi gesehen, und danach ist er von niemandem mehr lebendig gesehen worden.«

Ina wusste mit einem Mal, wie Katrine das angestellt haben musste. »Du hast ihn in meinen Schuppen gelegt, bevor du zu uns in die Hütte gekommen bist …«

Katrine nickte. »Das Gewitter kam mir wie gerufen. Ich habe an der Schotterstraße geparkt und bin nach unten geschlichen. Natürlich bin ich da ein gewisses Risiko eingegangen, aber der Schuppen liegt ja von eurem Stubenfenster aus im toten Winkel. Und danach …«

»… bist du einfach zu uns rein und hast dich noch über das Wetter beschwert. Dass du in zwei Sekunden klitschnass geworden bist und …« Ina erstarrte. Der Augenblick spielte sich noch einmal vor ihrem inneren Auge ab. Katrine auf dem Weg zur Hütte, klitschnass und mit dem Kassettenrecorder in der einen und einer Tüte in der anderen Hand.

»In deinem Kleiderschrank liegt übrigens ein Pullover, an dem Halvor Vanges Blut klebt«, erklärte Katrine. »Ich denke, die Kriminaltechniker werden ihn finden, wenn der zweite Teil deines Geständnisses erst auf dem Tisch ist. Und die Mail wird jetzt gerade, in diesem Moment, vom Server verschickt.«

»Aber … aber …« Ina suchte fieberhaft nach einem Ausweg aus diesem Alptraum. Endlich bekam sie einen Strohhalm zu fassen. »Oddvar weiß, dass die E-Mails von Jan Stormarks PC verschickt wurden. Den hast du wohl benutzt, als er weg war, oder? Oddvar wird das alles durchschauen.«

Ein Anflug von Unsicherheit glitt über Katrines Gesicht. Die eiserne Maske war aber gleich wieder zur Stelle. »Es ist ziemlich einfach, E-Mail-Adressen zu manipulieren. Ein Hacker kann es schnell so aussehen lassen, als hätte jemand anderes eine Mail verschickt. Und denk dran: Du wirst ja nicht mehr da sein, um dich zu verteidigen.«

Die Verwandlung ihrer Freundin in dieses harte, zynische Wesen entsetzte Ina immer mehr. Hatte Katrine diese geteilte Persönlichkeit schon in ihrer Jugend gehabt? In all den Jahren, die sie sich kannten?

»Aber warum *ich*, Katrine? Ich war mal deine beste Freundin! Was zum Teufel hast du denn gegen mich?«

Katrine schien einen Moment lang mit sich zu kämpfen, fasste sich aber wieder und sagte mit vollkommen ruhiger Stimme: »Ina, dein Fehler ist, dass du dich in gewisse Dinge regelrecht hineinsteigerst. Du hättest die Sache mit Sonja niemals ruhen lassen. Wegen dir war ich nie ganz sicher. Du hättest immer von Neuem in den alten Wunden gestochert. Nach Tom Kasers Rückkehr kursierten plötzlich wieder die alten Gerüchte, dass er möglicherweise die Wahrheit gesagt hatte und gar nichts damit zu tun hatte. Ich glaube, Halvor hat die in Gang gesetzt. Und dann kamst du, und das Erste, was du getan hast, war, mit Ragnhild Lerdahl zu reden und Himmel und Hölle in Bewegung zu setzen. In diesem Moment wusste ich, dass es keinen anderen Ausweg gab. Sorry, Ina, aber mir geht es jetzt darum, dass meine Kinder eine Zukunft haben, dass sie überleben können. Und da kann ich keine Rücksicht nehmen. Ich musste meine Strategie ändern und den Verdacht von Tom Kaser auf dich lenken. So hatte ich zwei mögliche Kandidaten, ohne selbst in Verdacht zu geraten.« Katrine lächelte triumphierend. »So ist das, Ina. Ich muss sagen, das Ergebnis ist ziemlich perfekt, oder?«

Ina ertappte sich bei einem Nicken. Ja, Katrine hatte ihren Plan wirklich ebenso zielstrebig wie infam durchgezogen und ihrer ehemals besten Freundin die Schuld für die Morde in die Schuhe geschoben. Ina war verzweifelt und traurig, wurde aber auch immer wütender. Etwas Dunkles begann in ihrem Kopf zu rumoren, und sie erkannte kaum ihre eigene Stimme, als sie schrie: »Zum Teufel mit dir! Dann komm und zeig mir, was in dir steckt!«

32

Sie umkreisten sich gegenseitig. Ina hob die Hände zu einer stabilen Deckung, während Katrine ihre arrogant hinter dem Rücken hielt. Ina wusste, dass sie den Stein noch hatte. Katrine hatte natürlich einen psychologischen Vorteil, aber ohne Kampf wollte Ina sich nicht geschlagen geben. Gewinnen würde diejenige von ihnen beiden, die klüger und konsequenter vorging.

Ina nahm all ihre Kraft zusammen. Sie wollte als Siegerin aus diesem Kampf hervorgehen, aber sie musste Katrine auch noch die letzte Information entlocken: wo sie Sonjas Leiche versteckt hatte. Das schuldete sie Sonja.

Sollte sie gewinnen, gab es für Ina auch noch andere Hoffnungsschimmer, an die sie sich klammerte. Es konnte auf Vanges Leiche Spuren von Katrine geben, die Inas Unschuld bewiesen. Und wenn Vanges Todeszeitpunkt exakt bestimmt werden konnte, hatte sie ja vielleicht ein Alibi. Möglicherweise war der Polizeichef selbst dann ihr wichtigster Zeuge.

Ging dieser Kampf anders aus, würde er Ina nicht nur das Leben kosten, sondern sie für alle Zeiten als Mörderin brandmarken.

Die Ausgangssituation war denkbar schlecht. Katrine hatte alle Trümpfe in der Hand. Für Ina war das keine *Win-Win*-Situation, sondern eine *Lose-Lose*-Scheiße.

Sie versuchte, Katrines Blick einzufangen, aber ihre Gegnerin war erfahren genug, um nicht auf diesen Trick hereinzufallen. Sie wich etwas weiter zurück, die Hände noch immer auf dem Rücken. Der Stein. Gleich würde er kommen.

Sie umkreisten sich.

Ina wusste, dass sie sich nicht auf einen Nahkampf einlassen durfte. Nicht nur wegen des Steins. Katrine war größer und robuster und würde sie rasch zu Boden werfen. Ihre eigene Stärke war die Taktik. Das Warten. Das Beobachten ihrer Gegnerin. Und die gnadenlosen Konter, wenn sich die Chance dazu bot.

Katrine kam etwas näher. Ihre Augen funkelten. *Los, greif an!*, sagte ihre Körpersprache. Aber Ina ging nicht darauf ein. Sie wartete einfach nur ab.

Sie zogen Bahn um Bahn umeinander, und keine von ihnen wagte einen Vorstoß. Sie wussten beide, dass es nicht nur um die physische Stärke ging, sondern auch um die mentale Kraft, darum, einen kühlen Kopf zu behalten. Inas Blick lag ruhig, ganz ruhig auf Katrine. Ihr war klar, dass dies ein ganz anderer Kampf werden würde als die Rauferei mit Ingrid am vergangenen Abend. Jetzt kam es darauf an, zu warten und dann zu explodieren.

Katrine täuschte einen Angriff an und lachte glucksend. Blinzelte ihr zu. »Gleich habe ich dich. Gleich!«

Katrine drehte immer schnellere Kreise durch den Regen, und Ina nahm ihr Tempo auf. Beide wussten, dass das nur der Anfang, das gemeinsame Aufwärmen war.

Aber keine wollte den ersten Angriff wagen. Wer aktiv wurde, war verwundbar für Konter. Ina versuchte noch einmal, zu Katrine durchzudringen. Sie schaute ihr in die Augen, suchte nach einem Funken von Empathie, nach etwas Verwundbarem, aber ohne Erfolg. Da war nichts, woran sie appellieren konnte. Katrine wirkte wie ferngesteuert.

Volle Konzentration. Die Ruhe vor dem Sturm.

Ina täuschte plötzlich einen Ausfallschritt an, und Katrine zuckte erschrocken zurück.

Dann war sie sich ihrer Sache also doch nicht so sicher. Ina fühlte sich mit einem Mal etwas ruhiger.

Aber das Gefühl hielt nicht an, denn gleich darauf kam der Stein – gnadenlos und blitzschnell. Katrine brüllte, die Hand schoss nach vorn, und der Stein raste durch die Luft auf sie zu. Ina reagierte schnell, aber nicht schnell genug.

Der Stein traf sie mit ziemlicher Wucht an der Schulter.

Ina schrie auf. Ein stechender Schmerz, und auf einmal hing ihre linke Hand schlaff neben ihrem Körper, sie musste sich das Schlüsselbein gebrochen haben. Katrine kam auf sie zugeschossen, und der Tritt, der folgte, hätte Inas Kopf zerquetscht, wäre sie nicht reflexartig zur Seite gesprungen, so dass der Fuß haarscharf an ihr vorbeizischte.

Katrine war wütend. »Verdammt! Warum konntest du das mit Sonja nicht einfach vergessen. Dann müsste ich dich jetzt nicht töten.«

Ina konnte nicht antworten. Ihr wurde immer wieder schwarz vor Augen, so dass sie den nächsten Tritt kaum kommen sah. Katrine traf sie an der Seite, eine Rippe knackte, und Ina ging zu Boden. Katrine war sofort über ihr und schlug ihr mehrmals die Faust ins Gesicht, bevor Ina sich aus der Umklammerung lösen, unter Katrine hindurchschlüpfen und aufspringen konnte. Sie lief ein paar Meter in Richtung Gjeldshammar und blieb dann stehen. Drehte sich um. Bohrte ihren Blick in Katrine, die fünf Meter vor ihr stand. Das Adrenalin pumpte durch ihre

Adern und legte sich wie eine Decke über all ihre Sinne, so dass sie die Schmerzen vergaß. Aber die linke Hand war nicht mehr zu gebrauchen. Trotzdem gelang es ihr, dem nächsten wilden Angriff auszuweichen. Ihre Füße funktionierten noch. Sie tanzte ihre Gegner regelmäßig aus.

Katrine stand keuchend vor ihr. Und beugte sich langsam nach unten. Nahm etwas aus dem Gras.

Den Stein.

Es blitzte in ihren Augen. Mein Gott, noch mal dieser Stein. Ina wartete. Katrine wartete.

Der richtige Zeitpunkt. Der wilde Augenblick.

Und er kam. Die Explosion. Der Stein in der Luft. Ina tauchte ab und spürte den Luftzug, als er an ihrem Ohr vorbeizischte. Aus dem Augenwinkel sah sie, dass Katrine nach dem Wurf für einen Moment aus der Balance geraten war.

Jetzt.

Ina stürzte sich auf sie und beugte den Oberkörper vor. Ihre Faust folgte der Rotation, schnellte von unten nach oben und traf Katrine genau am Kinn. Ein glockenklarer Treffer mit zerstörerischer Kraft.

Schmerzen zuckten durch Inas rechten Arm, aber das waren die guten Schmerzen.

Einen Augenblick lang hielt Katrine sich noch verwundert auf den Beinen und sah Ina fragend an, als hätte sie irgendwo einen Fehler entdeckt. Etwas, das sie nicht verstand. Dann erlosch das Licht in ihren Augen, ihre Beine gaben nach, und sie sackte vor dem Stamm der Linde auf den Boden.

Sie blieb liegen.

Ina näherte sich langsam und bemerkte erst jetzt, wie laut der Regen war. In den letzten Minuten hatte sie ihn nicht gehört. Jetzt schnitt sich das Prasseln messerscharf in ihre Ohren. Die Schmerzen, die vom Schlüsselbein ausgingen, raubten ihr fast den Verstand. Sie trat noch einen Schritt vor und sah ihre ehemals beste Freundin mit leerem Blick am Boden liegen. Bewusstlos. Ina stand keuchend über ihr. Atmete und atmete.

In diesem Augenblick sah sie ihn. Der Stein lag gleich neben ihr.

Sie hob ihn mit der rechten Hand auf. Sie konnte ihn gerade eben anheben. Ihre Hand war noch taub von dem Haken, mit dem sie Katrine ausgeknockt hatte.

Sie drückte den Stein zitternd an ihre Brust und sah, dass ihre Gegnerin langsam wieder zu Bewusstsein kam. Ihre Augen öffneten sich und musterten Ina erschrocken. Denn sie verstanden. Und wurden mit einem Mal ganz ruhig. Es war der resignierte Blick eines Menschen, der wusste, dass er verloren hatte. Der aufgegeben hatte. Katrine schluckte. Auch sie schien Schmerzen zu haben. Aber Ina hatte kein Mitleid. Warum auch. Sie stand da, den Stein vor der Brust, und eine vollkommen fremde Stimme kam aus ihrem Mund: »Wo hast du Sonjas Leichnam versteckt?«

Ein Lächeln kräuselte Katrines Mundwinkel. »Das wirst du niemals erfahren.«

»Sag es, jetzt!«

Katrine musterte sie mit leerem Blick. Dann schüttelte sie langsam den Kopf. »Töte mich.«

»Diese Freude werde ich dir nicht machen«, antwortete Ina verbissen. »Ich höre nicht auf, bis ich es nicht weiß: Wo ist Sonja?«

Katrine lächelte nur. »Wirf den Stein. Ich sehe doch, dass du es willst.«

»Niemals!«

»Oh doch, du ahnst ja gar nicht, wie leicht das ist. Du musst ihn nur loslassen. Dann ist es vorbei. Dann ist alles vorbei.«

»Du sollst mir sagen, wo Sonja ist!«

»Das werde ich dir niemals sagen, und das weißt du ganz genau. Komm schon! Lass diesen blöden Stein fallen!«

Auf Katrines Lippen lag ein triumphierendes Lächeln. Zum Teufel mit ihr! Die Hand, mit der Ina den Stein hielt, zitterte mehr und mehr, und die Wut, die sie erfasst hatte, machte ihr Angst. Genau das wollte Katrine provozieren. Sie wollte, dass sie die Kontrolle verlor, und obwohl Ina das alles unbewusst verstand, würde sie nicht mehr lange widerstehen können. Die Lust, diesen feigen Menschen zu zerstören, die angebliche Freundin, die sie gnadenlos betrogen hatte, wurde immer stärker. Sie hob den Stein etwas höher und streckte zitternd den Arm aus, als Katrine flüsterte: »Komm, Ina. Mach dem ein Ende.« Und dann fügte sie hauchend hinzu: »Bitte!«

Plötzlich war bei Ina alles wieder da. Das Auge des Elchs flehte um Hilfe, und sie sah sich mit einem Mal wie von außen. Sie stand da, den großen Stein über dem Tier, und wusste genau, dass der wilde Augenblick jetzt kommen würde.

Sie spürte aber auch etwas Neues, Herrliches in ihren Körper fließen, eine rohe Wildheit. Das Entsetzen meldete sich erst, als sie sah, mit welcher Geschwindigkeit der Stein nach unten fiel.

Sie schloss die Augen.

Wollte es nicht sehen.

Aber gegen das Geräusch konnte sie sich nicht wehren.

Teil V

Die Verwandlung

33

Ina sah angespannt zu den Ruinen des alten Siedlungsplatzes hinüber. Es war Sonntagabend, und sie stand jetzt schon seit Stunden an diesem Ort. Die Kälte war in ihren Körper gekrochen, und mit jedem Pulsschlag spürte sie die Schmerzen, die von ihrem Schlüsselbein ausgingen. Das Schlimmste war aber die Unruhe, die Nervosität. Sie lief auf und ab, immer und immer wieder. Eigentlich sollte sie im Krankenhaus sein, aber dorthin konnte sie jetzt nicht. Noch nicht. Verdammt, nein, denn vor ihr, in dem kleinen, abgesperrten Bereich, untersuchten vier Kriminaltechniker – drei Männer und eine Frau – das Gelände. Ihre ernsten Gesichter wirkten konzentriert. Sie arbeiteten sich langsam und systematisch durch den noch immer prasselnden Regen vor.

Einer der Männer hatte einen Klettergurt angezogen und war in den Brunnen hinabgelassen worden. Er war jetzt sicher schon einige Minuten dort unten. Ina starrte auf das Seil und wartete; irgendwann musste sein Kopf ja wieder zum Vorschein kommen.

In der Zwischenzeit heftete ihr Blick sich auf das rotweiße Absperrband, das von Baum zu Baum gespannt war. Die Polizeiabsperrung wirkte mitten im Wald so fehl am Platze, so sinnlos. Dabei lauerte genau hier die schreckliche Wahrheit. Denn hier war Sonja versteckt worden. Vor mehr als dreißig Jahren. Am Grund des Brunnens. Das hatte Katrine zumindest behauptet.

Es war gerade mal einen Tag her, dass Ina hier gestanden hatte, ohne auch nur zu ahnen, wie nah sie der Lösung des Rätsels gewesen war. Nur einen stolpernden Schritt von Sonja entfernt.

Vor Stunden hatte sie Oddvar von Katrines Handy aus eine SMS geschickt, und jetzt stand sie neben ihm am Rand des abgesperrten Bereichs und hielt vor Anspannung den Atem an.

Oddvar stieß sie von der Seite an und deutete in Richtung Brunnen. »Er kommt wieder hoch.«

Zwei der anderen Kriminaltechniker zogen das Seil ein, und gleich darauf kam ein Kopf am Rand des Brunnenlochs zum Vorschein. Ina stellte sich auf die Zehenspitzen, um besser sehen zu können, und registrierte, dass der Mann, der nun ganz herausgezogen wurde, ein schweres Bündel mit hochgebracht hatte. Es konnte ein Mensch sein.

In Oddvars Walkie-Talkie ertönte ein Krächzen. Ina verstand die Nachricht: »Mann mittleren Alters. Kahlköpfig.« Sie musste schlucken. Tom Kaser. Und dann atmete sie seufzend aus.

Der Kriminaltechniker wurde noch einmal in den Brunnen hinuntergelassen. Sonja, dachte Ina. Jetzt bist endlich du an der Reihe.

Sie drehte sich zu Oddvar. »Wie geht es Katrine?«

Er musterte sie eine Sekunde. »Sie ist im Krankenhaus … wird wohl bald operiert werden … wir haben einen Beamten abgestellt, um sie zu bewachen.«

»Ich bezweifle ja, dass sie überhaupt abhauen könnte.«

Oddvar atmete tief durch. »Eine hässliche Geschichte ist das, Ina ... wirklich hässlich.«

Ina schwieg.

»Du solltest eigentlich selbst zum Arzt«, fuhr er fort. »Ein Schlüsselbeinbruch ist doch verdammt schmerzhaft, oder?«

Ina schüttelte den Kopf. Dabei hätte sie vor Schmerzen schreien können. »Ich will erst sicher sein, dass Sonja tatsächlich da unten ist.«

Oddvar wandte den Blick ab. »Du hast ein Wahnsinnsglück gehabt, Ina. Dass du jetzt hier neben mir stehst, grenzt an ein Wunder. Wäre Katrine gelungen, was sie vorhatte ...« Er brach ab.

Ina wollte auch gar nicht mehr daran denken. Stattdessen richtete sie ihre Aufmerksamkeit auf das Seil, das langsam in den Brunnen gelassen wurde und schließlich stoppte.

»Wie hast du ihr das mit dem Brunnen eigentlich entlocken können?«, fragte Oddvar.

Der Augenblick, in dem der schwere Stein nach unten fiel, schob sich wieder in ihr Bewusstsein. Die Geschwindigkeit. Der Winkel. Sie verdrängte das Bild.

»Menschen, deren Kniescheiben von Steinen zertrümmert werden, geben schon mal ihre Prinzipien auf.«

Oddvar blieb mit halb geöffnetem Mund stehen. Schließlich zog er die Schultern hoch, als liefe ihm ein Schauer über den Rücken. Er drehte sich weg und sah wieder zum Brunnen.

»Das habe ich jetzt nicht gehört«, flüsterte er.

»Das war die einzige Möglichkeit, die Wahrheit herauszubekommen«, antwortete Ina verbissen. Aus den

Augenwinkeln sah sie, dass Oddvar einen Schritt von ihr wegtrat.

Am Brunnen wurde das Seil jetzt wieder eingeholt. Langsam. Zug um Zug. Endlich tauchte der Kopf des Polizisten in der Brunnenöffnung auf. Erneut kam eine Meldung über Funk. Ina verstand nicht alles, was gesagt wurde, schnappte aber das entscheidende Wort auf.

»Knochen.«

Mehr brauchte sie nicht. Erleichterung durchströmte sie. Gleichzeitig schien sie aber auch in ein tiefes, schwarzes Loch zu fallen. Jetzt war alles vorüber. Endlich.

Sie hätte glücklich sein sollen oder wenigstens zufrieden, trotz der schrecklichen Umstände. In Wahrheit aber fürchtete sie sich vor dem, was jetzt kam. Sie war so besessen davon gewesen, die Wahrheit über Sonja herauszufinden. Und jetzt, da sie alles offengelegt, jeden noch so kleinen Aspekt dieser schrecklichen Lüge entlarvt hatte, warteten nur noch Leere und Mutlosigkeit auf sie. Das wusste sie genau. Sie hatte ihr Ziel erreicht, sie hatte Sonja gefunden. Gleichzeitig hatte sie aber auch eine Freundin verloren, einen der wenigen Menschen, denen sie wirklich vertraut hatte. Sie verfluchte Katrine, gleichzeitig fragte sie sich, ob die Freundin wirklich so viel schlimmer war als sie selbst. Katrine hatte wenigstens daran gedacht, was mit ihren Kindern werden würde, während Ina den Fokus ausschließlich auf sich selbst und ihre Bedürfnisse gerichtet hatte. Jetzt, da die große Leere auf sie wartete, würde sie tief in ihre eigene Psyche abtauchen und versuchen, ihre Motive zu analysieren. Erste Antworten ahnte sie bereits. Denn diese Besessenheit, diese Manie, die sie immer wieder erfasste, hatte vielleicht gar nichts mit der Jagd nach Gerechtigkeit zu tun, sondern eher mit der Suche nach etwas, wofür sie sich engagieren konnte. Vielleicht war es ein Versuch, die Reste ihres eigenen Gewissens zusammenzuflicken. In jedem von uns steckt etwas Hässliches, Niederträchtiges, dachte sie, auch wenn es den meisten gelingt, diese Gefühle in Schach zu halten.

Sie machte sich bereit zu gehen und ihre neu gewonnenen Erkenntnisse erst einmal zu verdrängen. Dabei wusste sie genau, dass sich ihre Besessenheit in der nächsten Zeit auf ihre eigenen hässlichen Wahrheiten konzentrieren würde – außer sie fand etwas anderes.

So war es nun mal.

Mit dieser Gewissheit drehte sie Oddvar wortlos den Rücken zu und entfernte sich mit schnellen Schritten in Richtung der Abgründe ihrer Seele.

»Ina, warte!«, hörte sie den Polizeichef rufen.

Sie blieb kurz stehen. »Es ist vorbei, Oddvar. Ich muss jetzt los.«

»Aber ... ich würde mich gerne noch mit dir aussprechen. Über ... die Sache gestern.« Er rannte ihr nach.

Ina drehte sich zu ihm um. »Du musst einen anderen Psychologen für deine Dämonen finden. Ich habe mehr als genug mit meinen eigenen zu tun.«

»Aber ...«

Ina sah Oddvar noch einmal in die Augen. »Das warst du mit Oda, nicht wahr?«

Er wich einen Schritt zurück. »Was?«

»Damals in der Unterführung, an einem Winterabend vor fünfundzwanzig Jahren. Hast du sie wirklich vergewaltigt oder war das ... eine Art Rollenspiel?«

Oddvar stand wie versteinert da.

Ina sah, dass er händeringend eine Ausrede suchte. Die Lüge lag ihm auf den Lippen. Aber es kamen keine Worte, keine Laute. Resignation trat in sein Gesicht, und er senkte den Blick. »Wir sind alle auf unterschiedliche Weise zusammengesetzt«, sagte er leise. »Das solltest du doch wissen. Gerade du. Das da in der Unterführung … das hatte keine Bedeutung.«

»Für dich vielleicht nicht. Für Oda aber schon. Und für Katrine und deine Frau auch.« Ina spürte, wie ihre Wut unter der Oberfläche wieder zu brodeln begann. Aber sie versuchte, einen kühlen Kopf zu behalten, als sie ihm den letzten Stich versetzte. »Eigentlich hätte Ingrid dich zusammenschlagen müssen, nicht wahr, Oddvar? Denn Oda war gar nicht an SM und Rollenspielen interessiert. Sie wollte einfach nur mit dir zusammen sein.«

Oddvar nickte kaum merklich, als nähme er die Kritik an. Andererseits schien er das Thema nicht weiter vertiefen zu wollen. Er hob vorsichtig den Kopf. Seine Augen begegneten den ihren, und sie zuckten beide kurz zusammen. Ina verfluchte sich selbst dafür, dass sie nicht als Erste wegsah. Dafür tat Oddvar es. Die Scham brannte auf seinem Gesicht.

»Lass mich dich wenigstens noch zum Arzt fahren.«

Ina nahm all ihre Kraft zusammen und sagte so ruhig wie möglich: »Nein, von hier ab muss ich alleine gehen.«

Sie wandte ihm den Rücken zu und ließ ihn endgültig stehen. Das Wasser schmatzte in ihren Joggingschuhen. Sie war im freien Fall, die Zeit durchbohrte sie, und ihr Körper war so zerschunden, dass sie kaum noch einen Fuß vor den anderen setzen konnte. Aber genau das musste sie jetzt tun, so sehr es sie auch quälte. Sie musste einen Fuß vor den anderen setzen, wieder und wieder, eine unendlich lange Reihe von Schritten. Die Zeit, die Zeit – hol mich aus diesem schlammigen Wald, diesem leibhaftigen Alptraum, dachte Ina und wurde von der Kraft des Gedankens überrascht, der Kraft der Worte. Plötzlich lagen sie wie Rettungsringe vor ihr, an denen sie sich festklammern konnte. Die Zeit und die Familie waren das Einzige, was sie jetzt noch retten konnte. So banal und klischeehaft das auch sein mochte, es war wahr. Denn nur die Zeit konnte sie aus der Niedergeschlagenheit holen, in der sie zu versinken drohte, sie Millimeter um Millimeter herausheben, bis sie den Menschen endlich wieder in die Augen schauen konnte. Nur die Zeit – die Zeit mit ihren Nächsten – konnte ihr helfen, wieder einen anderen Menschen an sich heranzulassen und ihm zu vertrauen. Vielleicht würde es niemals geschehen. Aber wenn, dann konnte sie nur allmählich dorthin gelangen.

Sie ging weiter und weiter, bis sie schließlich die Hütte am Sagsjøen erreichte. Dort packte sie ihre Sachen und trug sie mit ihrem gesunden Arm zum Auto, ließ sich auf den Fahrersitz fallen, legte den Gurt an und setzte in einem großen Bogen zurück. Ein letztes Mal schaute sie in den Rückspiegel.

Die Hütte vor der verschwommen spiegelnden Seefläche sah bereits fern und verloren aus. Das Einzige, was Ina wusste, als sie ihren Blick nach vorn richtete, war, dass sie nie wieder hierher zurückkehren würde. Unter keinen Umständen.

Dann legte sie den ersten Gang ein und fuhr los.